Les enquêtes de Vicky BLISS

L'énigme des cinq lunes

Elizabeth PETERS

Traduit de l'anglais (Etats-Unis)
par Évelyne CHÂTELAIN

City Editions
Roman

À Sarah, Dave, et toute la famille Davidson, avec tout mon amour.
E.P.

Publié aux Etats-Unis sous le titre *Street of the five moons.*
ISBN : 978-2-35288-078-5
Code Hachette : 50 4945 7

Couverture : Studio City/Shutterstock
Rayon : Romans
Collection dirigée par Christian English & Frédéric Thibaud
Catalogue et manuscrits : www.city-editions.com

Dépôt légal : premier semestre 2007
Imprimé en France par France Quercy - 46090 Mercuès - N° 72859/

UN

Je me vernissais tranquillement les ongles à mon bureau lorsque l'espion entra. Il portait un de ces fameux imperméables avec des poches, des épaulettes et des pattes partout. Son col relevé disparaissait sous le rebord de son chapeau, enfoncé jusqu'aux sourcils. Il avait la main droite dans sa poche… qui formait une grosse bosse.

— *Guten Morgen, Herr Professor,* dis-je. *Wie geht's ?*

Wie geht's, ce n'est pas de l'allemand très raffiné. Je parle parfaitement allemand, mais cela amusait beaucoup le Professor Doktor Schmidt de m'entendre recourir à l'argot. Il a un humour un peu décalé, de toute façon. C'est mon patron. Au Musée National et quand il a toute sa tête, c'est l'un des plus éminents spécialistes de l'histoire médiévale. De temps à autre, il ne semble pas tourner très rond, du moins aux yeux de la plupart des gens. C'est un romantique refoulé. Il aurait voulu être mousquetaire et porter des bottes et une épée aussi grande que lui ou bien être pirate, ou encore, comme aujourd'hui, espion.

D'un geste plein d'emphase, il ôta son chapeau et regarda de mon côté. Ça m'amusait de le voir me regarder comme ça ! Son visage était incapable d'exprimer autre chose qu'une bonhomie de père Noël. Il essaya de lever un sourcil, mais comme il ne pouvait contrôler ses muscles, ils se levèrent tous les deux. Avec sa bouche en cœur et ses yeux bleus pétillants, il avait l'air d'un chérubin.

— Comment ça va, *darling* ? demanda-t-il avec un accent aussi marqué que celui qu'aurait eu Goethe s'il avait parlé anglais… ce qui était peut-être le cas, d'ailleurs, pour ce que j'en sais.

Ce n'est pas mon domaine. Ma spécialité, c'est l'Europe médiévale, avec un module en histoire de l'art. Je suis très douée, d'ailleurs. Aujourd'hui, je peux avouer sans risques que j'avais obtenu ce poste au musée de Munich grâce à quelques… disons, pressions polies.

J'avais rencontré Schmidt un jour où il était sous l'influence d'une de ses personnalités secondaires, un escroc mondain sophistiqué en l'occurrence, une sorte d'Arsène Lupin. Nous étions tous deux à la recherche d'un objet d'art disparu et certaines des activités de l'éminent docteur n'auraient pas forcément reçu l'aval du reste de la profession. Du chantage ? Non, pas vraiment, et de toute façon, depuis un an que j'étais en poste, Schmidt était le premier à reconnaître que je méritais bien cette place. Cela ne le dérangeait même pas que je travaille à mon roman pendant les heures de bureau, tant que je me consacrais d'abord aux urgences. Et en matière d'histoire médiévale, il est rarement question de vie ou de mort.

Le regard du professeur Schmidt tomba sur les pages du manuscrit qui s'empilaient sous mon coude gauche.

— Et votre roman ? demanda-t-il, vous avez réussi à faire sortir l'héroïne du bordel ?

— Elle n'est pas enfermée dans un bordel, expliquai-je pour la cinquième ou la sixième fois.

Schmidt est un peu obsédé par les bordels, les bordels littéraires, du moins.

— Elle est dans un harem. Un harem turc. À l'Alhambra.

Le professeur Schmidt reprit son regard d'universitaire.

— L'Alhambra n'est pas…

— Je sais, je sais… mais pas le lecteur. Vous êtes trop soucieux de la précision, Herr Professor. C'est pour ça que vous êtes incapable d'écrire des livres cochons à succès. Mais je suis un peu coincée pour l'instant quand même. Il y a eu trop de livres populaires sur les Turcs et les harems. J'essaie de trouver un exemple original de luxure. Ce n'est pas facile.

Le professeur Schmidt réfléchit à la question. Comme je n'avais aucune envie d'avoir son avis, je le coupai rapidement.

— Mais je vous retarde, professeur. De quoi vouliez-vous me parler ?

— Ah ! dit-il en regardant de nouveau vers moi.

Il sortit la main de sa poche.

Je ne m'attendais pas à voir surgir un revolver. Plutôt une pomme ou une poignée de bonbons. Schmidt doit sa bedaine à un grignotage perpétuel. Mais en voyant ce qu'il tenait tendrement dans ses petits doigts bouffis, j'en restai littéralement bouche bée.

Ne vous méprenez pas ! Ce n'est pas un livre où vous allez voir l'héroïne s'époumoner en poussant des cris d'orfraie et s'évanouir à tout bout de champ. Je ne suis pas du genre à défaillir, et je ne me laisse pas surprendre par grand-chose. Je ne suis pas si vieille que ça (je n'ai pas encore la trentaine), mais mes caractéristiques physiques malheureuses m'ont vite exposée à de nombreuses expériences très instructives.

Comprenez bien que je ne plaisante pas quand je parle de mon physique malheureux. Je suis trop grande, je mesure près d'un mètre quatre-vingts. J'ai hérité du corps sain et fort de mes ancêtres scandinaves, ainsi que de leurs yeux bleus et de leur opulente chevelure blonde. Je n'arrive pas à grossir, si bien que ledit corps reste élancé, avec des formes là où il faut, comme on dit. À mon avis, c'est là où il ne faut pas. Vous, les vilains petits canards, ne désespérez pas, vous êtes mieux lotis que vous ne le croyez. Lorsque les gens vous aiment, ils vous aiment pour les choses importantes, les choses qui restent après la maturité et l'installation des rides : votre intelligence, votre personnalité, votre sens de l'humour. Lorsque les gens me regardent, tout ce qu'ils voient, c'est l'incarnation de la double page de *Playboy* ! Personne ne me prend au sérieux. Lorsque j'étais plus jeune, je voulais être petite et toute mignonne. Maintenant, je me contenterais d'être une planche à pain myope comme une taupe ! Cela m'épargnerait pas mal de larmes et d'énervement.

Désolée pour la tirade. Mais ce n'est pas facile de convaincre les gens qu'on a une cervelle lorsqu'ils ne voient que des courbes et des cheveux blonds ondulés. Et ce n'est pas facile pour une fille comme moi de trouver un boulot. Les intellectuelles sont comme toutes les femmes, elles se méfient de moi dès le premier regard. Les intellectuels sont comme tous les hommes, ils m'embauchent, mais pour de mauvaises raisons. Voilà pourquoi cela a été un tel soulagement de rencontrer le professeur Schmidt. Grâce à Dieu, il est aussi innocent qu'il le paraît. Il me trouve réellement très intelligente. S'il avait vingt centimètres de plus et trente ans de moins, je l'épouserais !

Avec un sourire rayonnant dans son costume d'espion, il tendit la main vers moi et l'objet scintilla dans toute sa splendeur, comme s'il souriait, lui aussi.

C'était un pendentif en or, orné de filigranes et de motifs de feuilles. La large bordure était incrustée de pierres vertes, rouges et d'un blanc de perle. Au centre, se trouvait une énorme pierre d'un bleu azur, transparente comme de l'eau dans un dôme de cristal. La pierre centrale présentait un défaut qui ressemblait à une écharde grossière.

Un œil non averti aurait estimé qu'il s'agissait de vulgaires morceaux de verroterie mal taillés. Mais mon œil était très averti.

— Le talisman de Charlemagne ! dis-je. Schmidt, allez remettre ça tout de suite en place, vous voulez bien ? Quelqu'un va finir par s'en apercevoir !

— Vous croyez que je l'ai volé ? demanda Schmidt avec un sourire encore plus large. Comment pensez-vous que j'aurais pu le prendre sans déclencher l'alarme ?

Bonne question. Le musée possède une magnifique collection d'orfèvrerie antique conservée dans une pièce spéciale, une pièce qui est en fait un énorme coffre-fort. Elle est fermée toute la nuit et surveillée en permanence par trois gardes pendant la journée. Le système d'alarme est si sensible qu'il suffit de respirer un peu trop fort pour le déclencher. Et bien que Schmidt fût l'un des directeurs du musée, ni lui ni personne n'avait le droit de retirer un des joyaux de sa vitrine sans être accompagné de deux autres dirigeants du musée et de tout un bataillon de gardes de sécurité.

— Je donne ma langue au chat. Je ne sais pas comment vous l'avez dégotté, mais de grâce, remettez-le en place. Votre sens de l'humour vous a déjà joué assez de tours sans que…

— *Nein, Nein…* dit-il en hochant la tête, renonçant à contrecœur à sa blague devant mon air inquiet. Je ne l'ai pas pris ici. On l'a trouvé cette nuit dans la poche d'un cadavre, dans une petite ruelle près d'*Alter Peter.*

Je réfléchis un instant à cette nouvelle information.

— Ce n'est pas le vrai ?

— *Aber nein !* Ce serait impossible, on l'aurait remarqué si le véritable médaillon avait disparu. C'est une copie. Mais *liebe* Vicky, quelle copie !

Je la lui pris des mains. Tout en sachant ne pas tenir le vrai joyau, je le manipulai avec précaution et respect. Plus je l'observais, plus je m'étonnais. Je devais bien me résoudre à croire Schmidt, mais le bijou paraissait authentique, même à mon regard averti !

Le travail d'orfèvre était splendide, chaque fil des filigranes était une œuvre d'art en soi. Quant aux pierres, même un gemmologiste aurait eu du mal à décréter qu'il s'agissait d'un faux sans recourir à tous les instruments complexes de la profession. Le bijou original datait du IXe siècle, bien avant qu'on ait découvert les techniques modernes de la taille à facettes. Les grenats, les émeraudes et les perles étaient polis grossièrement et vaguement arrondis ou, pour utiliser le terme technique, taillés en cabochon. Les seules pierres précieuses que l'on taille encore ainsi aujourd'hui sont les rubis et les saphirs étoilés ; la forme arrondie met en relief les rayons de l'étoile. Le saphir en cabochon, au centre du bijou, était luisant, mais ne brillait pas avec l'intensité d'une taille à facettes. Je savais qu'il ne s'agissait pas d'un saphir, mais de deux pierres, assemblées dos à dos et que le « défaut » au centre n'était pas une « étoile », une impureté naturelle, mais un fragment de la « Vraie Croix » qui faisait de ce bijou une précieuse relique.

— Vous avez failli m'avoir ! dis-je en posant le pendentif sur le buvard de mon bureau. Allez, Schmidt, élucidez le mystère ! Qui était ce personnage sur lequel on a retrouvé le médaillon ?

— Un clochot, dit Schmidt, écartant la question d'un geste de la main.

— Un quoi ?

— Un clochot, un vagabond, un ivrogne, répéta Schmidt, impatient.

— Ah, un clodo !

— C'est bien ce que j'ai dit. Pas d'argent, pas de passeport, aucun papier d'aucune sorte. Rien que ça, caché dans une poche secrète cousue soigneusement dans sa veste.

— De quoi est-il mort ?

— Pas de mort violente, dit Schmidt, visiblement à regret. Pas de blessure. Du poison, peut-être, du cheval, comme on dit, ou de la bibine bon marché…

— Peu importe, dis-je.

Lorsque Schmidt commençait à spéculer, et surtout, lorsqu'il parlait argot, on ne pouvait plus l'arrêter.

— Franchement, c'est extraordinaire. Je suppose que c'est la police qui vous a informé. Comment savait-elle que c'était une copie de l'une de nos pièces ?

— Ils y ont pensé tout de suite. Ce sont des hommes cultivés, nos policiers. L'un d'eux vient souvent au musée. Il a reconnu l'objet. On m'a appelé ce matin.

— Ça a dû vous faire un choc quand vous l'avez vu, dis-je, compatissante. Avec votre cœur fragile…

Schmidt roula les yeux et mit la main sur son cœur.

— Un moment terrible ! Je savais que notre pendentif n'avait pas disparu, mais où était le faux ? Dans notre salle du trésor ? Jusqu'à ce que les experts aient donné leur avis, j'ai vécu l'enfer.

— C'est à s'y tromper. Vous êtes sûr de vous ?

— Ne dites pas des choses pareilles, même pour plaisanter. Oui, c'est une copie. Mais une copie d'exception. L'or est authentique. Les pierres ne sont pas en verre, ce sont des synthétiques modernes. Vous avez sans doute entendu parler des imitations de rubis, d'émeraude et de saphirs ? Certaines pierres sont si bien imitées que seul l'équipement le plus moderne peut les déceler. Et le travail d'orfèvre…

— Je ne vois pas ce qui vous trouble tant, dis-je, car il épongeait son crâne chauve, et ses yeux d'un bleu angélique se rétrécissaient sous l'anxiété. C'est peut-être un collectionneur excentrique qui voulait une copie. Une bonne copie, pas comme celles qu'on vend dans les musées. C'est un peu bizarre qu'elle soit en or, peut-être, mais le cadre est creux, cela ne doit pas coûter plus de quelques centaines de dollars en métal précieux. Quel est le problème ?

— Je croyais que vous comprendriez, dit Schmidt en écarquillant les yeux, vous êtes si intelligente. La joaillerie, ce n'est pas votre spécialité, il est vrai. Mais se donner tant de mal, dépenser tant d'argent pour imiter une pièce comme celle-là… Il n'y a pas beaucoup d'orfèvres dans le monde capables de réaliser un tel travail. Et ils n'en sont sûrement pas réduits à fabriquer des copies pour gagner leur vie ! C'est trop bon marché… et trop cher à la fois, cette copie. Vous comprenez ?

Dit comme ça, oui. Je hochai la tête, songeuse, et observai encore le bijou posé sur le bureau.

La plupart des femmes ont un faible pour les bijoux. Si les hommes ne s'y intéressent pas, c'est simplement parce que c'est démodé. Dans les siècles derniers, les hommes portaient autant d'ornements et avec la même vanité que les femmes. Je comprenais parfaitement que l'on puisse désirer une copie du talisman de Charlemagne pour de simples raisons décoratives. Cela ne m'aurait pas dérangé de le porter. Mais quelqu'un qui aurait voulu une copie pour le simple plaisir ne se serait pas donné le mal d'utiliser des matériaux si chers ou de payer un orfèvre aussi talentueux ! Schmidt avait laissé un autre point sous silence. Pour copier l'original avec un tel degré de précision, l'artiste devait l'avoir observé dans les moindres détails. Or, personne n'avait sollicité une telle autorisation, sinon, Schmidt aurait été au courant. Donc, quelqu'un avait dû passer des heures à étudier des photographies et des descriptions, et s'était même sans doute rendu au musée. Pourquoi tant de secret si les buts étaient parfaitement avouables ?

— Vous pensez que des truands projettent de le voler ? demandai-je. Qu'ils ont l'intention de substituer le faux à l'original ?

— C'est une possibilité à envisager, dit Schmidt. On ne peut pas se permettre d'écarter cette idée.

— Bien sûr, vous avez raison. J'ai vu des films où…

— Ce n'est pas seulement de la fiction, dit Schmidt tristement, en passant son mouchoir sur son front. Le problème des copies parfaites existe depuis la nuit des temps. Dès qu'un homme collectionne des objets ou les confie à un musée, les faussaires commencent leur sombre travail. Vicky, il faut découvrir la vérité ! Nous devons savoir. Si c'est en toute innocence, bon, très bien. Mais sinon tous les musées, tous les collectionneurs sont vulnérables avec un orfèvre aussi talentueux dans la nature. Admettons que la substitution ait pu avoir lieu. Il nous aurait fallu des années peut-être pour se rendre compte que nous n'étions plus en possession de l'original. Une copie de cette qualité résiste à la simple observation !

— Exact, dis-je en passant le doigt sur le saphir central.

Il était aussi frais que l'eau, aussi lisse que la glace. J'avais toujours du mal à croire que l'objet n'était pas authentique.

— Alors, qu'allons-nous faire ?

— Pas nous. Vous.

Le visage rose de Schmidt reprit sa bonhomie naturelle.

— La police a fait une enquête, bien sûr. Mais ils sont tombés sur… comment dit-on… une passerelle ?

— Une impasse, proposai-je.

— Oui, c'est ça. Le cadavre n'avait aucun papier sur lui. Sa description, ses empreintes sont inconnues à Interpol. Nos policiers sont fantastiques, mais leurs capacités ont des limites. Alors je me tourne vers la femme dont la compétence et l'imagination n'ont d'égales que celles du grand Sherlock. J'en appelle à ma Vicky. Trouvez cet homme, ce créateur de copies somptueuses. Vous l'avez déjà fait, vous pouvez le refaire.

Ses yeux brillaient autant que les cabochons du talisman. La modestie ne fait guère partie de mes vertus, mais devant cette requête naïve, je me sentais toute petite. Il est vrai que j'avais mené à bien quelques enquêtes en tant qu'historienne, mais simplement parce que j'avais opéré dans l'un des champs de mes compétences. Je suis historienne, pas criminologue et s'agissant de faux à grande échelle, j'estimais qu'il valait mieux être spécialiste de la seconde discipline que de la première.

Néanmoins... De nouveau, mon regard fut attiré par l'éclat du saphir. Un faux ? Il me paraissait vraiment authentique. Cette pierre avait quelque chose de fascinant, tout comme la requête de Schmidt. Mon travail était agréable, mais plutôt monotone. Même mon roman porno commençait à me lasser. Et puis, on était en mai, le mois où les émotions l'emportent sur la raison.

— Bon, dis-je en m'adossant à ma chaise et en croisant les doigts (Quel était le détective de fiction qui avait cette habitude ? Sherlock Holmes ? Schmidt aurait fait un Watson fantastique !) Bon, d'accord, Schmidt, disons que j'accepte l'affaire.

II

Le policier me faisait penser à Erich von Stroheim, que j'avais vu récemment, tard, très tard un soir, à la télévision à Cleveland, mais sans le monocle. Trop démodé sans doute ! Il me baisa la main, néanmoins. J'adore qu'on me baise la main. Je me demande pourquoi les Américains n'ont pas repris cette coutume, même nous les féministes, nous y sommes sensibles !

Je ne m'attendais pas au baisemain mais j'espérais une certaine forme d'intérêt. Les Bavarois aiment les blondes. La Bavière, au cas où vous ne le sauriez pas, se trouve au sud de l'Allemagne, les filles sont de type alpin, des petites brunettes pour la plupart, si bien que les hommes raffolent des

Valkyries ! Je portais un pull moulant et une jupe, et j'avais laissé tomber mes cheveux sur mes épaules. Peu m'importait l'opinion de Herr Feder sur mon quotient intellectuel, je voulais simplement lui extorquer le plus d'informations possible.

Finalement, il n'avait pas grand-chose à m'apprendre. Toutes les sources d'informations légales étaient restées muettes. Le mort était inconnu des forces de police.

— Cela ne signifie pas forcément qu'il est blanc comme neige, expliqua Feder en frottant ses gros sourcils blancs. Cela signifie simplement que, ni nous ni Interpol, ne le connaissons. Il a peut-être été arrêté dans un autre pays.

— Vous avez contacté les États-Unis ? demandai-je, en m'adossant à ma chaise et en inspirant profondément.

— Pardon ? fit Feder en se tournant vers moi, plein de méfiance. Ah, *verzeihen Sie, Fraulein Doktor...* Non. Après tout, il n'a commis aucun crime, à part celui de mourir en d'étranges circonstances.

— La direction du musée est plutôt inquiète.

— Oui, je comprends. Mais, *Fraulein Doktor,* y a-t-il de vraies raisons de s'inquiéter ? Comme toutes les forces de police, nous sommes plutôt débordés en ce moment. Nous avons déjà trop à faire avec les crimes qui ont eu lieu. J'imagine mal comment nous pourrions sacrifier du temps et de l'argent pour de vagues théories. Si le musée a envie de mener sa propre enquête, nous lui offririons notre entière collaboration, mais je ne vois pas... Euh, je n'ai aucun doute quant à votre intelligence, *Fraulein Doktor,* mais...

— Oh, je n'ai pas la moindre intention de poursuivre les criminels dans les ruelles mal famées ou ce genre de choses.

Nous rîmes tous les deux à cette simple idée. Herr Feder avait de grandes dents carrées, très blanches.

— Mais cela a éveillé ma curiosité. J'allais prendre un congé de toute façon, et Herr Professor Schmidt a suggéré que je suive certaines pistes, juste pour voir si je trouvais quelque chose. Je, euh… Je crois que je ferais mieux d'aller jeter un coup d'œil sur le corps.

Je me demande encore pourquoi j'avais fait cette proposition. Je ne suis pas trouillarde, mais je n'ai aucun goût pour le macabre non plus. C'est simplement que je n'avais pas de meilleure idée : je n'avais aucune autre piste.

Je regrettai mon impulsion dès que je me retrouvai dans la pièce propre et aseptisée abritant la morgue de Munich. C'est l'odeur surtout qui me révulsait : celle du phénol ne suffisait pas à masquer une autre odeur, beaucoup plus suggestive. Lorsqu'on releva le drap et que je vis le visage immobile et figé, je ne me sentais plus très bien. L'image… l'incarnation de ma propre mortalité. Le visage n'avait rien de particulièrement inquiétant en lui-même.

C'était un homme en pleine maturité, bien que les rides soient un peu estompées et lissées par la mort. Il avait des sourcils noirs très épais, des cheveux grisonnants et un teint hâlé ou très mat. Les lèvres étaient exceptionnellement larges et pleines. Les yeux étaient fermés.

— Merci, dis-je en me détournant.

Lorsque je retournai dans son bureau, Feder m'offrit un petit verre de cognac. Je n'étais pas bouleversée à ce point, mais je ne voulais pas ébranler sa foi en la faiblesse féminine. Et puis, j'aime bien le cognac.

— On dirait que l'homme était de type latin, dis-je en buvant une petite gorgée.

Le cognac était somptueux !

— Oui, vous avez raison.

Feder s'adossa à sa chaise, tenant légèrement son verre entre ses doigts d'une délicatesse étonnante.

— Espagnol ou italien, peut-être. Dommage que nous n'ayons trouvé aucun papier.

— Oui, ça paraît suspect.

— Pas tant que cela. L'homme est resté dans cette ruelle pendant des heures, nous ne savons pas combien de temps exactement. Mais il est possible qu'on lui ait tout volé. S'il avait un portefeuille ou un agenda, ils ont pu disparaître, avec ses papiers à l'intérieur. Et un passeport valide, c'est toujours utile pour un voleur.

— Oui, bien sûr, acquiesçai-je. Un voleur n'aurait pas vu le bijou, puisqu'il était cousu dans les vêtements.

— C'est ce que nous pensons. On a retrouvé quelques bricoles dans ses poches, dont un filou n'aurait rien eu à faire. Un mouchoir. Des clés…

— Des clés ? Qui ouvraient quoi ?

Feder eut un haussement d'épaules très gaulois.

— Qui sait, *Fraulein Doktor* ? Ce ne sont pas des clés de voiture. S'il avait un appartement, Dieu seul sait où il se trouve. Nous nous sommes renseignés dans les hôtels de la ville, en vain. Il est possible qu'il ne soit arrivé qu'hier à Munich et qu'il n'ait pas eu le temps de trouver où se loger. Vous voulez voir le contenu de ses poches ?

— Oh, je crois que je devrais, dis-je, morose.

Je n'espérais rien. J'avais répondu par acquit de conscience, pour ne pas laisser échapper le moindre indice. Je n'imaginais pas que dans cette misérable collection se trouvait la clé qui allait débloquer l'affaire.

C'était un vieux morceau de papier. Il y en avait plusieurs, des tickets de caisse de magasins non identifiés, toujours avec des petites sommes, jamais plus de dix marks. Mais celui-là, ce n'était pas un ticket, mais une page arrachée à un carnet bon marché. On y avait noté le nombre trente-sept, avec une barre sur le sept, comme le font les Européens, pour bien le distinguer du chiffre un, à côté d'un petit groupe de dessins qui ressemblaient à des rognures d'ongles. Un peu comme ça :

Je regardai ces glyphes énigmatiques, jusqu'à ce que la voix de Herr Feder vienne interrompre mes futiles spéculations.

— Une sorte de rébus, dit-il négligemment. Je n'y trouve pas le moindre sens. Après tout, les indices cryptés, on ne voit ça que dans les romans, n'est-ce pas ?

— C'est bien vrai.

Herr Feder se mit à rire.

— C'est peut-être tout simplement l'adresse de sa manucure !

— Il avait les ongles manucurés ?

— Pas le moins du monde, répondit Herr Feder d'un air de reproche. C'était juste une blague, *Fraulein Doktor.*

— Ah ! dis-je en ricanant. L'adresse de sa manucure… Ah, ah, très amusant, Herr Feder.

Je n'aurais pas dû l'encourager. Il m'invita à dîner, et comme je lui répondis que j'étais occupée, il m'invita à déjeuner le lendemain. Alors, je lui dis que je devais quitter la ville. En général, je règle ces problèmes avec plus de subtilité, mais je n'avais pas envie de le décourager totalement. Qui sait, j'aurais peut-être de nouveau besoin de son aide, si l'affaire prenait une tournure inattendue. Mais pour l'instant, je n'avais guère d'affaire et encore moins de tournure.

C'était une belle journée de printemps, fraîche, mais ensoleillée, sous un ciel bleu avec quelques gros nuages blancs qui faisaient écho aux dômes des églises munichoises. J'aurais dû retourner au musée. J'avais quelques points à éclaircir avant de jouer les Sherlock, mais je n'avais aucune raison de les éclaircir si je ne savais pas où j'allais. Et je me voyais mal affronter le professeur Schmidt. Il s'attendrait à ce que j'aie déjà tiré d'innombrables déductions imparables de ma visite au commissariat.

Je me dirigeai donc vers Alter Peter. Je devrais vous expliquer que ce « vieux Pierre » ne se réfère pas à un vieux gentilhomme mais à la plus ancienne église de Munich, consacrée à l'Apôtre. Sa construction commença en 1181, ce qui est ma période de prédilection, mais la rénovation du XVIIIe siècle l'a transformée en église baroque, du moins en ce qui concerne l'intérieur. Il faut une certaine habitude pour apprécier les sculptures et la décoration ; elles paraissent frivoles et surfaites pour nos goûts modernes. Moi, j'aime bien. Il me semble qu'une église doit exprimer l'allégresse de la religion, tout autant que sa majesté. Les stucs de Zimmerman d'Alter Peter me mettent toujours en joie. Mais je n'entrai pas à l'intérieur et je me promenai dans les rues avoisinantes pendant un moment. C'était une perte de temps en fait. Je ne savais pas dans quelle ruelle on avait retrouvé le cadavre et, même si je l'avais su, je n'avais rien à gagner à observer les rues vides. La police avait dû faire des recherches exhaustives.

Je traversai Viktualenmarkt, avec ses stands de fruits et de légumes frais et ses merveilleux étals de fleurs. Il y avait des milliers de couleurs flamboyantes ce matin-là, les jaunes éclatants des bouquets de printemps et des jonquilles, les mauves des brassées de lilas, les bleus et les roses des jacinthes qui embaumaient l'atmosphère. Je finis à Kaufingerstrasse, l'une de mes promenades préférées car j'adore le lèche-vitrines. C'était presque le seul shopping que je pouvais m'offrir. Certaines des plus charmantes devantures montraient les merveilleux costumes paysans du sud de l'Allemagne et de l'Autriche. On les porte toujours, même dans le Munich le plus huppé : des manteaux de loden vert ou de laine crème, gansés de rouge, avec des boutons d'argent ; des corsages et des tabliers bordés de dentelle faite à la main ; et bien sûr les fameuses *Dirndl.* Ces robes traditionnelles ont des styles très différents selon les régions : les formes sexy des bustiers de Salzbourg, avec leurs décolletés profonds, artistiquement galbés pour mettre en valeur les caractéristiques sexuelles secondaires des jeunes filles ; les costumes de la région du lac de Tegernsee, avec une jupe et un gilet séparés, un peu plus long dans le dos, se terminant par un pan rigide sur les fesses. J'aime ces tenues de coton chatoyant ou de velours brodé, mais les *Dirndl*, ce n'est vraiment pas fait pour moi ! Néanmoins, j'étais attirée par une cape de laine ivoire avec des boutons confectionnés dans de vieilles pièces d'argent, si bien que je m'arrêtai devant la boutique pour voir si par hasard, ils faisaient des soldes. Pas de chance ! Je me détournai lorsqu'un détail retint mon attention.

Ce n'était qu'une banale publicité pour la Lufthansa. « Rome ! » proclamait-elle, au-dessus d'une photographie de l'Escalier de la Piazza di Spagna, avec des paniers d'azalées blanches et roses. « Voir Rome et vivre ! Six vols quotidiens. »

Tout d'un coup, les pièces du puzzle s'imbriquèrent les unes dans les autres, un peu comme lorsqu'on les abandonne et qu'on laisse reposer le problème. La peau mate, l'allure latine du cadavre ; la plaisanterie de Herr Feder, suggérant que le rébus puisse être une adresse, l'atmosphère d'antiquités, le trésor, les joyaux qui coloraient toute l'affaire !

J'avais vaguement envisagé de passer mes vacances à Rome tout en me demandant où je trouverais l'argent. J'avais particulièrement envie d'explorer les environs du Tibre, pour admirer les angelots du Bernin qui veillent sur le pont menant au château de Saint-Ange. Un quartier aux rues étroites et sinueuses qui passent entre des maisons hautes. La via dei Coronari, véritable paradis des amateurs d'antiquités. Et non loin de là se trouve une rue appelée via delle Cinque Lune, la rue des Cinq Lunes !

Ce n'était qu'une intuition. Je ne pouvais même pas parler d'hypothèse. Mais les cinq dessins courbes pouvaient aussi représenter des croissants de lune, et ce n'était sans doute pas une coïncidence si ce quartier de Rome était celui des antiquaires de luxe !

Bref, cela ne ferait de mal à personne d'aller voir ce qui se passait au numéro 37 via delle Cinque Lune. Je tournai les talons et repris le chemin du musée en fomentant une toute petite escroquerie.

Je peux me montrer assez enjôleuse quand je m'y mets. Tony, un de mes anciens collègues de l'université me traite de vieille langue fourchue ! Mais je n'aurais pu passer cet accord qu'avec le professeur Schmidt. Mon Dieu, que cet homme est naïf ! Je m'inquiète pour lui, parfois. Par chance, il n'est pas aussi niais quand il ne s'agit pas de moi. Il se fait une idée un peu trop haute de mon intelligence. Je n'eus même pas besoin de lui mentir. Il trouva mon interprétation du rébus absolument lumineuse.

— Mais bien sûr ! s'exclama-t-il. Cela ne peut être que ça ! Vous avez tout compris !

Oh, j'aurais pu penser à une dizaine d'autres interprétations possibles. C'est drôle que Schmidt, qui est une sommité dans son domaine, ne sache pas faire la différence entre un fait et une vague intuition dès qu'il s'agit d'autre chose que d'histoire médiévale. Mais je suppose qu'il n'est pas le seul dans ce cas. Dieu sait que les intellectuels se laissent aussi souvent berner par les imposteurs et les escrocs que les esprits plus faibles.

Donc, j'obtins mon congé, qui commençait le jour même, et une jolie petite indemnité de déplacement. Comment Schmidt allait-il justifier cette dépense auprès de ses collègues, je n'en avais aucune idée, mais ce n'était pas mon problème. J'encaissai le chèque qu'il me remit, appelai l'aéroport, fis une réservation et me précipitai à la maison pour faire mes bagages. Mon passeport était prêt, il ne me restait plus qu'à décider où j'allais loger.

Je ne fus pas longue à choisir. Quand on a des notes de frais, on ne se contente pas de petites pensions de famille. Ça dénote. Je devais à mes employeurs de me rendre dans l'un des plus prestigieux palaces de la ville.

III

Il y a peut-être de plus belles villes que Rome par un beau matin de mai, mais je crains qu'aucune ne puisse me séduire autant. L'escalier de la Piazza di Spagna ressemblait parfaitement à la l'affiche publicitaire de Munich, avec ses cascades de fleurs roses et blanches qui couraient tout du long. Les touristes gâchaient un peu le paysage malgré tout, l'artiste les avait sagement oubliés, mais ils ne me dérangeaient pas. Ils ajoutaient une note nonchalante, si typique de la vie romaine. « Éclectique », c'est le mot qui convient le mieux à cette ville. Tout s'y côtoie : les opulentes fontaines baroques, avec leurs colonnes sculptées datant de l'époque des Césars, jouxtent un stade moderne, tout de poutrelles d'acier et de béton armé, à deux pas d'une sombre ruelle où Raphaël se serait senti parfaitement à l'aise. Les arbres, les pins parasols, les cyprès, les palmiers, le houx et les lauriers roses, les géraniums rouges et les plumbago bleus qui ornent les balcons et les toits formaient un ruban de verdure, unissant le tout en un même ensemble.

Il était trop tôt pour dîner, si bien que je m'installai à une terrasse de café, commandai un Campari soda, et observai la foule des passants.

En tout cas était-ce dans mon intention. Je n'étais pas là depuis plus de soixante secondes qu'un joli garçon vint s'asseoir à côté de moi, avec un beau sourire d'angelot à la Fra Angelico, pour me faire des propositions extrêmement malhonnêtes en italien.

Je lui souris et lui retournai des propositions encore plus malhonnêtes, dans un italien tout aussi courant que le sien, mais avec un bien meilleur accent ! (Le dialecte romain a une sonorité atroce dont se moquent tous les autres Italiens, les Florentins en particulier, qui parlent un merveilleux toscan).

Il avait l'air ridicule. Il pensait sans doute que je ne comprendrais que son doux sourire. Je lui dis ensuite que j'attendais mon petit ami, un footballeur d'un mètre quatre-vingt-quinze.

Il partit. J'ouvris mon guide touristique et feignis de lire. En fait, je consultai la carte en mettant ma stratégie au point.

En Italie, les boutiques ferment entre midi et seize heures pour ouvrir ensuite jusqu'à dix-neuf ou vingt heures. Les rues sont bondées en soirée, tandis que la chaleur s'apaise et que la lumière s'estompe. J'avais tout le loisir d'aller observer très intelligemment le numéro 37 de la via delle Cinque Lune en toute discrétion.

En chemin, je compris vite qu'une des conditions ne serait pas si facile à remplir. Je ne suis pas vraiment un modèle de discrétion. D'abord, j'ai une bonne demi-tête de plus que la plupart des Romains, hommes ou femmes. Je me déplace comme un obélisque dans cette foule de petits bruns. Il devenait de plus en plus évident que j'avais besoin d'une sorte de déguisement.

J'étais encore plus repérable après avoir traversé la via del Corso et plongé dans le labyrinthe de ruelles tout autour du Panthéon et de la piazza Navona. Il n'y a pas de trottoir, en dehors des grandes rues et du Corso. Les façades des maisons ouvrent directement sur la rue, si étroite par endroits, que les piétons doivent s'aplatir contre les murs pour laisser passer une petite Fiat.

Sur toutes les places, si minuscules soient-elles, on trouve une terrasse de café ou deux dont les tables et les chaises sont très vaguement protégées de la circulation par des buissons en pots.

Lentement, je longeai la via dei Coronari, en regardant toutes les vitrines. Ce n'était pas facile de voir les marchandises, car il n'y avait pas de grandes vitrines bien éclairées comme aux États-Unis. Pourtant, les sombres intérieurs poussiéreux renfermaient des trésors : un saint de bois, dévoré par les verres mais néanmoins fascinant, sans doute volé dans une église quelconque ; d'immenses candélabres de vermeil ; des porcelaines de Meissen ; des chérubins dorés, un sombre triptyque tout craquelé représentant des scènes de la vie d'une vierge.

J'aurais manqué l'entrée de la via delle Cinque Lune si

je ne l'avais pas cherchée. Même un pot de yaourt[1] n'aurait pas pu se faufiler dans la ruelle, mais les boutiques étaient encore plus sombres et plus luxueuses que celles de la via dei Coronari. L'une d'elle exposait un kimono chinois brodé qui me cloua sur place. Un éclairage dissimulé illuminait les fils d'or, avec lesquels on avait brodé un motif de chrysanthèmes aux pétales d'ambre et de citrine et une queue de paon dans des tons de bleus et de verts miroitants. Cela devait être le costume d'un haut dignitaire. Une seule fois, j'en avais vu un presque aussi joli, au Victoria and Albert Museum de Londres.

Au-dessus de la porte, trônait le numéro 37.

Je continuai à marcher lentement, à regarder les autres vitrines, bêtement fière de moi. J'avais au moins deux chances sur trois que le numéro 37 soit une boutique d'antiquités. Il y avait aussi des épiceries, des pharmacies et quelques maisons privées dans la rue. Ce n'était qu'une vague confirmation de ma théorie, mais j'étais d'humeur à apprécier tous les encouragements.

La rue courbée comme un arc se terminait dans une allée tout aussi étroite, la via della Stellata. Tout au bout de cette dernière, on apercevait un rai de lumière qui jouait dans une fontaine. C'était la fontaine des Quatre-Fleuves de Le Bernin, sur la piazza Navona.

Je ne lis pas beaucoup de romans policiers. Quand j'ai envie de me distraire, je préfère les mauvais romans historiques, avec des héroïnes voluptueuses et des héros fanfarons, beaucoup de scènes de séduction et pas mal de capes et d'épées. Mais, dans les quelques romans policiers que j'avais lus, les héros et les méchants entraient souvent par

1 Le « pot de yaourt » dont il est question ici n'est autre que la mythique Fiat 500, longtemps voiture fétiche des Italiens, car elle pouvait se faufiler dans n'importe quelle rue, même la plus étroite. *(N.d.T.)*

effraction. Ils forçaient généralement la porte arrière en s'introduisant par une ruelle, justement située là où ils en avaient besoin.

Mais il n'y avait aucune impasse derrière la via delle Cinque Lune.

La rue ne formait même pas le début d'un carré, non, comme je l'ai dit, elle était en courbe. La boutique ne possédait peut-être qu'une seule entrée. À en juger à la pile de détritus près de la porte, c'était fort plausible.

Je fis demi-tour et repris la rue des Cinq Lunes. Je ne m'arrêtai pas pour admirer le costume de mandarin cette fois, mais j'observai attentivement le numéro 37. Il n'avait rien de particulier à part un nom, peint en lettres noires très discrètes au-dessus de la porte : A. Fergamo. Cela ne me disait rien. Mais je remarquai un détail que je n'avais pas vu auparavant : une sorte d'ouverture en fente sur un des côtés du bâtiment, si étroite que le soleil ne parvenait pas à éclaircir l'obscurité qui régnait à l'intérieur.

En chemin, avant de rentrer à l'hôtel, je fis quelques emplettes. Je les ramenai dans ma chambre, où je me rafraîchis avant de me rendre dans la salle de restaurant où je commandai la spécialité maison avec une bouteille de Frascati. Comme c'était le professeur Schmidt qui payait, je portai un toast à sa santé.

Je quittai l'hôtel vers dix heures du soir. Il était encore trop tôt pour tenter une effraction, mais je n'avais guère envie d'attendre plus longtemps, de peur d'attirer l'attention. À Rome comme ailleurs, les gentilles filles ne traînent pas toutes seules à deux heures du matin. Les rues étaient toujours bondées. Tout le monde, y compris les touristes, semblait aller par deux, on aurait dit une armée de jumeaux siamois. Les vieilles dames qui se promenaient bras dessus, bras dessous avec leur escorte chauve et bedonnante avaient l'air charmantes. Il règne une sorte de magie à Rome, une nuit de printemps… Je m'efforçai de me souvenir que j'avais mieux à faire qu'à flâner.

Je m'enfonçai sous le premier porche obscur et enfilai mon déguisement. Il n'avait rien de sophistiqué : un imperméable noir, une paire de lunettes et un foulard bleu marine noué très serré sur mes cheveux. Je portais des tennis et un pantalon noir. Il n'en fallait pas plus que cette tenue, une démarche silencieuse et une mine sombre. Il me suffisait de faire un peu la moue et plus personne ne m'ennuierait.

Je hantai les rues de Rome pendant presque trois heures. Les lumières s'éteignaient peu à peu. Les boutiques fermaient, les fenêtres plongeaient dans le noir. Lorsque les innombrables églises sonnèrent les douze coups de minuit, je me trouvai sur Lungotevere Sangallo, l'un des grands boulevards bordant les méandres du Tibre.

Les coudes appuyés sur le parapet de pierre, je m'attardai longuement et observai les eaux sombres dans lesquelles scintillaient les reflets de la basilique Saint-Pierre et du Castel Sant'Angelo. Les lumières de la via della Conciliazione filaient jusqu'à la place Saint-Pierre où le grand dôme obstruait la vue de toute une partie du ciel.

Rome est une ville pleine de vie, on ne replie pas les trottoirs à minuit. Mais certains quartiers sont plus animés que d'autres et les rues des antiquaires s'étaient endormies dès dix heures. Lorsque je m'arrachai à cette vue magnifique, tout le quartier était désert.

J'avais bien fait d'aller visiter le coin dans la journée, sans cela, j'aurais eu du mal à retrouver mon chemin. Une fois à l'écart des boulevards animés du Tibre, j'aurais pu me croire dans un autre monde, tant cette partie de Rome n'a pas changé depuis des siècles ; elle ne s'est même pas mise à l'éclairage public ! Au cours de mes emplettes de l'après-midi, j'avais acheté une lampe de poche, mais je ne voulais pas m'en servir. Je continuai à avancer silencieusement dans les rues obscures, tête baissée. De temps à autre, je croisais une silhouette, tout aussi sombre et ombrageuse que la mienne. Au bout d'une rue sinueuse, j'apercevais parfois quelques lumières et j'entendais des échos fantomatiques de la liesse de la piazza Navona. C'est l'un des grands centres touristiques et certains cafés et restaurants restent ouverts tard dans la nuit. La place n'était qu'à quelques centaines de mètres, mais il aurait tout aussi bien pu s'agir de kilomètres. Les lumières ne filtraient pas jusqu'aux lugubres ruelles dans lesquelles j'errais. J'espérais que tous les policiers étaient occupés à surveiller les touristes exubérants.

Finalement, je retrouvai mon numéro 37 et l'étroit passage sur le flanc de la boutique. Mon Dieu, qu'il y faisait noir ! La rue était très sombre, et ce passage faisait penser à la gueule d'un dragon. Je m'y faufilai, en traînant les pieds pour ne pas trébucher sur un obstacle invisible. Je m'écorchai un peu les mains en tâtonnant sur le mur de briques irrégulières.

Il y avait peut-être une fenêtre dans ce mur, mais je n'y croyais guère. Pourquoi creuser une fenêtre sur une impasse de cinquante centimètres de large ? Mieux valait chercher une porte que je ne tardai pas à trouver. Là, j'allumai ma lampe de poche en couvrant le faisceau avec mon manteau noir. La porte en bois massif était munie d'une grande serrure à l'ancienne.

Toutes les adolescentes avec un brin d'initiative savent ouvrir les portes. Moi, c'est Piggy Wilson qui m'a appris en sixième. Il volait des vélos… pas pour l'appât du gain, non, juste pour la balade. C'était un fana de bicyclettes. Bon, de toute façon, pour forcer une serrure rudimentaire, pas un verrou à clé plate ou des engins plus modernes, la seule chose dont vous avez besoin, c'est une longue tige de métal droite et une seconde, munie d'une sorte de crochet. Vous vous souvenez des tire-boutons ? C'était avant mon temps, tout comme les guêtres sur lesquels on s'en servait. J'avais lu un article là-dessus, et j'en avais trouvé un, un modèle très bon marché, dans une échoppe en bordure de la via dei Coronari.

Avec le tire-boutons et une sonde en métal, la serrure n'opposa guère de résistance. Je m'attendais à voir des chaînes et des verrous et je m'étais dit que j'improviserai au moment opportun, mais à ma grande surprise et à mon grand soulagement, la porte céda sous la pression de la main. J'aurais mieux fait de m'inquiéter, au lieu de me sentir soulagée. J'aurais dû penser qu'il y avait une bonne raison pour que cette porte ne soit pas verrouillée !

J'entendis avant de la voir quelle était cette raison. Un grognement qui semblait émaner de la gorge d'un grizzly, un grognement sourd, filtré par de bonnes rangées de dents…

Je braquai ma lampe vers le bruit. Je vis la source du grognement. Ce n'était pas un ours, rien de si dangereux, mais un chien, de la taille d'un petit poney, noir comme le diable, à l'exception de ses crocs blancs. Vous avez entendu parler du chien des Baskerville ? Il était devant moi, pelage phosphorescent en moins : un énorme doberman, le meilleur chien de garde du monde !

DEUX

Pas étonnant que l'on n'ait pas pris la peine de verrouiller la porte ! J'aurais pu prendre mes jambes à mon cou et la claquer derrière moi. J'avais le temps. Ce n'était pas le courage, mais la trouille qui m'empêchait de m'enfuir. J'étais paralysée. Après une ou deux longues secondes, je vis quelque chose qui m'avait échappé. Le chien avait les lèvres retroussées et grognait toujours, mais sa queue s'agitait timidement.

La pièce dans laquelle je me trouvais était minuscule. C'était une entrée plus qu'une véritable pièce : un sol de ciment, des murs et le plafond envahis par de vilaines toiles d'araignées et des aménagements canins réduits au strict minimum. Quelques sacs dans un coin, et deux gamelles bosselées, vides. Dans l'une, on voyait encore quelques restes de pâtes ratatinées, quant à la gamelle d'eau, elle n'était même pas humide.

On dit que les Européens du Sud sont moins sentimentaux avec les animaux que les Américains. Pourtant, j'avais vu des Romains au grand cœur nourrir les chiens et les chats errants qui infestent les ruines, j'avais même vu un paysan bourru sortir des conserves et un ouvre-boîtes de sa poche pour rassasier une dizaine de chats au Forum. C'était visiblement un rituel quotidien, car les bestioles à demi sauvages arrivèrent au galop dès qu'il les appela et se mirent à ronronner sous ses caresses. L'homme qui s'occupait de ce doberman n'avait rien à voir avec ce paysan bourru. Il ne se donnait même pas la peine d'apporter de l'eau fraîche à son chien.

J'avançais prudemment, en prenant la voix que j'utilise avec Duke, mon retriever, chez moi, à Cleveland.

— Alors, mon grand… *poverino,* on t'a fait du mal ? On a oublié de te donner à manger ? Allez, *carissimo,* maman va t'apporter de l'eau.

Le chien me sauta dessus.

Il m'aurait renversée si Duke ne m'avait appris comment résister à ce genre d'assaut. Ce doberman était un imposteur : un mouton sous une peau de loup ! Les chiens sont comme les gens, il y en a des gentils et des méchants, mais même si des mauvais traitements peuvent rendre un chien méchant, ils sont généralement plus aptes à pardonner que les hommes. Je m'arrangeai pour fermer la porte et m'assis pour jouer un moment avec le doberman qui me léchait les mains. Je finis par le persuader de me laisser me relever, puis, avant toute chose, j'allai chercher de l'eau. Je trouvai une petite pièce avec un évier, des toilettes et une armée de cafards. Je remplis la gamelle du chien et, pleine d'indignation, le regardai laper goulûment. Il était d'une maigreur épouvantable. Je suppose qu'on le nourrissait mal volontairement, pour qu'il se montre plus agressif avec les intrus. Je cherchai donc quelque chose à manger. J'espérais tout au plus trouver un paquet de café et une boîte de biscuits, le genre de choses qu'un employé aime bien avoir sous la main pour grignoter, mais j'eus de la chance. Un petit placard près des toilettes contenait toute une collection de trophées : boîtes de pâté, huîtres fumées, ainsi qu'un paquet de thé anglais de grande marque et une boîte de cookies. Des biscuits anglais « Fancy Biscuits », disait la boîte.

Le doberman apprécia le pâté, mais il raffolait plus encore des huîtres fumées ! Je lui donnai une poignée de cookies et je me promis que si cet endroit s'avérait être l'antre du Cerveau, comme je l'espérais, je m'arrangerai pour que le maître du chien soit condamné à une peine sévère.

Avec le doberman sur les talons qui respirait lourdement derrière mon imperméable, j'explorai la boutique.

On avait tiré de solides rideaux de fer devant la vitrine, je pouvais donc utiliser ma lampe de poche sans crainte. Je ne m'y attardai pas, même si j'aurais eu grand plaisir à baguenauder entre les trésors qu'elle recelait. Tous les objets étaient magnifiques et horriblement chers. Les meubles de style baroque, pour la plupart, arboraient les lourds ornements dorés, si appréciés en Italie. Un chandelier en cristal de Venise aurait merveilleusement trouvé sa place dans un palais ducal du XVIIe siècle. Étagère après étagère, on pouvait admirer des chefs-d'œuvre en cristal, en argent ou en porcelaine fine. J'examinai avec attention la vitrine des bijoux. Du premier coup d'œil, je vis qu'il n'y avait rien pour moi.

La plupart des pièces dataient du XIXe siècle : des bijoux élégants et précieux, mais rien d'aussi rare que le talisman de Charlemagne. Je retournai donc dans l'arrière-boutique.

Elle était aménagée en bureau, avec une table de travail, quelques chaises droites et unc armoire à dossier rouillée. Allongé par terre, le chien mordillait négligemment le tapis élimé pendant que je fouillais dans les tiroirs.

Comme on pouvait s'y attendre, ils contenaient les habituels stylos, crayons, carbones et autres articles.

Hélas, je ne savais pas ce que je cherchais. Je ne m'attendais pas à trouver un projet de braquage, avec le nom des participants et le plan du musée. J'espérais tomber sur un indice qui amorcerait la pompe, si vous me pardonnez cette métaphore très personnelle qui remontait à mes jours passés à la ferme… un nom ou une expression qui aurait eu un sens maléfique pour mon esprit suspicieux.

Le plus surprenant fut ce que je trouvai, mais pas dans l'armoire. Comme les tiroirs, elle ne contenait que les dossiers habituels : des factures d'artisans avec lesquels un antiquaire traite habituellement : restaurateurs, tapissiers, etc. Plusieurs bijoutiers apparaissaient également, je notai leurs noms sans espérer grand-chose de cette source. Un antiquaire doit parfois faire restaurer ou nettoyer un bijou. Je reconnus néanmoins un des noms, celui d'une boutique prestigieuse de la via Sistina. Les transactions semblaient claires et au-dessus de tout soupçon.

Un des classeurs était intéressant, mais je ne l'aurais sans doute pas remarqué si je n'avais pas cherché des indices à tout prix. C'était un dossier très mince, contenant une dizaine de feuillets tout au plus, et, comparativement aux autres objets, il était presque neuf et propre. Il n'y avait que des listes de noms, des noms très prestigieux. Tous ou presque étaient titrés, et j'en connaissais même quelques-uns.

Pour des raisons qui deviennent de plus en plus évidentes au fil de ce récit, je vais modifier ces noms, pour protéger les innocents, comme on dit. Et l'« innocent », en l'occurrence, c'était moi. J'ai pourtant assez d'ennuis comme ça dans la vie. Le problème, c'était que les noms que je reconnaissais étaient ceux de propriétaires d'objets rares. Le titre de von Graf, pour ne choisir qu'un exemple, remontait au xe siècle, tout comme le contenu de son château dans les Alpes bavaroises. L'un de ses trophées, une salière attribuée à Cellini, était représenté dans des dizaines de livres d'art.

Je passai la liste en revue avec grand intérêt. Ces personnes étaient-elles les victimes potentielles d'une vaste escroquerie ? Le jeu en vaudrait la chandelle, et une demeure privée, si grandiose soit-elle, est plus facile à cambrioler qu'un musée. Toutefois, ce n'était qu'une théorie. Je pouvais difficilement appeler tous ces gens pour leur demander de faire attention à leurs collections. Je n'avais aucune preuve de rien. D'ailleurs, si le talisman de Charlemagne était caractéristique du travail du faussaire, je serais bien incapable d'identifier d'autres faux éventuels.

Lassé de son tapis, qui à en juger par la variété de taches ne devait pourtant pas manquer de saveurs diverses, le chien avait posé la tête sur mon pied qui commençait à s'engourdir sous le poids. Je me sentais ridiculement détendue à ce moment-là… Il n'y a rien de plus relaxant qu'un chien qui dort à ses pieds, et je commençai à avoir une petite faim. J'allai donc chercher des biscuits dans le placard à provisions. J'avais même envie de me préparer une tasse de thé et j'allai jusqu'à soulever le couvercle de la bouilloire. Elle était pleine.

La boîte de cookies était presque pleine elle aussi. Cela signifiait sans doute quelque chose, mais je ne pensais pas que cela puisse avoir une quelconque importance. Je décidai d'oublier le thé, mais je mangeai le reste des biscuits, avec l'aide appréciable du chien. Tant pis, il n'y avait plus aucun moyen de dissimuler le fait qu'on s'était introduit dans la boutique. Même si le doberman pouvait accomplir des prouesses, il n'aurait jamais pu ouvrir la boîte d'huîtres fumées.

Je me frottai les mains, pour me débarrasser des miettes, et retournai jeter un coup d'œil au bureau. Il n'y avait rien dans la corbeille, rien de caché derrière l'armoire. Il était temps de partir. Cela me faisait de la peine de quitter le chien, mais je pouvais difficilement l'amener à l'hôtel. Lorsque je me penchai pour caresser sa grosse tête et m'excuser de l'abandonner ainsi, je vis qu'il avait trouvé autre chose à grignoter. Le dessin sur le papier attira mon attention, et je l'arrachai de ses mâchoires.

Il avait dévoré l'un des angles du papier, mais il en restait assez. C'était un dessin très détaillé d'une couronne, à l'échelle. Pas une de ces grosses couronnes renflées que portent les monarques modernes lors de l'ouverture des sessions du Parlement, non, un magnifique diadème de fil d'or entrelacés avec de minuscules fleurs, des pétales de turquoise, de lapis-lazulis et de cornalines. Les couleurs n'étaient pas indiquées sur le dessin, mais je connaissais cette couronne. Pour une antiquité, c'était une antiquité : cette pièce avait plus de quatre mille ans ! Elle venait de la tombe d'une princesse égyptienne. Le Metropolitan en possédait une semblable. On avait découvert celle-ci au XIXe siècle, avant que le gouvernement ait édicté des règles strictes pour que les antiquités restent dans le pays et ne soient plus pillées comme les marbres que lord Elgin, le célèbre chercheur, avait emportés en Angleterre. Mais contrairement aux marbres, cette couronne faisait toujours partie d'une collection privée.

Je mis le dessin dans ma poche et me dirigeai vers la porte arrière. Je dus parlementer un bon moment avec le chien pour qu'il me laisse sortir. J'avais de nouveau rempli sa gamelle d'eau, mais je me sentais toujours coupable. La dernière chose que je vis avant d'éteindre ma lampe de poche, ce fut sa mine attristée. Je ne me souciai pas de refermer derrière moi. Pourquoi protéger l'antre d'une bande d'escrocs ?

La boutique était bien l'un des repaires des gens que je recherchais, cela ne faisait plus aucun doute à présent. Le dessin ne serait peut-être pas une preuve recevable dans un tribunal, mais cela me suffisait. Les détails des mesures, le dessin à l'échelle étaient précisément ce dont un artisan aurait besoin pour copier l'original, et le diadème serait réalisé sur commande par l'homme qui avait fabriqué la copie du talisman de Charlemagne. La valeur de cette couronne résidait dans la beauté du dessin et la rareté de l'objet, mais on pouvait la reproduire pour un coût modique.

Je rentrai à l'hôtel vers trois heures du matin, après m'être débarrassée de mon imperméable noir et de mon écharpe en chemin. Le réceptionniste m'adressa un sourire en coin tandis que je traversais le hall et remerciais Dieu de voir qu'il avait l'esprit si mal tourné. Il n'aurait jamais imaginé que je rentrais si tard parce que je m'étais introduite par effraction dans une boutique d'antiquités.

II

Le lendemain matin, je pris mon petit-déjeuner au lit, un excellent petit-déjeuner au demeurant, si l'on oublie le café. Je n'ai jamais compris pourquoi le peuple qui a inventé *l'espresso* n'a jamais su faire d'autres types de café.

La matinée était splendide, comme presque toutes les matinées à Rome. La fontaine de la piazza Esedra étincelait sous le soleil. J'avais revêtu ma plus belle tenue de touriste, toute de rayures rouges et blanches, avec d'énormes lunettes de soleil. Je tenais à me faire remarquer. Il ne fallait pas que les antiquaires puissent imaginer un seul instant que j'étais leur visiteur nocturne. Je déambulai tout à loisir via dei Coronari et entrai dans quelques boutiques. Il était presque midi lorsque je retrouvai le numéro 37.

Deux touristes allemands se trouvaient dans le magasin. Du moins, ils parlaient allemand avec des voix fortes et puissantes. Ils ressemblaient à des marchands prospères. La femme portait un pantalon, ce qui était une erreur de sa part. J'écoutai un moment, le dos tourné, en feignant d'admirer les bibelots d'une vitrine de verre, près de la porte. La femme collectionnait les tabatières chinoises et ses commentaires sur le modèle qu'on lui présentait n'étaient guère flatteurs. Le prix était trop élevé, les gravures sommaires... Propos habituels d'un acheteur qui voulait marchander.

Le propriétaire lui répondait d'une voix si douce que j'avais du mal à le comprendre. Mais son ton exprimait clairement qu'il se fichait bien que la cliente achète ou non le flacon. La femme qui finit par le comprendre, elle aussi, quitta la boutique sur une exclamation exaspérée ; son mari la suivit.

Je me retournai et examinai avec intérêt une lampe baroque, dégoulinante de pampilles et de pendeloques dorées. Je ne pensais pas que le vendeur allait s'approcher de moi. Il n'avait rien du vendeur de l'année ! Je ne me trompais pas. Il resta assis tranquillement derrière son bureau, au fond de la pièce, si bien que je m'approchai de lui tout en passant en revue la marchandise, comme une banale cliente. Je levai les yeux vers lui et lui souris.

— *Buon giorno,* dis-je.

— *Good morning,* répondit-il.

J'attendais quelque chose du genre : « Que puis-je pour vous ? », mais il se tut. Il restait à sa place, adossé sur sa chaise et m'observait d'un regard hautain.

Je n'avais pas eu besoin d'entendre son accent bien ciselé pour savoir qu'il était anglais. Le thé et les biscuits que j'avais découverts la nuit précédente m'avaient laissé supposer que le propriétaire était de cette nationalité, et son apparence ne laissait aucun doute. Il me rappelait lord Peter Wimsey – pas seulement les cheveux blonds et la peau à peine hâlée par le soleil romain, mais aussi son expression quelque peu condescendante. On ne pouvait pas dire qu'il avait un gros nez, pourtant cet appendice dominait tout son visage, et bien qu'il soit assis et moi debout, il semblait me toiser de toute sa hauteur derrière ce nez.

— Oh, mon Dieu, dis-je, les yeux écarquillés, comment avez-vous deviné que j'étais américaine ?

Son sourire s'élargit.

— Ah ! ma chère enfant, dit l'Anglais, sans plus de précision.

Je fus soudain prise du désir de dire quelque chose qui allait effacer ce sourire exaspérant de son visage, lui demander s'il avait des bijoux égyptiens à vendre par exemple, mais je me maîtrisai. Quelque chose chez cet homme – si désinvolte et si bien élevé qu'il puisse paraître – me disait que mieux valait se montrer prudente avec lui. Ses mains, négligemment nouées sur ses genoux, étaient aussi manucurées que celles d'une femme. Il avait de longs doigts de musicien, comme on dit, car la plupart des musiciens que je connais ont des mains de débardeurs des Halles.

Je commençai à babiller, pour lui expliquer que je cherchais un cadeau pour mon fiancé, amateur d'antiquités. Les yeux bleus froids se rétrécirent, visiblement amusés. Je continuai. Il agita une de ses belles mains si soignées.

— Eh bien, regardez, ma chère. Prenez votre temps, si vous voyez quelque chose qui vous plaît, venez me le montrer, je vous donnerai toutes les explications nécessaires.

— Merci. Inutile de vous lever.

— Je n'en avais pas l'intention.

Cela ne me conduisait nulle part. Je me demandai que faire à l'étape suivante, lorsqu'un vacarme invraisemblable retentit à l'arrière de la boutique. Le Colisée n'était qu'à quelques pas, et cela me rappela irrésistiblement les combats des lions et des chrétiens... Des cris, des hurlements, des grognements...

Des grognements ! Ce fut le seul avertissement que je reçus avant que le chien ne fonce à travers le rideau et vienne me sauter dessus !

Je ne l'avais pas oublié, mais je pensais qu'il serait attaché ou transféré dans un environnement plus rural dans la journée. Je n'avais pas compté sur une si bonne mémoire et une si bonne ouïe !

Un instinct obscur me fit attraper la lampe baroque au moment où je tombai. Elle était lourde, mais elle se brisa avec un bruit satisfaisant. Le propriétaire sauta sur ses pieds, avec une exclamation peu châtiée. Allongée sur le dos, avec le chien qui me léchait le visage avec avidité, je me débattais et criais.

— Au secours ! Aidez-moi ! Il va m'égorger !

L'Anglais trottina vers moi. Pas très vite, d'ailleurs, et j'étais furieuse, car au lieu de voler à mon secours, il s'arrêta pour ramasser la lampe et l'examiner, rageur, avant de prendre le chien par son collier et de l'éloigner de moi. Il fit ce geste sans effort, bien que l'animal dût peser dans les cinquante kilos.

— Vous égorger ! Sûrement, dit-il, méprisant. Levez-vous, jeune femme, et essuyez-vous le visage. Vous avez brisé une lampe d'une grande valeur ! Bruno !

Je pensais qu'il parlait au chien, car la pauvre créature se coucha immédiatement, apeurée. Mais Bruno était un homme basané, un gros costaud à l'air mauvais, qui se précipita dans la boutique, un lourd bâton à la main. L'Anglais lui prit l'arme des mains au moment où elle allait s'abattre sur le chien.

— Arrête, espèce d'imbécile !

— Mais c'est un assassin ! aboya Bruno. Regarde, il m'a attaqué, il a déchiré ma chemise...

— C'est un chien intelligent. Il a bon goût... en matière vestimentaire. Laisse cette bête tranquille. Les Américains sont dingues avec les animaux. Elle va nous mettre la police aux trousses si tu ne fais pas gaffe !

— Viens, César.

Le chien le suivit, ventre à terre. Ce spectacle me révulsait. L'Anglais avait gardé un visage impavide pendant tout l'échange, que naturellement, je feignis de ne pas avoir compris – mais mon animosité envers lui fit un grand bond en avant. En général, les Anglais adorent les chiens. De toute évidence, ce spécimen était un dégénéré. Cela ne fit que confirmer ma conviction : je me trouvais face à un escroc.

— Ma lampe ! dit-il en me lançant un regard glacial.

— Mes côtes ! dis-je, tout aussi froidement. Bon, alors, inutile de me demander de vous rembourser la lampe. Vous avez de la chance que je ne vous fasse pas de procès. Qu'est-ce qui vous prend de laisser un animal aussi dangereux en liberté ?

Il garda le silence un instant. Immobile, les mains dans les poches de sa magnifique veste taillée sur mesure, il maîtrisait son expression à merveille, mais au fil des secondes qui s'écoulaient, j'avais l'impression que toutes sortes d'idées bourgeonnaient derrière cette façade impassible.

— Vous avez raison, finit-il par dire. Je vous dois des excuses. En fait, nous vous devons plus que des excuses. Peut-être devriez-vous consulter un médecin, pour vous assurer que vous n'êtes pas blessée.

— Ça va aller. Je suis juste un peu choquée.

— Mais votre tenue ?

Il était tout miel et tout sourire à présent, il montrait même ses dents blanches.

— Il faut la faire nettoyer, c'est la moindre des choses. Donnez-moi votre nom et celui de votre hôtel, afin que nous puissions vous rembourser les dégâts.

J'avais envie de hurler. Il y avait bel et bien une cervelle derrière ce beau visage, et à présent, il m'avait piégée ! Il connaissait assez les animaux pour tirer la bonne conclusion de l'attitude du chien. Il ne pouvait pas jurer que j'étais leur visiteuse nocturne, mais il nourrissait de sacrés soupçons, et si je refusais de lui donner mon nom, je ne ferais que les corroborer. Et puis, il était bien capable de me faire suivre. C'est ce que j'aurais fait, à sa place. Alors, que je refuse de lui répondre ou lui donne une fausse adresse, il pourrait vérifier.

Je n'étais pas une professionnelle, je n'avais aucun moyen

de me débarrasser d'un suiveur anonyme qui ressemblerait sans doute à un million de Romains. Ma seule option, c'était de dire la vérité et d'espérer que ma franchise efface-rait ses doutes.

Donc, en battant des cils et en tortillant les hanches, je lui dis qui j'étais et où je logeais, comme si j'espérais qu'il y eut un motif plus personnel derrière sa requête. Il répondit avec une outrageuse parodie de vanité masculine qui m'aurait fait mourir de rire si je n'avais pas perdu tout sens de l'humour. S'il avait eu une moustache, il l'aurait tortillée !

Ma satisfaction flancha quelque peu lorsque je repris le chemin de la piazza Navona mais, au fur et à mesure, je commençais à espérer que cet incident n'avait pas été aussi désastreux qu'il en avait eu l'air. Maintenant que mon enquête était dans une impasse, l'équipe adverse serait peut-être obligée de faire le premier pas.

Ah, sur ce point, j'avais vraiment raison ! Mais je me trompais quand même sur un menu détail. Je pensais qu'il leur faudrait un jour ou deux pour me retrouver. Je ne m'attendais donc pas à avoir des ennuis si rapidement. Et sûrement pas avant la tombée de la nuit ! Mais on me kidnappa sur la place du Forum, au nez et à la barbe de milliers de touristes.

TROIS

Je rêvai de spaghettis, et, à mon réveil, je sentais encore l'odeur de l'ail. Je découvris bientôt que cette odeur provenait du bâillon serré autour de ma bouche. J'avais un bandeau sur les yeux et on m'avait attaché les poignets et les chevilles. J'étais allongée sur une surface plane, assez moelleuse. Je n'en savais pas plus. Je ne pouvais pas bouger, je ne voyais rien et j'avais un mal fou à respirer. J'aime bien l'ail, mais pas sur un bout de tissu rugueux.

J'avais un mal de tête à hurler et une drôle d'impression dans l'estomac, due à ma terreur, pour l'essentiel, mais qui pouvait aussi être une réaction causée par la drogue qu'on m'avait injectée.

C'était le bandeau sur les yeux qui provoquait ma panique. Un jour, quand j'avais douze ans, je m'étais sauvée de chez moi et, à la tombée de la nuit, je m'étais réfugiée dans une grotte dans les collines. Je m'étais réveillée dans le noir et pendant une minute, je ne m'étais pas souvenue de l'endroit où j'étais. C'était horrible. J'en fais toujours des cauchemars. C'était encore pire cette fois-là, cet environnement invisible était synonyme de danger et ne pas savoir quelle forme il prendrait rendait les choses plus difficiles encore. Je me tortillai et tirai sur mes liens pendant un moment, sans avoir la moindre notion de temps. Il me semblait que cela durait une éternité. Puis, je me ressaisis. Je ne faisais qu'empirer la situation, mon seul espoir était de reprendre mes esprits et d'essayer de réfléchir. Bien que je n'aie eu aucun doute sur ce qui avait pu m'arriver, je ne comprenais toujours pas comment ils s'y étaient pris. La dernière chose dont je me souvenais, c'était le soleil sur les colonnes blanches du Forum : la colonne de Phocas, près des rostres, et les trois magnifiques colonnes du temple des Dioscures, avec, en toile de fond, les pins noirs et les sombres cyprès de la colline Palatine… Oui, j'étais allée sur la colline... J'avais grimpé la pente pavée vers les ruines des palais impériaux. Ensuite, le noir complet. Je m'efforçai de retracer les événements dont je me souvenais.

Après avoir quitté la boutique d'antiquités, j'avais déjeuné dans un restaurant en terrasse, sur la piazza Navona. J'aurais juré que personne ne m'avait suivie. À côté de moi, il n'y avait que des touristes : un couple de français qui se disputait à propos d'argent, une famille allemande, un groupe d'Américains du Middle-West qui engloutissait des spaghettis comme s'ils étaient sous-alimentés, ce qui n'était visiblement pas le cas. La place était bondée, comme d'habitude. Les grandes silhouettes des sculptures du Bernin crachaient des flots d'eau, et quelques galopins s'éclaboussaient en ricanant, jusqu'à ce qu'un policier vienne les rappeler à l'ordre. De l'autre côté de la place, les flèches de Sainte-

Agnès de Rome se dressaient dans le ciel. Un carrousel de voitures et de motos tournait tout autour de l'ovale de la place, comme les chars romains avaient autrefois parcouru la piste du stade de Domitien, au bon vieux temps de sinistre mémoire. La place avait remplacé le stade, mais l'amour de la vitesse était resté.

En quittant le restaurant, j'avais observé tous les passants d'un air suspicieux mais, comme je m'y attendais, j'étais incapable de savoir si l'un d'eux me suivait... avec de mauvaises intentions, bien sûr. Un petit bonhomme qui m'arrivait à peine à l'épaule trottina derrière moi pendant presque un kilomètre, découvrant ses dents dans ce qu'il croyait être un sourire irrésistible. Il avait un rival, un ado sur sa Vespa, qui me suivit pendant quelques pâtés de maisons en me hurlant des choses comme : « Si on y allait, ma petite ? » jusqu'à ce qu'il se trouve nez à nez avec un gros policier. Mais ni l'un ni l'autre...

Puisque j'en parle, la fameuse ardeur romaine ferait une excuse idéale pour suivre une femme. Mais mes prétendants avaient disparu lorsque j'avais acheté mon billet pour le Forum.

J'y étais allée parce c'est pratiquement le seul endroit ouvert dans l'après-midi et que j'espérais trouver un coin tranquille parmi les ruines. Hélas, je n'étais pas la seule à avoir eu cette idée lumineuse. Le Forum était bondé et brûlant sous le soleil. C'est pourquoi j'étais montée sur la colline Palatine, à la recherche d'un peu d'ombre et de calme. C'est un véritable labyrinthe, avec des ruines qui se croisent et s'entremêlent. Les premières pierres de Rome avaient été bâties sur cette colline, qui était restée habitée pendant des siècles. Je me perdis. Tout le monde s'y perd. Je ne sais pas où je me trouvais lorsqu'ils m'ont rattrapée. Je me souvenais de petits murs de pierres à moitié effondrés, de buissons épineux… Et mon dernier souvenir cohérent, en dehors d'un noir soudain, c'était celui d'un visage grincheux et d'une aiguille plantée dans mon bras. Avec un peu d'audace, ils avaient pu partir avec mon corps inconscient sur l'épaule, les témoins éventuels avaient dû croire que je m'étais évanouie.

Après avoir imaginé comment j'avais pu arriver ici, je me demandais où je pouvais bien me trouver. Je ne disposais plus que des sens de l'odorat et de l'ouïe. J'inspirai profondément. Aucun résultat, la seule chose que je sentais, c'était l'ail. Au début, mes oreilles ne se révélèrent guère plus utiles. Puis, j'entendis un bruit de serrure.

Je restai immobile, sur le côté gauche, dans la position où je m'étais réveillée. Grâce à l'écho, je savais que je me trouvai face à la porte de la pièce… du placard… du vestibule… ou peu importe… j'entendis la porte s'ouvrir, puis une voix d'homme retentit.

— Elle dort toujours, dit la voix en italien.

Je ne reconnus pas l'accent. Cela ressemblait à un dialecte romain très rauque, mais en plus rustique encore.

Puis, j'entendis un rire, un rire mauvais. Et une autre voix. Je ne peux pas transcrire les paroles, car je ne comprenais pas les mots clés d'une sorte d'argot local. Mais ce qu'elles suggéraient n'était que trop évident.

— Non, dit la première voix à regret. On n'a pas le droit. Il faut l'interroger.

— Je m'en chargerai volontiers, dit le méchant numéro deux, en ricanant.

Je ne l'imaginais que trop bien, avec cet affreux rire aigu. Un petit gros, avec des cheveux gras, une bouche large comme une gueule de crapaud, humide et sans lèvres.

— Après tout, tout le monde s'en moque, ajouta-t-il. C'est pas ça qui l'empêcherait de parler, pas vrai Antonio ?

Ils continuèrent à discuter sur le sujet un moment. Je suivais le débat avec un intérêt tout particulier. Ils finirent par s'en aller car j'entendis la porte s'ouvrir et se refermer. J'étais soulagée, mais pas totalement. Antonio s'était systématiquement retrouvé à bout d'argument, peut-être, parce qu'il n'y mettait pas assez de cœur. Je ne sais pour quelle raison idiote, le méchant numéro deux m'inquiétait plus que les personnages anonymes qui voulaient me questionner. J'avais bien l'intention de tout raconter, si l'interrogatoire était accompagné de sévices. Pourquoi jouer les héroïnes ? Mais cette voix grailleuse, alors que j'étais aveugle, pieds et poings liés…

La porte s'ouvrit. Je fis de mon mieux pour crier. Seul un vague gargouillement traversa le bâillon. Des pas se précipitaient vers moi. J'essayai de me tortiller. Quelqu'un me souleva aussi aisément que si j'avais été une mauviette de cinquante kilos en passant un bras sous mes genoux et l'autre sous mes épaules. Et hop, l'individu m'embarqua, au pas de course ! Nous n'allâmes pas bien loin avant que mes gesticulations ne lui fassent lâcher prise. Au lieu de me reprendre, il me plaqua contre une surface plane, un bras me serrant les bras contre le corps, s'appuyant de tout son long sur moi, pour m'immobiliser. Il avait son autre main sur ma nuque et écrasait ma tête contre son épaule.

— Arrêtez de gigoter ! Vous voulez que je vous remette entre les pattes d'Antonio et de Giorgio ?

Je pense l'avoir reconnu avant même d'avoir entendu sa voix, rien que par l'aura qu'il dégageait : l'odeur de savon, de coton amidonné, de tabac de luxe. Contrairement aux ordres, je continuai à me débattre car je ne pouvais pas respirer. Il comprit. Les doigts se relâchèrent un peu derrière ma nuque pour que l'air puisse pénétrer mes narines pendant qu'il dénouait le bâillon. Enfin libérée de cette contrainte, je pris une profonde inspiration. J'avais un million de questions à poser mais je n'en eus pas le temps. Ses lèvres et sa langue bloquaient ma bouche tout aussi efficacement que le bâillon mais de manière beaucoup plus agréable.

Dans l'intention, c'était un baiser purement pratique, il devait me faire taire sans délai, car Antonio et Giorgio se précipitaient dans la pièce que nous venions de quitter. À les entendre, on aurait cru qu'ils n'étaient qu'à quelques mètres, mais l'attitude de mon compagnon m'indiquait clairement qu'ils ne pouvaient pas nous voir, même s'ils risquaient de nous entendre facilement. J'avais toujours un bandeau sur les yeux, n'oubliez pas, et plus ce baiser se prolongeait, moins j'étais capable de me concentrer sur l'essentiel.

Et c'était un baiser mémorable ! Lorsque j'avais commencé à coopérer – et j'ai honte de reconnaître que ce fut presque immédiat –, sa contribution se fit moins pragmatique et plus enthousiaste. C'était ridicule ! Il se montrait aussi espiègle et efficace que s'il avait tout son temps et rien d'autre à penser. Sans vouloir paraître prétentieuse, je crois que ma propre prestation n'était pas négligeable.

Il s'arrêta néanmoins dès que les piétinements frénétiques d'Antonio et Giorgio s'éloignèrent. Je remarquai que ses chuchotements étaient un peu haletants, mais en fait, ils semblaient plus enjoués que passionnés.

— Merci. C'était très agréable… Non, ne dites rien. Je n'ai pas l'intention de répondre à vos questions, ce serait du temps perdu. Je vais vous sortir de là. Giorgio n'est pas un personnage recommandable. Cela me chagrinerait de le voir gâcher autant de talent. Et puis, mon patron a des projets…

Ne dites rien ! Vous ne serez pas hors de danger tant que nous n'aurons pas quitté cette maison, et vous devez faire tout ce que je vous dis. Et sans un bruit, sinon, vous serez capturée à nouveau. Et Giorgio aura toutes les excuses du monde pour exécuter son vilain petit travail. *Capisce, signorina dottoressa ?*

— Comment savez-vous ? commençai-je.

De nouveau, ses lèvres se pressèrent sur les miennes. Cette fois, elles ne s'attardèrent pas.

— Je vous ai dit de vous taire. Je ne peux pas répondre à vos questions. Vous m'obéissez ou je rappelle Giorgio ?

Je ne pensais pas qu'il mettrait sa menace à exécution, mais je n'avais pas envie de courir le risque. On percevait un soupçon de dureté dans cette voix suave, même lorsqu'il chuchotait.

— D'accord, dis-je, doucement.

— Bien. Je vais vous détacher, mais gardez le bandeau sur les yeux. Vous me devez bien ça pour vous avoir sauvé la vie ou du moins, votre… vertu, si on peut toujours dire ça de nos jours. Quant à la virginité…

— Oh, arrêtez, sifflai-je, exaspérée. C'est d'accord. Je suppose que vous allez me demander de tout laisser tomber et d'oublier toute cette histoire ?

— Exactement. Vous ne savez rien d'important, c'est évident, sinon, vous n'auriez pas commis la bêtise de venir à la boutique. Je n'ai pas envie que vous en appreniez plus avec la mésaventure de ce soir. Si vous savez ce qui est bon pour vous, vous rentrerez chez vous, comme un gentil petit docteur en philosophie et cesserez de vous mêler des affaires qui ne vous regardent pas. Allez, venez, et pour l'amour de Dieu, taisez-vous !

Profitant de sa dernière diatribe – ce diable savait ce

qu'il faisait – il avait dénoué les cordes qui me liaient les mains et les pieds et m'avait frictionné pour faire disparaître l'ankylose.

Pendant qu'il parlait, j'avais concentré tous mes sens en fonctionnement pour en apprendre le plus possible sur l'univers qui m'entourait. Ce ne fut pas trop difficile d'imaginer où je me trouvais. L'impression d'enfermement, l'odeur de poussière, la sensation de tentures frôlées… Nous étions derrière de lourds rideaux de velours ou d'un tissu peluché, dans la pièce même où j'avais été retenue prisonnière. Je compris pourquoi Giorgio et Antonio ne nous avaient pas vus et pourquoi je devais absolument garder le silence.

Plusieurs répliques débonnaires et spirituelles me venaient à l'esprit, mais, pour dire vrai, je ne me sentais pas particulièrement débonnaire. Ce n'était pas la première fois que j'affrontais le danger, en fait, j'avais même connu pire. Mais je n'étais pas encore blasée… je ne crois pas pouvoir le devenir un jour. J'étais prête à faire n'importe quoi pour sortir de cet endroit quel qu'il soit… Après, eh bien, on franchirait l'obstacle quand il faudrait.

Je le laissai passer son bras autour de mes épaules pour me guider et le suivis dans un silence docile. J'étais surprise par le nombre de choses que j'avais pu apprendre, privée du sens de la vue. Le sol, par exemple. Il était lisse, légèrement glissant, du bois ciré, sans doute. Lorsque la surface changea pour un tapis, mes pieds sentirent aussitôt la différence. Je savais même qu'il ne s'agissait pas d'une moquette synthétique tellement en vogue dans mon pays. Non, la couche était plus fine, et j'avais même trébuché dans ce qui devait être des franges. Un tapis oriental ?

De toute façon, j'étais sûre de ne pas me trouver dans un appartement ou une maison minable. L'odeur de cire, l'impression générale d'espace, suggérait quelque chose de grandiose. Nous marchâmes un moment sur du marbre ou du moins sur une surface dure et froide. Et nous restâmes longtemps à l'intérieur. Cette maison était aussi grande qu'un musée.

Mon compagnon ne disait mot. Le bras passé autour de mes épaules était musclé, les doigts s'enfonçaient dans ma peau en exerçant une pression qui valait tous les avertissements. À un moment, j'entendis des voix lointaines et, un peu plus tard, il m'entraîna dans un petit espace clos. Des bruits de pas s'approchèrent avant de s'éloigner à nouveau.

Au fil de notre fuite, je retrouvai un peu de ma bravoure, et ma curiosité s'éveillait. Où étions-nous finalement ? Dans un véritable musée ?

J'eus l'opportunité que j'espérais en arrivant sur le palier d'une volée de marches. Je ne savais pas que c'était un escalier au début, pas avant qu'il me prenne dans ses bras et les descende. Je suppose que c'était plus facile de me porter que de me guider pas à pas, mais j'avais comme l'impression que ça l'amusait aussi. Je passai les bras autour de son cou et frottai mon visage contre son épaule.

Cela le fit rire, si l'on peut appeler ainsi la petite bouffée d'air qu'il envoya dans mon oreille. Je lui chatouillai la nuque. C'était un peu pervers. Mais ça lui plaisait, il aurait beau affirmer le contraire, je ne disais que la vérité. En bas de l'escalier, il ne me reposa pas et continua à me porter le long d'un couloir au sol de marbre, orné de longs miroirs. Les miroirs, je les avais vus ! Je m'étais arrangée pour faire glisser un peu le bandeau afin de voir d'un œil.

De temps à autre, la série de miroirs était interrompue par des toiles de maître, dans de grands cadres épais. Je n'avais jamais eu une vue aussi détaillée de grandes peintures auparavant : je ne voyais que des pieds, des rebords de robes, l'herbe et les rochers de l'arrière-plan.

La galerie était très longue. Mon sauveur se retrouva à bout de souffle avant d'être arrivé de l'autre côté. Pour lui rendre justice, ce n'était pas seulement l'effort physique qui le faisait haleter. J'avais les mains et la bouche libre, et je m'en servais agréablement. J'en profitai pour remettre le bandeau en place. J'en savais assez.

Nous traversâmes des portes battantes – je les entendis claquer derrière nous – pour entrer dans un couloir plus étroit où planaient des odeurs de cuisine. Il me reposa à terre. J'avais toujours les bras autour de son cou et le visage levé vers lui, aveugle et confiante. Une position parfaite pour ce qu'il avait à l'esprit ! Son poing atterrit droit sur mon menton levé.

Je repris connaissance dans le taxi, la tête appuyée sur son épaule. Au début, je ne savais pas qu'il s'agissait d'un taxi. Je ne voyais que les lumières des phares qui défilaient, tels de longs rubans de feu.

— Réveille-toi, ma chérie, dit une voix. « Lève-toi, clair soleil, et tue la lune jalouse[1]... » Voilà, c'est bien.

Je tournai le visage et vis celui que je m'attendais à voir, tout sourire. Le bout de son nez était à moins d'un centimètre du mien et, au fur et à mesure que je reprenais conscience, mes souvenirs se remettaient en place. J'étais si furieuse que je le mordis, comme un chien en colère. Il se contenta de rire et m'embrassa. Je ne me débattis pas. Cela aurait manqué d'élégance. Lorsqu'il eut terminé, il me tint à bras tendus et me regarda d'un œil critique.

— Pas mal. Il est normal qu'une jeune femme ayant

1 *Roméo et Juliette*, traduction de Yves Bonnefoy.

passé la nuit en ville manifeste quelques signes de fatigue. Je ne pourrais jamais vous dire à quel point j'ai apprécié cet intermède.

— Non. À votre place, je n'essayerai même pas. Où sommes-nous ?

— Presque à votre hôtel. Vous pouvez marcher ?

Je pliai les jambes. Il changea rapidement de position et je lui souris ou plutôt, je découvris les dents.

— Ne vous inquiétez pas. Je ne vais pas vous donner de coup de pied. Même si j'en tirerais une immense satisfaction. Oui, oui, je peux marcher. Si démoralisant vos baisers soient-ils, ils ne sont pas encore incapacitants.

— Quel vocabulaire, dit l'Anglais d'un ton admiratif. Belle et intelligente. Bien, ma jolie, vous devriez vous en tirer pour ce soir, mais je vous conseille de quitter Rome demain matin à la première heure.

Le taxi s'arrêta. Il ouvrit la porte et sortit avant que j'aie pu penser à la moindre répartie. Il plongea la main à l'intérieur de la voiture et m'attira sur le trottoir.

Nous étions juste en face de l'hôtel, un de ces établissements de grand luxe qui ressemblent à des palais de la Renaissance… à moins qu'il ne s'agisse de véritables palais. Les portiers avaient plus de dorures sur leurs uniformes que dans les autres palaces de Rome. Un des portiers, celui qui m'avait vu rentrer à trois heures du matin la veille, nous observait, à quelques mètres de là.

J'avais été droguée, attachée pendant je ne sais combien d'heures et assommée. Je savais à quoi je ressemblais : pas à une pauvre jeune fille sans défense sauvagement agressée, mais à une véritable pocharde !

— *Buona notte, carissima,* roucoula ma blonde bête noire, d'une voix suave. *Grazie per tutto…*

Il tendit les bras.

J'esquivai son embrassade, trébuchai, vacillai et m'accrochai tant bien que mal à un lampadaire. Le chauffeur de taxi ricana. L'Anglais eut un large sourire. Je tournai les talons, et, avec autant de dignité que possible, je montai le splendide escalier de marbre de l'hôtel Belvédère sous le regard du portier, de deux garçons d'ascenseur, du concierge, de trois chauffeurs de taxi et de quelques dizaines de touristes.

J'aurais dû me sentir humiliée, vaincue. Mais je dissimulai un sourire bien à moi, derrière mon visage bancal – j'avais mal à la mâchoire. Tout ce remue-ménage en avait valu la peine. J'avais un indice. Le premier indice digne de ce nom.

QUATRE

Le lendemain matin, le personnel de service avait changé. Le garçon précoce qui m'apporta mon petit-déjeuner s'attarda jusqu'à ce que je lui adresse mon regard le plus noir. Il battit rapidement en retraite et accrocha la pancarte « Ne pas déranger » sur ma porte.

Je bus un demi-litre de café avant de m'attaquer à la nourriture. Une fois mon déjeuner englouti, je me sentais de nouveau dans ma peau, en dehors d'une légère sensibilité au menton. Je n'avais vraiment pas besoin de ça pour savoir ce que je devais à un certain gros malin d'Anglais.

J'aurais dû me sentir reconnaissante, et je l'étais un peu comme envers un dentiste qui vient de vous soigner une carie sans anesthésie. Il m'avait sauvée d'un sort pas très bien défini mais forcément désagréable. Néanmoins, ce mariole avait réussi à transformer cette mésaventure en une gigantesque farce. Je n'arrivais pas à prendre au sérieux un complot auquel participait un guignol comme ce… Je ne connaissais même pas son nom ! Il avait réduit mon cas à un duel personnel. Mon plus grand désir à présent n'était plus de retrouver l'escroc, mais de me venger de… celui dont je ne connaissais pas le nom.

Peu importe, je le trouverai ! Inutile de préciser, j'en suis sûre, que je n'avais pas la moindre intention de suivre son conseil et de plier bagages. Il n'aurait pu trouver meilleur moyen de me faire rester. Et grâce à sa vanité de mâle, je disposais à présent de l'indice dont j'avais besoin.

Mes connaissances en joaillerie n'ont rien de celles d'un expert. J'avais reconnu le talisman de Charlemagne parce que l'original se trouvait dans mon propre musée, et la couronne de la princesse égyptienne était un objet d'art rarissime et inoubliable. Mais je m'y connais en peinture. Je n'avais aperçu que la moitié inférieure des toiles, dans la longue galerie, parfois moins, mais c'était suffisant. Je n'en avais pas reconnu une, mais trois. La Madone de la colline de Murillo est pieds nus, comme toutes les jolies paysannes aux yeux noirs. J'aurais reconnu ces pieds délicatement arqués n'importe où, tout comme j'aurais reconnu le paysage de l'arrière-plan du tableau de sainte Cécile, par Raphaël. La troisième toile était particulièrement révélatrice. Selon la légende, saint Pierre aurait été crucifié la tête en bas. Solario l'avait représenté dans la position traditionnelle, et j'avais eu une vue exceptionnelle sur la chevelure grise et la barbe pendante du saint. Il avait l'air beaucoup plus paisible que je ne l'aurais été dans cette position.

Une question restait en suspens : qui possédait ces toiles ? Il est impossible de connaître le lieu de conservation de toutes les œuvres d'art du monde entier : la *Pietà* est à Saint-Pierre de Rome, la Joconde au Louvre, d'accord, mais Raphaël a peint de nombreuses toiles, des saints et des vierges, pour la plupart. Peu importait. Tout ce qu'il me fallait, c'était une bonne bibliothèque ou un musée. Affreusement contente de moi, je sortis du lit et me précipitai sous la douche.

Le soleil était déjà haut lorsque je quittai l'hôtel. Je savais que je devais me presser car la plupart des musées sont fermés l'après-midi. Mais je m'attardai pour admirer la vue, un paysage mouvementé de toits, de tuiles et de flèches, avec le dôme de Saint-Pierre flottant au loin, tel un ballon géant dans le ciel bleu.

Les musées ne manquent pas à Rome, mais je n'éprouvai aucune difficulté à choisir celui que je visiterais. La galerie Concini possédait une collection de bijoux exceptionnelle. J'avais eu l'intention d'y aller voir au cas où ma première piste n'aurait rien donné, car c'était exactement le genre d'établissement à attirer une bande d'escrocs. Le Vatican avait une collection de trésors encore plus impressionnante, mais un petit musée privé comme la galerie Concini serait beaucoup plus vulnérable.

Je descendis l'escalier de la Piazza di Spagna, entre les azalées en fleurs et les touristes béats. Affalés sur les marches, les plus jeunes buvaient des sodas ou des Cocas. Des colporteurs vendaient des bijoux de pacotilles et des objets en cuir et proposaient leurs services de guides. En bas, la charmante petite fontaine disparaissait presque derrière les touristes, dont certains, défiant l'interdiction, s'y rafraîchissaient subrepticement les pieds. Dans cette ambiance joyeuse, c'est par pur hasard que je remarquai un visage familier.

Après avoir failli trébucher, je décidai que l'homme n'était pas Bruno, le maître du chien, mais il lui ressemblait assez pour être son frère, comme pas mal d'hommes dans la foule. Bruno était l'Italien typique, petit et trapu, la peau matte et les cheveux noirs. L'homme ne me prêtait aucune attention et, lorsque je tournai vers la via del Babuino, je le perdis de vue. Mon euphorie en était néanmoins un peu ébranlée. L'incident m'avait rappelé que ne connaissant de vue que deux membres de la bande, je restais vulnérable. C'était idiot de les imaginer tous en affreux jojos. Je pouvais être suivie par une fausse mère de famille, une nonne ou un touriste. À cet instant, un touriste m'approcha. Le pauvre voulait simplement savoir comment se rendre au Colisée, mais je me raidis comme une jument effarouchée lorsqu'il me montra son plan.

La galerie Concini se trouve à proximité de la colline du Pincius. Je préfère rester floue quant à sa localisation précise, d'ailleurs, ce n'est pas son véritable nom. Vous comprendrez vite les raisons de mes réticences au fil du récit.

À part un accrochage évité de justesse avec une Volkswagen en traversant la piazza del Popolo, j'y parvins sans autre incident, comme pourrait dire un romancier. La galerie était ouverte. Sa magnifique façade donnait sur un escalier en arc de cercle. Mes mollets encore fourbus après la longue grimpette du Forum me firent souffrir rien qu'à cette vue, mais je résistai et plongeai dans la fraîcheur du hall d'entrée. La petite dame derrière la cage grillagée me dit que la bibliothèque se trouvait au deuxième étage, après m'avoir délestée de cinq cents lires.

Je dus traverser plusieurs salles d'exposition pour atteindre l'ascenseur. Seul le sens du devoir me poussait à continuer. Le musée possédait une magnifique collection de toiles du Quattrocento, dont un polyptyque de Masaccio que j'admirais depuis des années.

Les yeux glacés de la bibliothécaire s'adoucirent lorsque je lui montrai ma carte de visite. Sur l'insistance de Schmidt, je m'en étais fait faire lorsque j'avais pris mon travail. Elles donnaient mon nom et mon titre plutôt ronflant, en allemand. La mention du Musée national me donna libre accès aux étagères.

La salle de lecture, un grand salon à l'époque où le Palazzo Concini était encore une résidence privée, était splendide. Le seul autre chercheur, un petit homme chauve, avec des verres de lunettes si épais qu'ils semblaient opaques, ne leva même pas les yeux lorsque je passai devant lui sur la pointe des pieds, avec le livre que j'avais choisi. Je m'installai à une table voisine. Il ne me fallut guère plus d'une minute pour trouver ce que je désirais. Je poursuivis mes investigations pour les trois peintures, histoire de ne rien laisser au hasard, mais le Murillo m'avait déjà fourni toutes les informations nécessaires. Il faisait partie de la collection privée du comte del Caravaggio, à Rome. Dans mon enthousiasme, je refermai le livre d'un coup sec qui fit plus de bruit que cette salle silencieuse n'en avait entendu depuis des années. Le petit homme à la table voisine chancela, comme ces drôles de culbutos qui se balancent quand on veut les renverser. L'espace d'un instant, je crus qu'il allait tomber, face sur la table, dans une scène à la Hitchcock. Vous pourriez mourir ici sans que personne ne le remarque avant des heures. Finalement, il se stabilisa et je retournai à l'accueil avec des précautions exagérées.

Lorsque je demandai à voir le directeur, la bibliothécaire parut sidérée. Je n'aurais sans doute pas eu autant d'explications à fournir si j'avais demandé une entrevue avec le pape. Elle finit par accepter de téléphoner et, après une petite conversation à voix basse, me regarda, l'air plus étonné encore.

— On va vous recevoir, chuchota-t-elle comme il était de rigueur de s'exprimer dans cette voûte sombre, avec ses plafonds peints et ses statues dans leurs niches. Tout juste si je ne me sentais pas obligée de faire une génuflexion.

Le bureau de la direction se trouvait à l'étage supérieur. J'eus le privilège de prendre l'ascenseur privé qui ouvrait directement dans l'antichambre présidée par un homme à la stature et la barbe impériales. J'étais sur le point de le saluer avec l'humilité que sa position exigeait lorsque je m'aperçus que ce n'était qu'un secrétaire. Il me proposa une chaise et me laissa mariner vingt bonnes minutes avant qu'une sonnerie ne retentisse sur son bureau et qu'il me fasse signe d'approcher. La porte d'acajou gravée derrière lui était une œuvre d'art en soi. Il l'ouvrit en s'inclinant pour me saluer, et j'entrai. Toute cette pompe et cet apparat commençaient à m'agacer. J'avançai, nez en l'air, prête à me montrer distante et hautaine, mais la vue de la femme qui se trouvait en face de moi me fit aussitôt plonger dans le ridicule.

Oui, une femme. L'art est un monde d'hommes et aucun pays n'est plus machiste que l'Italie, mais pas un instant je n'ai imaginé que cette femme puisse être une simple secrétaire. Elle était la patronne de l'établissement qu'elle daignait honorer de sa présence.

Comme je suis plutôt féministe, cela aurait dû me plaire. Son secrétaire masculin était un élément particulièrement appréciable. Mais au lieu de cela, j'éprouvai une aversion immédiate. Une aversion déraisonnable, allais-je dire, mais j'avais de bonnes raisons de réagir ainsi. Elle me toisa comme si j'étais un cloporte.

La pièce était disposée de manière à fournir un environnement impressionnant à la plupart des visiteurs. Les hautes fenêtres drapées de tentures brodées d'or ouvraient sur une terrasse aussi chargée de buissons et de fleurs que les jardins suspendus de Babylone. Doux mélange un peu passé de crème, de saumon, de bleu ciel et de topaze, le tapis persan mesurait quinze mètres de long sur dix de large. Le bureau aurait trouvé sa place au musée à l'étage du dessous, tout comme les toiles de maître accrochées aux murs.

Pourtant, elle n'avait nul besoin de ce décorum. Elle aurait été tout aussi impressionnante dans les cuisines d'une soupe populaire. Sa chevelure d'un noir de geai devait sans doute quelque chose à l'artifice, car les rides de son visage trahissaient quelques décennies – quatre au moins, si je pouvais en juger. Elle avait le profil splendide qu'on peut voir sur les pièces de monnaie romaines, que j'eus tout le loisir d'admirer, car elle avait la tête tournée lorsque je fis mon entrée. Elle regardait par la fenêtre.

Le discret murmure du secrétaire éclaircit quelques détails d'étiquette… Il évoqua des « *Principessa, diretteroressa…* » suivis d'un nom. Ah ! La dernière des Concini vivait donc toujours dans la demeure familiale. Si elle voulait me faire croire que je n'étais qu'une créature monstrueuse venue d'un pays barbare, elle réussit parfaitement son coup. Très gauche, je traversai la salle. J'avais l'impression de chausser du quarante-quatre. De seconde en seconde, ce magnifique profil romain m'horripilait de plus en plus. J'approchai du bureau et cherchai un siège, en vain. Elle s'accorda trente secondes – j'ai compté – et se retourna très lentement.

Un léger sourire courbait ses lèvres charnues, un sourire fermé, sans l'ombre d'une dent qui apparaissait. Il me rappela l'expression énigmatique des premières statues grecques et étrusques, expression que certains critiques trouvent plus sinistre que gracieuse.

— Docteur Bliss ? C'est un plaisir d'accueillir une jeune collègue. Votre patron, Herr Professor Schmidt, est un vieil ami. J'espère qu'il va bien ?

— Toujours aussi fou.

J'ai horreur d'être aussi grande ! J'avais l'impression qu'elle le savait et qu'elle me forçait à rester debout et à la dominer de ma hauteur. Je regardai tout autour de moi en quête d'une chaise. Je repérai un spécimen délicat du XVIIIe siècle à la tapisserie inestimable à proximité du bureau, et m'y installai.

Elle me fixa un instant. Puis ses lèvres se détendirent et elle se mit à rire. Un rire charmant, très grave, comme sa voix, mais vibrant de sincérité.

— C'est un plaisir, répéta-t-elle. Vous avez raison, le Professor Schmidt est un peu fou, c'est pour cela qu'il est si attaché à ses amis. Puis-je vous être utile, d'une quelconque manière, ma chère ? Ou est-ce une simple visite de courtoisie ?

J'étais désarmée, je dois l'admettre. Grande dame, elle avait accepté ma réaction à son défi.

— Je ne voudrais pas vous retarder avec une visite de courtoisie, si agréable soit-elle, dis-je. En fait, j'ai un drôle de récit à vous conter, *principessa*...

— Nous sommes collègues, appelez-moi Bianca. Et vous êtes ?

— Vicky. Merci. Cela va vous paraître aussi fou que le Professor Schmidt, *prin*... Bianca. Mais c'est la pure vérité.

Je lui racontai toute l'histoire... Presque toute l'histoire. Elle m'écouta attentivement, le menton posé sur une main fine ornée de bagues, ses yeux noirs constamment braqués sur moi. Son regard pétillait au fur et à mesure que j'avançais dans mon récit et, à la fin, ses lèvres tremblaient d'amusement.

— Mon Dieu ! s'exclama-t-elle.

— Je vous ai dit que cela paraissait insensé.

— Effectivement ! Si vous n'aviez pas de telles références... Mais je connais le Professor Schmidt et je n'ignore pas ses faiblesses. Avouez, Vicky, vous n'avez pas simplement inventé cette histoire pour lui faire plaisir ?

J'eus un rire contrit...

— Ça va lui faire plaisir, c'est sûr, mais...

— Après tout, quelle preuve avez-vous ? Un cadavre mort de mort naturelle, dites-vous, en possession d'une copie d'une pièce de votre musée ? Rien ne prouve qu'il avait des intentions criminelles. Pardonnez-moi, mais il me semble qu'avec le Professor Schmidt, vous avez élaboré un scénario sur des indices bien ténus.

— Cela aurait pu sembler le cas il y a deux jours. Mais pourquoi ce dessin, dans la boutique d'antiquaire de la via delle Cinque Lune ?

— Un dessin, aussi précis soit-il, n'est pas une preuve, ma chère. Je suis contente, d'ailleurs, de ne pas avoir pris officiellement note de votre visite. Je connais cette boutique, Vicky. Signor Fergamo, le propriétaire, est un homme très respecté.

— Il ne sait peut-être pas que sa boutique est utilisée à des fins criminelles ? Euh, je veux parler du gérant anglais.

— Je ne le connais pas.

Ses sourcils délicats se rapprochaient tandis qu'elle réfléchissait.

— Il doit être nouveau. L'ancien gérant était le beau-fils de Fergamo, mais même ainsi…

Elle marqua une pause polie, attendant ma réponse.

Elle me mettait sur un baril de poudre. La seule véritable preuve irréfutable, c'était l'histoire de mon enlèvement, mais j'avais omis ce détail dans mon récit. Je ne savais pas pourquoi je ne lui en avais pas parlé. J'estimais sans doute que cela paraissait si invraisemblable que cela aurait entaché la crédibilité d'une histoire déjà fort improbable. Après tout, elle appartenait à la noblesse romaine, tout comme l'homme que je suspectais. Croirait-elle à une accusation portée contre le comte Caravaggio ? Elle en déduirait plutôt que j'étais une folle échappée de l'asile.

— Je vérifierai. Est-ce que cela vous convient ?

— Je vous remercie.

— De rien. C'était très aimable de votre part de m'avertir. Comme vous le dites, cela ne coûte rien de prendre quelques précautions. Mais pendant que nous y sommes, pourrais-je vous rendre votre séjour à Rome plus agréable ? Vous voulez que je vous présente à des amis ? Vous avez des idées ?

J'entrevis une ouverture.

— Il y a une collection que j'aimerais bien voir, dis-je d'un ton innocent. J'avais l'intention de téléphoner, mais cela me faciliterait sûrement les choses de me présenter de votre part.

— Ce serait avec plaisir. Laquelle ?

— Celle du comte Caravaggio.

— Caravaggio ? dit-elle en haussant les sourcils. Ma chère, est-ce bien raisonnable ?

— Et pourquoi pas ?

Elle m'observa, pensive, le menton posé sur les mains, le regard étincelant.

— Très bien, dit-elle après un moment. Vous le trouverez peut-être amusant. Je l'appelle tout de suite.

Comme tout ce que contenait cette pièce, même un objet aussi utilitaire que le téléphone était une œuvre d'art : un combiné de nacre et dorures, qui aurait pu se trouver sur le bureau d'un président de la République française. Elle obtint la ligne tout de suite, mais le majordome mit pas mal de temps à trouver le comte. Pendant l'attente, Bianca plaça une cigarette dans un long porte-cigarettes de jade. Elle m'évoquait un mélange de femme dragon et de publicité pour des cigarettes de luxe.

Le comte arriva enfin. Elle l'appela par son prénom.

— Pietro ? Oui… très bien. Et vous ? Parfait. Oh ! J'ai un petit cadeau pour vous, mon cher… une charmante jeune femme qui nous vient des États-Unis, et une parfaite érudite. Elle aimerait voir votre collection… Oui, oui, elle y tient beaucoup… Un instant, je vais lui demander.

La main sur l'émetteur, elle me sourit.

— Vous avez déjeuné, Vicky ? Pietro aimerait vous inviter si vous n'êtes pas prise par ailleurs. Dans une demi-heure.

Sachant ce que je savais, j'aurais mieux fait de décliner la proposition. Mais impétueuse et pas très maligne comme je le suis, j'étais ravie et ne le cachai pas. La *principessa* reprit sa conversation.

— Elle accepte avec plaisir, Pietro. *Bene,* dans une demi-heure alors. Oui, mon cher, on devrait dîner un de ces soirs. Au revoir.

— Je ne sais comment vous remercier, dis-je tandis qu'elle reposait le combiné. Je suppose que je n'aurais pas le temps de repasser à l'hôtel ?

— Je ne crois pas. Vous pouvez vous rafraîchir dans mes

appartements privés, si vous voulez. Mon secrétaire vous indiquera le chemin.

Je la remerciai encore et me levai. Elle s'adossa sur son fauteuil directorial en cuir, tout en jouant avec sa broche de diamants. Comme ses bagues, elle étincelait de mille feux. Un objet de grand luxe. De toute évidence, ce n'était pas par besoin d'argent qu'elle occupait cette fonction.

— Inutile de me remercier. Mais je dois vous prévenir, Pietro peut se montrer… Oh, je suis certaine que vous saurez vous en débrouiller.

Je la remerciai pour la troisième fois. Elle m'adressa un grand sourire. S'il s'était agi d'une femme moins raffinée, j'aurais peut-être parlé de rictus.

II

Dès la seconde où je vis Pietro, je compris la signification de ce sourire de chat qui regarde un canari !

Je n'avais jamais rencontré d'hommes portant un corset auparavant. Chez lui, ça sautait aux yeux, non seulement il avait le ventre raide, mais sa démarche guindée et son expression apoplectique le trahissaient aussi.

Il était très bien habillé. Les tailleurs romains font des merveilles, et le comte devait fréquenter les meilleurs. Il portait un costume de lin blanc époustouflant, avec une ceinture de soie rouge et un œillet rouge à la boutonnière. Ses cheveux rejetés sur la tête et laqués pour tenir en place ne suffisaient pas à dissimuler sa calvitie. Je me demandais pourquoi il ne s'achetait pas une perruque. Peut-être n'avait-il pas encore compris toute l'étendue du désastre, les gens ne voient que ce qu'ils ont envie de voir. Il avait le visage aussi rond que sa bedaine l'aurait été sans le corset, mais, si je n'avais pas eu tant de préjugés, je l'aurais trouvé plaisant. Sa petite moustache noire était une copie évidente de celle de Clark Gable. Il avait la manie de la lisser d'un doigt pendant qu'il parlait lorsqu'il avait les mains libres.

Malgré son élégance stupéfiante, c'étaient ses mains qui constituaient la pièce de résistance : des mains douces, blanches et potelées, aux ongles manucurés, brillants comme des miroirs. J'eus tout le loisir de les admirer, car elles étaient partout sur moi dès que je mis le pied dans sa bibliothèque.

J'avais pris un taxi, de peur d'être en retard, mais le comte ne semblait pas pressé de passer à table. Il insistait pour me servir un sherry. Pauvre homme, sans doute espérait-il m'enivrer ! Je le laissai me caresser le bras et les mains un instant et quand je décidai qu'on avait assez joué, je me levai et repoussai mon siège.

— Monsieur, votre demeure est splendide, dis-je, toute mièvre. C'est la première fois que je vois un tel palace… Habité, je veux dire, pas un musée...

— Ah ! tout cela, dit-il en faisant un geste éloquent vers le sol de marbre, les lustres de cristal, les lambris de bois de rose incrustés de malachite et de lapis-lazulis, et les milliers de livres rares reliés cuir. Tout tombe en ruine ! Il est impossible de conserver le moindre prestige, avec notre gouvernement répressif, réactionnaire, révolutionnaire. Je cache mes plus beaux trésors dans ma maison de campagne à Tivoli. Là, je mène encore un style de vie correct. C'est là-bas que se trouvent mes plus belles pièces. Il faut que vous les voyiez. Donc, vous êtes une érudite… Je n'arrive pas à imaginer une si belle jeune femme dans la peau d'un rat de bibliothèque…

Il se leva du divan, son teint prenant une inquiétante coloration violacée sous l'effort, et me suivit.

— Vous aimez les livres ? demanda-t-il. Regardez, c'est un de mes préférés. Les enluminures ont été expressément réalisées pour un de mes ancêtres par Raphaël.

Il s'arrangea pour me passer les bras autour du corps en prenant le livre. Les yeux m'en sortirent presque de la figure lorsque je vis les premières illustrations. Moi qui avais toujours cru que Raphaël était un spécialiste des madones !

— Surprenant, dis-je, sincère, avant de refermer le livre, un peu inquiète, car le comte commençait à avoir une respiration haletante. Vous ne devriez peut-être pas regarder ces images, monsieur, si elles vous mettent dans cet état.

— Appelez-moi Pietro, m'interrompit-il en me prenant par l'épaule.

Je le laissai faire, je pensais qu'il avait besoin d'un appui.

Ce petit manège se poursuivit un bon moment. Une fois le sherry et le livre terminés – certaines planches étaient vraiment extraordinaires – nous étions bons amis. C'était un brave type inoffensif, tout ce qu'il voulait, c'était me tripoter un peu. Je n'arrêtais pas de gigoter, non parce qu'il m'effrayait, mais parce que je pensais que mes dérobades l'amusaient. À la fin de la conversation, il me proposa d'être son invitée.

— Pas ici, dit-il, avec un geste méprisant vers les tapis orientaux, le bureau d'or moulu, les statues de Donatello. C'est insupportable ici, en été. Dès demain, je m'installe à Tivoli. Venez me voir. Mes collections vous plairont beaucoup, puisque vous êtes une spécialiste, même si j'ai du mal à croire qu'une femme aussi belle, aussi voluptueuse…

À ce moment crucial, le majordome ouvrit la porte et annonça que le déjeuner était servi. Le gros visage rond de Pietro s'allongea.

— Nous devons y aller, je crois. Helena va se fâcher si nous n'arrivons pas tout de suite.

— Helena ? demandai-je en prenant le bras qu'il m'offrait.

Il pressa ma main contre lui.

— C'est votre épouse ?

— Non, non, ma maîtresse. Une femme fort désagréable. Un visage et un corps splendides, vous comprenez, enfin, pas autant que vous...

— Vous devez savoir ce que vous faites, dis-je, résignée.

— Elle est affreusement jalouse, poursuivit Pietro. Très grossière. Mais ne vous laissez pas intimider, Vicky, je vous en prie.

— Non, non, mais si vous la trouvez si odieuse, pourquoi ne pas vous en débarrasser ?

— Attendez de la voir.

Croyez-moi ou pas, j'avais presque oublié les raisons qui m'avaient fait venir chez le comte Caravaggio. Quel petit homme stupide ! C'était impossible de l'imaginer en cerveau d'une bande de criminels. Nous traversions la grande salle, avec ses statues grecques originelles dans leur niche en forme de coquillage, lorsque je fus brusquement rappelée à la réalité. Une porte s'ouvrit, et une silhouette familière apparut.

— Vous ! m'exclamai-je, en bonne héroïne de romans noirs.

L'Anglais leva un sourcil. Pas les deux, juste un. J'ai horreurs des gens qui savent faire ça.

— Je ne crois pas avoir l'honneur de vous connaître,

dit-il sur le ton arrogant d'un élève d'une école huppée. Monseigneur ?

— Oui, oui, je vous présente, dit Pietro, sans enthousiasme. Voici mon secrétaire, sir John Smythe.

Je ne crus pas un instant à l'authenticité de ce titre de « sir ».

— Sir Smith ?

— Avec un « y » et un « e » à la fin, dit John Smythe d'une voix suave. Titre dérisoire s'il en est, mais très ancien, et gagné avec les honneurs.

— Ah oui ? dis-je d'un ton rustre. Et ces histoires sur vos ancêtres et Pocahontas ?

— Oh ! Une branche mineure de la famille, répondit l'Anglais, sans esquisser le moindre sourire.

Pietro, qui n'avait pas compris un mot de notre conversation, nous interrompit d'une voix joyeuse.

— Nous sommes en retard pour le déjeuner. Je suis content de vous voir, John. Vous devez vous occuper des arrangements pour demain. Mademoiselle Bliss... le docteur Bliss en fait, une jeune femme très cultivée, nous accompagnera à Tivoli. Vous enverrez une voiture à son hôtel. La voiture dans laquelle je voyagerai, c'est bien compris ?

— Parfaitement, monseigneur, dit monsieur Smythe. Croyez-moi, j'ai parfaitement compris, monseigneur.

— Alors, venez, nous sommes en retard, dit Pietro.

M'entraînant avec lui, il traversa la salle, avec Smythe à la remorque.

Je ne croyais pas une seconde en ce titre de sir Smythe. D'ailleurs, je ne croyais même pas à ce nom. Enfin, cela lui donnait une identité, un nom sur lequel je pourrais appliquer toutes les épithètes auxquelles j'avais songé.

Mon premier déjeuner au Palazzo Caravaggio fut une

expérience que je n'étais pas prête d'oublier. Je ne sais pas ce qui était le plus mémorable, le repas, le décor ou les gens. Pietro ne se rationnait pas. C'était un gourmant, tout autant qu'un gourmet. Les mets étaient délicieux, de la *pasta* dans une délicate sauce crémeuse à la meringue parfumée au rhum, dont il engloutit la plus grande partie. La qualité des plats donnait des indices intéressants sur l'homme, indices confirmés par l'ameublement de la longue salle à manger très solennelle. Il avait beaucoup de goût. Tous les meubles étaient des antiquités, amoureusement entretenues. Sous les assiettes en porcelaine de Chine du XVIIIe siècle, la lourde nappe damassée devait avoir demandé trois jours de repassage. Je pourrais continuer à l'infini, mais je tenais simplement à vous donner une petite idée.

Pietro était plus intéressant qu'il ne le paraissait à première vue. C'était peut-être un gros cochon imbu de lui-même, mais un gros cochon cultivé.

Je ne pouvais pas dire que ses goûts en matière de femmes étaient flatteurs à mon égard, malgré tout. Dans ce domaine, il semblait préférer la quantité à la qualité.

Helena était déjà attablée lorsque nous entrâmes dans la salle à manger. Je l'aurais reconnue même sans les avertissements de Pietro. Je n'avais jamais vu de femmes qui ressemblaient autant à une maîtresse ! Si elle continuait à dévorer les spaghettis à ce rythme, dans un an, elle ne serait plus voluptueuse, elle serait énorme ! Mais elle était très jeune, pas plus de vingt ans, et ses masses de chair tremblotantes avaient l'éclat de l'ivoire fin. Une bonne partie (de la chair) était dévoilée par la robe de satin vert sans bretelle et presque sans bustier. Des cascades de cheveux blonds dégoulinaient sur ses épaules, dans le style désordonné mis en vogue par les actrices de télévision américaines. Elle avait une petite bouche boudeuse et des yeux aussi expressifs que la roche. Une roche en fusion flamboyante comme de la lave dès qu'elle posa les yeux sur moi.

Une autre femme était assise à l'extrémité de la table. Pietro me fit avancer près d'elle et me présenta sa mère, la comtesse douairière. Contrairement à son fils, elle était d'une maigreur effrayante. Son visage n'était qu'un réseau de rides fines surmonté d'un chignon blanc. Elle inclina gracieusement la tête lorsque Pietro me présenta comme une femme cultivée venue étudier sa collection. Elle paraissait douce et fragile dans sa robe noire bordée de fine dentelle, mais j'imaginai aisément qu'il valait mieux ne pas la sous-estimer. Les yeux sombres enfoncés dans leur orbite étaient aussi brillants et aussi cyniques que ceux d'un oiseau moqueur.

Pietro m'accompagna de l'autre côté de la table et m'indiqua la chaise à sa droite. Helena était installée à sa gauche. Elle écouta à peine le baratin de Pietro qui me présentait, si bien qu'il s'assit avec un regard peiné tandis que l'un des dix serviteurs qui attendaient me tirait ma chaise.

L'Anglais s'assit, lui aussi. Il restait une place vide.

— Encore en retard ! grogna Pietro. Où est passé ce satané garçon ? Ne l'attendons pas. Tout serait froid.

En entrée, on nous servit une soupe froide qui rappelait une vichyssoise, avec des poireaux, de la crème et d'autres ingrédients que j'étais incapable d'identifier. Pietro termina son assiette avant qu'un serviteur ouvre la porte pour faire entrer le retardataire.

Il était d'une rare beauté. Pourtant, il n'y avait rien de féminin dans ses traits. La poitrine bronzée que dévoilait la chemise ouverte rappelait celle du jeune David peint par Verrocchio. Il avait la beauté des adolescents qui ont gardé les traits de l'enfance. Ses cheveux blonds retombaient sur son front haut. Il portait une tenue décontractée : pantalon, chemise froissée ouverte jusqu'au nombril, espadrilles aux pieds.

Pietro poussa un hurlement.

— Ah, te voilà ! Tu es en retard ! Va présenter tes respects à ta grand-mère. Et tu ne vois pas que nous avons une invitée ? *Per Dio,* quelle tenue ! Tu ne pourrais pas te laver les mains avant de venir à table ?

Cela m'amusa, ce qui prouve bien que je ne suis pas aussi maligne que je le crois. Mais Pietro ressemblait à tous les parents d'adolescents exaspérés que j'avais connus en Amérique et en Allemagne. Le garçon était son fils, seul un père pouvait se mettre dans une telle colère.

Le jeune homme, qui avançait lentement vers sa chaise, lança un regard vide à son père.

— Excusez-moi, grand-maman. Je travaillais. Je n'ai pas vu le temps passer.

— Ce n'est rien, mon grand, dit la vieille dame, pleine de tendresse.

— Non, ce n'est pas rien, aboya Pietro. Vicky, ce jeune ours mal léché, est, pour mon plus grand malheur, mon fils unique. Luigi, vient saluer madame le docteur Bliss, une grande historienne de l'art. Non, ne lui serre pas la main, *idiota !* Tu es trop sale ! Va te laver !

Obéissant, Luigi s'était approché de moi, main tendue. On aurait dit une sculpture de Dali : d'une forme parfaite, avec de longs doigts effilés, mais tachée de bleu, de rose, de vert et de rouge.

— Ah, vous êtes peintre, bien sûr.

— Un très mauvais peintre, dit Pietro. Il fait joujou avec les huiles. Il fait des cochonneries partout.

Le garçon lança un regard de pure haine à son père. Je ne pouvais guère le lui reprocher.

— J'aimerais voir votre travail, un jour, dis-je, pleine de tact.

— Vous détesteriez, dit Pietro. Allez, Luigi, va te laver les mains.

— Mais ce n'est rien, ce n'est rien, dit la grand-mère. Tu te fais trop de souci. Assieds-toi, Luigi. Mange. Tu es trop maigre. Allez, mange, mon garçon.

— Elle le gâte, marmonna Pietro du coin de la bouche. Comment lui inculquer une quelconque discipline si elle me contredit à tout bout de champ ?

Je n'avais aucune intention de me mêler à cette querelle de famille. Je me contentai donc de sourire et de manger ma soupe.

La conversation n'était guère reluisante. La douairière m'adressa quelques compliments polis, mais elle s'adressa surtout à Luigi : elle l'incitait à manger plus, lui demandait s'il avait bien dormi, et ainsi de suite. Il se montrait d'une gentillesse absolue à son égard, et j'en conclus que Pietro était trop sévère avec son fils. Il était bien élevé. Alors peu importait que sa tenue soit négligée et qu'il se montre un peu étourdi. Il y avait de pires défauts.

Pietro était trop occupé à manger pour parler beaucoup, et s'il échangea quelques mots avec Smythe à propos du travail, cela restait du chinois, pour moi. Helena ne dit pas un mot. Elle était installée en face de moi et son regard fixe m'aurait tapé sur les nerfs si je n'avais pas été aussi fascinée par sa façon de manger. Ses cheveux n'arrêtaient pas de tomber dans les spaghettis. Je m'attendais à ce qu'elle en avale un, mais elle eut de la chance.

Il ne manquait pas de vin et lorsque les serviteurs retirèrent les dernières assiettes, j'étais, pourrait-on dire, replète. Pietro était dans un état bien plus grave. Lorsqu'il se leva, je m'inquiétais pour sa ceinture de soie. Elle était à deux doigts de craquer.

Un des serviteurs aida la douairière à se lever de sa chaise. En boitillant et s'appuyant lourdement sur sa belle canne d'ivoire, elle se dirigea vers la porte, s'arrêtant assez longtemps pour me remercier de ma visite et s'excuser de son infirmité qui l'obligeait à se retirer.

Pietro essaya de s'incliner devant sa mère. Il parvint à baisser la tête de quelques centimètres, mais il était d'une raideur à faire peur. Il tourna vers moi un regard affectueux mais glacé.

— Il s'occupera de tout, siffla-t-il en brandissant une main potelée vers Smythe. Dites-lui à quelle heure vous serez prête, ma chère, la voiture sera là. J'attends ce moment avec impatience. Vous avez sans doute envie de retourner préparer vos bagages. Sir John va demander la voiture.

Helena sauta de sa chaise, comme si elle venait d'être piquée par une guêpe.

— La voiture ? répéta-t-elle d'un ton suraigu, aussi dissonant que l'enregistrement d'un vieux phonographe. Demain ? Qu'est-ce que c'est que cette histoire, Pietro ?

Pietro avait presque atteint la porte.

— Plus tard, trésor. Si vous voulez bien m'excuser, maintenant… Ma vieille blessure de guerre...

Il sortit en vitesse. Furieuse, Helena se tourna vers moi.

— Qu'est-ce qui se passe ? Avec la voiture, demain ?

Smythe fit le tour de la table et s'approcha de moi.

— Oui, demain…, confirma-t-il. Mademoiselle nous accompagne à Tivoli.

— Ah…, commença-t-elle.

— Inutile de vous énerver, Helena. Réfléchissez, cela ne vous servira à rien de faire une scène. Vous savez que son Excellence a horreur de ça. En fait, je crois qu'il en a plus qu'assez de vos scènes.

— Ah, vous croyez… Vous croyez…, dit Helena qui n'avait aucun sens de la répartie.

— Oui, c'est ce que je crois. Prenez donc une autre part de gâteau, ma chère, et calmez-vous. Si vous voulez bien nous excuser…

À mon grand étonnement, Helena suivit son conseil. Elle se rassit et fit signe à l'un des serviteurs. John Smythe me prit par le bras et me fit sortir.

— Ne vous inquiétez pas pour la voiture, j'ai besoin de marcher un peu. J'ai l'impression d'être un chou farci.

— Vous perdrez vite votre silhouette d'adolescente si vous allez voir le comte, dit Smythe. Et ce n'est peut-être pas la seule chose que vous perdrez. Vous n'écoutez donc jamais les conseils ?

— Pas lorsqu'ils viennent de gens appelés Smythe. Vous n'auriez pas pu trouver plus original ?

— Pourquoi se fatiguer ? La plupart des gens ne sont pas aussi exigeants que vous. Et puis, n'essayez pas de changer de sujet. En vous dépêchant un peu, vous attraperez l'express de ce soir pour Munich.

Je regardai de l'autre côté du hall et marchai en claquant les talons.

— Je serai prête demain matin. Neuf heures ?

— Pietro ne se lève jamais avant midi. Vous n'avez pas entendu ce que…

— Si, si. Je serai prête à neuf heures. Dites-le à Pietro. Je ne crois pas, dis-je, songeuse, qu'il apprécierait que vous ayez essayé d'interférer dans sa vie privée.

— Si c'était la seule chose que vous aviez en tête, je ne m'en mêlerais pas, dit ce misérable. Helena est sur le point d'être éliminée, la voie bientôt sera libre.

Je ne vis aucune raison de lui faire l'honneur d'une réponse. Lorsque j'approchai de la porte, le majordome apparut soudain et l'ouvrit pour moi. Je me retournai et fis un joyeux petit signe d'au revoir à Smythe. Il avait les bras pliés et si ses yeux avaient été des mitraillettes…

— À demain, dis-je. *Arrivederla,* sir John.

III

La *Pietà* de Michel Ange était abritée derrière une vitrine depuis qu'un maniaque avait essayé de la cisailler, quelques années plus tôt. Aucun mot ne pourra jamais la décrire, même si l'on ne compte plus ceux qui ont essayé. En l'admirant, une fois de plus, je me demandai quelle perversion du corps ou de l'âme poussait les vandales à vouloir détruire des choses aussi magnifiques. Même la sanction religieuse se montre incapable de sauver l'art. Au nom de leur « foi », les fidèles d'une religion mutilent les images des autres croyances. Depuis la nuit des temps, la race humaine est partagée entre l'ombre et la lumière, le bien et le mal, la destruction et la création. Parfois, j'ai l'impression que le mauvais côté l'emporte.

De l'Aventin, je marchai jusqu'à Saint-Pierre, et cela fait une trotte. J'en avais besoin, mais pas seulement pour l'exercice physique. Il fallait que je réfléchisse, et je suis toujours plus efficace quand je bouge. Et puis, sans vouloir être morbide, je me disais que je n'aurais peut-être plus jamais la chance de visiter Rome.

Je n'avais pas peur qu'on me suive. Pourquoi se donner cette peine alors que j'allais me jeter dans la gueule du lion, en bonne petite martyre chrétienne ? Je n'avais aucun doute, le palazzo était bien l'antre du lion, mais je ne savais pas vraiment qui était le lion. Pietro ne pouvait pas être le cerveau. C'était tout simplement impossible. Il pouvait se passer des choses dont il n'était pas au courant dans son palais. C'était un monument, une immense bâtisse de trois ou quatre étages, assez vaste pour qu'on puisse y entraîner toute une armée à son insu.

Je ne croyais pas non plus que Smythe fût le chef de bande. Un escroc, oui, sans aucun doute, mais pas le patron. Parmi les habitants du palais, je ne voyais qu'une seule possibilité, la comtesse douairière. Helena était trop bête, le fils trop jeune. À première vue, cela paraissait stupide de soupçonner une vieille femme toute rabougrie, mais le cerveau n'avait pas besoin d'agir en personne. Tout ce qu'il – ce qu'elle ? – avait à faire, c'était réfléchir. Et je soupçonnais un esprit très percutant derrière le visage ridé de la *contessa*.

Il pouvait aussi y avoir d'autres membres de la famille que je n'avais pas encore rencontrés. À moins que Pietro ne soit un personnage secondaire travaillant sous la direction d'autres escrocs qui habitaient ailleurs. Mais quelqu'un était forcément impliqué, à l'intérieur du palais. C'était la seule piste que j'avais, et on m'offrait l'occasion ou jamais de la suivre.

Devant la basilique, je réussis enfin à oublier toute cette histoire, bien décidée à m'offrir quelques heures de loisir. J'avais acheté un guide dans une boutique de la via della Conciliazione, et je faisais le tour de la basilique en lisant et en admirant le monument, en bonne touriste. Mon esprit s'égarait quand même quelque peu. Le monument des Stuarts me rappela Smythe. La petite statue de saint Pierre, dont les pieds de bronze avaient été polis par les baisers des générations de pèlerins, m'évoquait son homonyme beaucoup moins vertueux que je venais de quitter. Le disque de porphyre sur la dalle, près de l'autel principal, marquait l'endroit où Charlemagne avait été couronné empereur, et je repensais au talisman qui avait déclenché mon enquête.

L'interlude fut néanmoins plaisant. Assise sur le rebord d'une fontaine de la place, en buvant un Coca-Cola tiède et horriblement cher que j'avais acheté à un vendeur à la sauvette, je m'attardai longuement pour admirer les courbes des grandes colonnades.

De retour à l'hôtel, j'écrivis une longue lettre et passai un coup de téléphone. Je remis la lettre au concierge en descendant dîner. Il me jura de la poster lui-même. Il avait l'air sincère, mais je pensais qu'un pourboire de dix mille lires ne pouvait pas faire de mal.

C'était une dépense légitime, dans un voyage d'affaires, après tout.

CINQ

La voiture de Pietro était une Rolls, évidemment ! J'étais installée dans le hall d'accueil lorsqu'elle est arrivée. Je l'attendais depuis deux heures au moins. Je commençais à m'ennuyer dans ma chambre et, pour tout avouer, je me sentais un peu nerveuse. Je commençais à croire que mon analyse optimiste de la situation n'était pas forcément très fondée. Cette invitation n'était peut-être qu'un coup de bluff, pour que je baisse la garde. Si la bande voulait me mettre hors-jeu, ce serait moins risqué de le faire dans l'anonymat d'un palace plutôt que d'attendre que je sois dans la maison de Pietro. J'avais pris quelques précautions, bien sûr, mais tant que personne ne serait au courant, cela ne me servirait pas à grand-chose. Je m'installai donc à la réception avec mes valises et passai le temps à consulter des guides et à observer les autres clients.

L'argent fait des merveilles. Lorsqu'on annonça l'arrivée de la voiture du comte Caravaggio, tout le personnel de l'hôtel s'agita comme des abeilles autour d'une ruche. Accompagnée de deux bagagistes et du portier, telle une reine, je me dirigeai vers la porte. Tout le monde s'inclinait et me souriait de manière obséquieuse. La voiture était incroyable. D'un gris argenté, elle était aussi longue qu'un pâté de maisons, sans plaisanter ! Le chauffeur et le personnel de l'hôtel s'occupèrent de mes deux valises miteuses et je montai dans l'habitacle que les Américains appellent le « tonneau ».

On aurait pu y accueillir un petit orchestre de bal, mais les seuls occupants étaient Pietro, son secrétaire et Helena. À son expression, et les Italiens ont les visages les plus expressifs qui soient, je compris que Pietro avait, en vain, essayé de se débarrasser d'Helena, et avait donc permis à « sir John » de les accompagner. Je fus invitée à m'asseoir à côté de sir John.

Tout le monde me baisa la main, Helena excepté.

Pietro était resplendissant en costume de lin et cravate de soie. Helena, en pantalon, avec un T-shirt à l'insigne du yacht-club romain, ne portait pas de soutien-gorge. Sa chevelure exubérante et ses énormes lunettes de soleil couvraient la plus grande partie de son visage, mais ce qu'on en voyait n'avait guère l'air enjoué.

Je n'avais jamais vu pareille voiture, équipée d'un bar, d'une télévision, d'un téléphone et de rideaux de brocart qu'on tirait en appuyant sur un bouton ! Je m'attendais à voir une danseuse nue surgir de derrière le rideau ! Lorsque Pietro eut terminé de me faire découvrir toutes ces merveilles, nous avions déjà atteint la banlieue.

— J'espère que nous ne vous avons pas fait trop attendre. C'est la faute d'Helena, elle met des heures à se préparer.

Helena lui lança un regard noir qu'il lui rendit. Je ne pouvais qu'être d'accord avec l'affirmation de Smythe. Helena allait bientôt perdre sa place. Une femme raisonnable s'en serait rendu compte et aurait adapté son attitude en conséquence, mais Helena n'avait pas pour deux sous de bon sens.

— Ce n'est rien, dis-je gaiement. Tant qu'on arrive avant cinq heures. J'ai un coup de téléphone important à passer.

J'espérais que cette déclaration ferait un peu de remous. Pietro me regarda. Smythe, juste à côté de moi, modifia légèrement sa position.

— Un coup de téléphone. Puis-je espérer…

— C'est mon oncle Karl, dis-je. C'est un hyper anxieux. Je lui ai promis de l'appeler tous les jours. Vous savez comment sont les Allemands…

Smythe, cet imbécile se mit à ricaner. Pietro semblait surpris.

— Vous avez un oncle allemand ? Je vous croyais américaine ?

— C'est un oncle adoptif. Le vieil oncle Karl Schmidt. Il s'affole si je ne lui donne pas des nouvelles tous les jours. Je ne sais pas ce qu'il ferait s'il n'entendait pas parler de moi un jour. Je paierai l'appel, bien sûr.

— C'est sans importance, répondit Pietro, songeur.

— Si, si, j'y tiens. Je crois qu'on profite trop souvent des riches, pas vous ? Ce n'est pas parce que vous avez de l'argent que vous devez payer mes coups de téléphone.

— Humm, grommela Pietro.

Smythe était toujours secoué de soubresauts, tant il s'amusait.

— Je suppose que vous avez confié des documents à vos avocats, à ouvrir au cas où on resterait sans nouvelles ? dit-il.

— Je les ai postés hier soir.

Smythe se laissa aller à éclater de rire. Pietro lui lança un regard furax. Helena gigota, toutes ses rondeurs tremblotant comme un œuf en gelée.

— Qu'est-ce que vous racontez ? Je n'y comprends rien.

— C'est sans doute aussi bien, répondit Smythe. Très bien, Vicky. Puis-je vous appeler Vicky ?

— Il n'en est pas question.

— Parfait. Appelez-moi John. Vous vous êtes parfaitement fait comprendre, ma chère Vicky, alors, oublions les affaires pour un instant, et profitez du paysage. Nous ne passerons plus jamais en ce monde, comme a dit un certain poète.

Le visage de Pietro était resté impassible pendant tout l'échange. Ou il était merveilleux acteur ou il ne savait pas de quoi nous parlions. Du moins, j'étais désormais certaine que Smythe avait compris. Je n'avais jamais rencontré un tel effronté.

Selon la légende, c'est Catallus d'Arcadie, qui avait fui la Grèce avec Evander pendant la guerre opposant Étéocle à Polynice, qui fonda la ville avec son fils Tiber. On dirait des noms d'opérettes, me racontait Smythe, avec bien d'autres histoires, pendant que l'immense voiture roulait. Il ne cessait de babiller. Personne ne pouvait placer un mot.

Je savais déjà que Tivoli, à proximité de Rome, était l'un des lieux de villégiature préférés des nobles romains. Dans l'Antiquité, ils cherchaient à échapper à la chaleur de la ville, et la villa la plus célèbre restait celle de l'empereur Hadrien, dont on pouvait toujours admirer les ruines.

La villa d'Este est la plus célèbre de toutes les villas de la Renaissance. Entourée de magnifiques jardins, elle est aujourd'hui propriété du gouvernement et on peut la visiter, mais la Villa Caravaggio est toujours habitée. Elle ressemble beaucoup à la villa d'Este, en plus petit cependant. Cela signifie qu'elle n'est pas plus grande qu'un hôtel particulier. À l'intérieur, on retrouvait le grand vestibule avec peintures et dorures, les chambres à coucher pleines de courants d'air sur trois étages, disposées autour d'un jardin intérieur à colonnes.

Mais le plus somptueux, c'était le parc, avec des fontaines, des fontaines partout, des fontaines statuaires, des fontaines dans des grottes artificielles, des fontaines coulant en cascades sur les rochers et les escaliers, des fontaines surgissant de nulle part et arrosant le promeneur innocent. Le tout traversé par de longues allées de cyprès et protégé par des haies plus hautes que moi. En approchant par la colline, nous eûmes une vue magnifique sur le parc.

Peu avant d'arriver, Helena, qui était assise en face de moi, se mit à s'agiter. Je ne voyais que partiellement son visage, et, le moins que l'on puisse dire, c'est qu'il n'était pas le plus expressif qui soit, mais je m'aperçus malgré tout qu'elle était en proie à de vives émotions, et des émotions peu agréables. Des perles de sueur apparaissaient sur sa lèvre supérieure bien que la climatisation ait fait descendre la température à des niveaux subarctiques.

La voiture s'arrêta. Le chauffeur se rua à l'extérieur et ouvrit la porte. Pietro fut le premier à sortir. Il me tendit la main pour m'aider et Smythe suivit. Helena ne bougeait pas.

— Dépêche-toi ! aboya Pietro. Le déjeuner va être servi. Tout sera froid !

Helena recula encore au fond de la voiture. Elle hocha la tête violemment. Un air glacial remplit l'intérieur du véhicule.

— Très bien, dit Pietro, furieux. Antonio va te raccompagner à Rome. Je t'avais dit de ne pas venir.

Helena émit un gémissement sourd et hocha de nouveau la tête.

— Reste là alors, hurla Pietro. Marine dans ton jus. Reste là toute la journée, toute la nuit, si tu veux ! *Dio,* quelle plaie, cette fille !

Il se rua dans l'escalier, nous laissant plantés sur place. Je regardai Smythe. Il souriait. Il n'arrêtait pas de sourire ce diable ! Il me fit un clin d'œil et se pencha dans la voiture.

— Allez, venez Helena, ne faites pas l'enfant.

Je compris ce qui n'allait pas. Elle était terrifiée. Sa lèvre inférieure tremblait, tout comme la main qu'elle tendait timidement. Smythe l'aida à sortir de la voiture, maniant son poids imposant avec aise.

— Vous me protégerez ? murmura-t-elle. Vous l'empêcherez de me faire du mal ?

— Bien sûr, dit Smythe. Allez, dépêchez-vous. Vous savez à quel point son Excellence se met en colère quand on le retarde pour le déjeuner.

Helena trottina avec nous, accrochée au bras de John. Ce n'était pas le genre de fille avec laquelle j'aurais sympathisé, mais elle me faisait pitié, j'aurais eu pitié de toute personne manifestant une telle peur bleue.

— De quoi avez-vous si peur ?

— Bonne question, dit Smythe. Je devrais peut-être demander de quoi j'ai naïvement promis de vous protéger. Mes talents, bien que gigantesques, sont quand même limités, et s'il s'agit de quelque King Kong ou du monstre du Loch Ness…

— C'est un monstre ! bredouilla Helena. Un fantôme ! Le fantôme des Caravaggio !

— Un fantôme…, dis-je. Ha, ha…

— Il n'y a pas de quoi rire. Il est horrible. Tout noir, avec un capuchon, comme un moine… Mais le visage… le visage…

Elle émit une sorte de gargouillement de lavabo. La performance était très efficace. J'en eus la chair de poule, malgré la chaleur de midi.

— Un visage de momie, tout pourri, sans nez… quelle horreur…, ajouta Smythe.

— Un crâne ! hurla Helena.

J'entendis un claquement derrière moi et me retournai. Le chauffeur qui nous suivait avec les bagages avait laissé tomber une valise. Il regardait Helena, horrifié.

— Oh ! Un crâne, répéta Smythe en bâillant. Ça fait un peu vieillot. Je préférais ma momie pourrie.

— Ah, vous riez… Il rira lui aussi… Un rire caverneux, comme un cri d'épouvante. J'ai vu ses dents. Deux rangées de dents noires… Il rôde dans les jardins la nuit, mais qui sait, un jour, il entrera peut-être dans la maison. Je l'ai vu une fois… avec ses os argentés qui brillaient dans le clair de lune, et il riait…

Elle ne faisait pas semblant. Le bras dodu qui me frôla était glacé.

Bien sûr, cela ne prouvait pas la réalité du fantôme. Mais cela signifiait que quelqu'un avait terrorisé la pauvre Helena. Si quelque chose rôdait dans le parc la nuit, en se déguisant ainsi, c'est qu'il devait y avoir une bonne raison de se cacher.

Smythe semblait aussi surpris et impressionné par l'histoire que moi. Je ne devais pas oublier que c'était un acteur-né, aussi fourbe qu'un renard.

— Ça m'a l'air terrifiant, dit-il d'un ton compatissant. Mais vous n'avez pas à vous inquiéter, Helena, les spectres de ce genre n'entrent jamais dans les maisons.

— *É vero ?* demanda Helena, pleine d'espoir.

— Absolument, répondit Smythe d'un ton ferme. Je m'y connais en fantômes. Dans la maison de mes ancêtres, ces créatures pullulent, littéralement. Un vacarme épouvantable, des bruits de chaînes toute la nuit, des taches de sang qui apparaissent sur le sol et ne disparaissent jamais… Et puis, vous avez de la chance, ma chère Helena. Je parierais que vous ne saviez pas que le docteur Bliss ici présente était une spécialiste des fantômes. Vous n'avez qu'à lui parler du vôtre, elle vous dira ce qu'il faut faire, pas vrai, Vicky ?

— Oh, bien sûr, répondis-je en lui adressant un regard assassin.

C'était un coup d'épée dans l'eau, peut-être mais je n'en étais pas persuadée.

— Vous voyez, dit Smythe en donnant une petite tape sur la partie la plus rebondie de l'anatomie d'Helena qui semblait assez revigorée pour en rire.

La magnifique villa était meublée de splendides antiquités, mais j'étais trop préoccupée pour apprécier ces merveilles. Je traversai le vestibule sans y jeter le moindre coup d'œil et suivis une des domestiques qui me conduisit à ma chambre. Smythe nous abandonna au deuxième étage en grommelant une excuse, mais Helena restait accrochée à moi, comme un gratteron. Ma chambre était grandiose ; on aurait dit la salle du trône d'un palais des doges, avec son balconnet qui donnait sur les jardins et la fontaine des babouins. Helena se jeta sur le lit et me regarda derrière ses lunettes noires.

— Vous vous y connaissez vraiment en fantômes ?

— Oui, bien sûr.

— Alors, vous devez me dire ce qu'il faut faire pour rester en sécurité.

— D'abord, vous feriez mieux de me raconter ce que vous avez vu, dis-je en m'asseyant sur le lit, à côté d'elle.

Elle n'avait pas grand-chose à ajouter à sa première description. Elle n'avait vu l'apparition qu'une seule fois, en avril, la dernière fois qu'ils étaient venus à la villa. Après une dispute avec Pietro, elle était allée faire un petit tour dans le parc pour se calmer, dit-elle. La vision l'avait immédiatement renvoyée dans les bras accueillants de Pietro, et elle avait insisté pour qu'ils retournent à Rome le lendemain même. Depuis, elle avait refusé de revenir à la villa.

— Mais maintenant, il se fiche de ce que je pense, geignit-elle. Il m'a forcée à venir. Peut-être qu'il ne me croit pas. Mais je vous jure, le fantôme, je l'ai vu…

— Oh, je vous crois. Mais je suis surprise de l'attitude de Pietro. Ce n'est pas une tradition de famille, les fantômes ? Il y a beaucoup de vieilles familles qui ont des histoires de revenants à raconter.

— Il dit que non. Mais peut-être qu'il ment. Pietro est un menteur. Alors, maintenant, dites-moi comment faire, ajouta-t-elle d'un ton ferme. Mais ne me demandez pas de partir. Si je pars, je le perds. Et je ne peux pas me le permettre pour l'instant.

Je compris ce « permettre » dans le sens financier du terme, mais c'était ses affaires, pas les miennes. Dans l'ensemble, je préférais qu'elle reste dans les parages, elle distrairait Pietro, et je n'avais aucune envie qu'il me suive à la trace. Je plongeai dans les souvenirs de films d'horreur de mon enfance.

— Vous devez toujours avoir un crucifix, dis-je.

— Mais j'en ai, j'en ai plein. Elle sortit une chaîne qu'elle portait autour de son cou et me montra une croix. C'était un joli bijou de platine incrusté de diamants.

— Ah, oui, mais a-t-elle été bénie par le pape ? demandai-je, le plus sérieusement du monde.

— Non.

Helena ôta ses lunettes et fronça les sourcils.

— Mais j'en ai d'autres qui l'ont été.

— Alors, portez-en une, tout le temps, et vous serez en sécurité.

— C'est tout ? demanda-t-elle, l'air déçu.

— Vous n'en portiez pas quand vous avez vu le fantôme, n'est-ce pas ?

Je me doutais qu'elle ne portait pas grand-chose puisque la dispute s'était produite au beau milieu de la nuit.

— Très bien, mais pour être vraiment tranquille, vous devriez suspendre une gousse d'ail à toutes les portes et les fenêtres. Et sur la cheminée aussi, s'il y en a une. Et du fer, c'est bien aussi. Un objet en fer sur chaque ouverture, porte, fenêtre…

— Et quoi d'autre ?

Elle se redressa, main sur les genoux, les yeux étincelants.

— Euh, dis-je m'enfonçant dans mon sujet. De l'eau bénite. Vous pouvez vous en procurer ?

— Oui, oui. Je m'asperge d'eau bénite, c'est ça ? Oui, c'est une bonne idée. Et de l'ail aussi ? Suspendu à ma chaîne, avec la croix.

J'allais acquiescer lorsque je me rendis compte que Pietro

répugnerait peut-être à l'embrasser si elle empestait l'ail. Je n'avais pas envie de briser leur ménage. Je préférais qu'il me laisse un peu de mou…

— Non, dis-je, fermement. L'ail et le crucifix, cela ne va pas ensemble. Leurs effets s'annuleraient, *capisce ?*

— Oui, oui, je comprends.

— Ça devrait marcher. Restez à l'intérieur la nuit, bien sûr. Les fantômes ne sortent pas dans la journée. Et, ajoutai-je, perfide, vous ne risquez rien tant que vous restez près de Pietro. C'est le maître du manoir. C'est son fantôme, il n'ira pas l'ennuyer.

— Oui, oui. Oh, Vicky, vous êtes formidable ! dit-elle, toute souriante.

Comme la plupart des âmes simples, elle était crédule. Elle se releva.

— Je vais m'habiller. C'est l'heure du déjeuner.

Je m'en doutais. Quelqu'un, dans les entrailles de la villa faisait sonner un gong, et cela durait depuis un moment.

Je me donnai un rapide coup de peigne et suivis le son de la cloche qui avait pris une résonance un peu hystérique. Plus j'approchai, plus le son devenait insupportable. Les mains sur les oreilles, je me retrouvai face à… une immense structure comme celles que l'on voit dans les vieux films d'Arthur Rank. Les joues cramoisies sous l'effort et la colère, Pietro tapait dessus avec un énorme maillet. Sa cravate remontait sous son oreille gauche. Lorsqu'il me vit, il laissa retomber son maillet. Le gong vibra encore, trembla en écho mais finit par se taire et je me débouchai enfin les oreilles.

— Ça me rend fou ! s'exclama Pietro. Le gosse est toujours en retard, jamais à l'heure, et maintenant, Helena aussi. Et sir John ? Où est-il passé ? Ils se donnent le mot pour que je mange en retard. Je souffre d'une maladie rare de l'estomac, mon médecin me dit que je dois manger à des heures régulières.

— J'étais en retard moi aussi. Excusez-moi. Je n'étais pas au courant pour votre maladie.

Pietro redressa sa cravate, s'épongea le visage, se lissa les cheveux et me sourit.

— Mais vous, ce n'est pas pareil. Vous êtes mon invitée. J'aurais dû vous laisser plus de temps. Venez, allons-y. Inutile de les attendre.

Nous n'eûmes pas à les attendre longtemps. Un magnifique crucifix d'or et de perles bien en vue, Helena m'adressa un grand sourire en entrant. Smythe qui la suivait s'assit à côté de moi.

Le repas fut un modèle de tous ceux que j'allais prendre dans cette maison. Le fils ne pointa pas le bout de son nez, pas plus que la comtesse douairière. Pietro expliqua qu'elle prenait souvent les repas dans sa chambre. Ce fut pratiquement tout ce qu'il dit. Smythe ne fit guère plus d'efforts. Il semblait préoccupé. Dès que nous eûmes terminé de dévorer les énormes quantités de nourriture, un peu chancelant, Pietro alla faire la sieste. Helena le suivit et je saisis Smythe qui passa devant moi par le bras.

— Vous ne croyez pas qu'il serait temps d'avoir une petite conversation ?

Je me demande si je vous ai précisé qu'il avait à peu près ma taille, deux ou trois centimètres de plus, au maximum, peut-être, mais mes sandales à talons compensaient la différence. Nous étions yeux dans les yeux, mais, par une sorte d'alchimie, il donnait l'impression de me regarder de haut.

— Je suppose que ce sera encore du temps perdu, dit-il,

mais je veux bien essayer. Allons faire une petite promenade dans les jardins, vous voulez bien ?

— Comme c'est romantique !

Enfin, cela aurait pu l'être avec quelqu'un d'autre que Smythe. Le doux chant des fontaines nous suivait durant notre promenade parmi les allées ombrageuses et les buissons en fleurs. Lorsque j'essayai de parler, Smythe me fit taire.

— Chut, nous ferions mieux de trouver un endroit tranquille.

Nous prîmes un tournant, et je sursautai à un mètre du sol. Juste en face de moi, surgit une tête de monstre gravée dans la pierre. Il était si gigantesque que la gueule ouverte était plus grande que moi. Il avait l'air mauvais, et sa tête de serpent aurait été terrifiante, même en miniature.

— Je suppose que c'est votre façon de plaisanter, dis-je en reprenant mon souffle.

— Excusez-moi. J'avais oublié qu'il était là, mais c'est l'endroit rêvé pour une petite conversation, finalement.

Il entra à l'intérieur de la gueule, se baissant légèrement pour éviter les crocs de pierre.

Je le suivis. La pierre dans laquelle cette atrocité était sculptée faisait penser à la texture de la pierre ponce, mais semblait beaucoup plus dure. Des lichens et de la mousse avaient poussé à la surface, formant une sorte de peau. C'était une œuvre étrangement repoussante.

La tête creuse était aménagée comme un pavillon d'été. La lumière passait par les fentes des yeux et des narines, mais il faisait malgré tout très sombre. Smythe s'assit sur un fauteuil de bambou et m'en indiqua un autre.

— Il y a d'autres bestioles aussi charmantes dans le coin ? demandai-je.

— Quelques-unes. Le neuvième comte s'est inspiré d'une idée d'un de ses amis, le prince Vicino Orsini, du XVIe siècle.

— Oui, j'ai lu des articles sur le domaine d'Orsini. Le parc des monstres de Bomarzo, c'est ça ?

— Je ne me souviens plus. C'est à soixante-dix kilomètres au nord de Rome. Une grande attraction touristique à présent, je crois.

— Bon, inutile de faire les guides de voyage… Je veux…

— Ma chère amie, c'est vous qui avez abordé ce sujet.

— Disons que la question est close.

— Avez-vous réellement confié une lettre à votre avocat ?

— J'ai laissé une lettre, mais pas à mon avocat. Je n'ai pas d'avocat. Je reconnais que les indices que j'ai rassemblés pour l'instant ne constituent pas une preuve. Mais je suis sûr que vous conviendrez que ma disparition confirmerait nos théories de manière fort embarrassante.

— Pour nous, très certainement. Nous n'avons pas besoin de publicité.

— Alors, quelles sont vos intentions à ce sujet ?

— À quel sujet ? demanda-t-il en levant le sourcil gauche.

— Euh, le complot…

Il s'adossa à son fauteuil, les mains posées à plat sur son ventre, et me sourit.

— Victoria, vous n'êtes vraiment pas raisonnable. Je ne vois pas ce que je pourrais faire. C'est à vous d'agir, il me semble. Alors, qu'allez-vous faire ?

— Démasquer le complot, répondis-je. Ensuite, allez voir la police et vous faire tous mettre en prison.

— Ce n'est pas très gentil de votre part. Je pense que vous tirez des conclusions hâtives. Qu'est-ce qui vous fait croire qu'il y a des raisons de prévenir la police ?

Je me ressaisis. Ces airs nonchalants, cette conversation détournée affectaient mes propos. Nous tournions autour du pot sans rien dire d'essentiel.

— Vous semblez en savoir beaucoup sur moi, dis-je. Je suppose que vous vous êtes renseigné lorsque je vous ai donné mon nom. Vous savez où je travaille. Vous savez aussi que l'homme de Munich…

— Joli titre pour un roman policier, interrompit-il.

— Pas très original. Cessez de m'interrompre. Votre complice de Munich est mort, et vous savez qu'il était en possession du talisman de Charlemagne.

Smythe se redressa. Son sourire s'était évanoui. Son regard brillait. Il réfléchissait.

— Ah, c'est ça ! Non, je ne savais pas quelles raisons avaient poussé un employé du Musée national à voler, mais ce simple fait suffisait pour qu'on se méfie de vous. Mais même ainsi, l'existence du talisman n'entre pas en ligne de compte. Vous devez être bien soupçonneuse pour penser que notre jolie copie était synonyme de vol.

— Votre erreur, ça a été de me kidnapper, répliquai-je.

— Vous ne croyez tout de même pas que j'aurais fait quelque chose d'aussi stupide ! dit Smythe, méprisant.

— Qui, alors ?

— Cela ne vous regarde pas. Grands dieux, vous n'alliez quand même pas imaginer que j'allais vous livrer tous nos secrets dès que je me retrouverai en face de vous ? Vous ne pouvez absolument rien prouver. Vous pouvez rester ici jusqu'à ce que la mousse vous envahisse, et vous n'aurez toujours pas l'ombre d'une preuve.

— Ah bon ?

— Exactement. Nous avons parfaitement couvert nos traces, ça, je peux vous l'assurer. Vous n'apprendrez rien ici, mais vous risquez de vous attirer des ennuis. Mes collègues sont inoffensifs, dans l'ensemble, mais il y en a un ou deux… Je leur ai redressé les bretelles après l'enlèvement, et j'espère que cela ne se reproduira pas. Mais je ne peux rien vous promettre, et que je sois damné s'il faut que j'aille vous sauver à chaque fois ! Pourquoi refusez-vous de partir ?

— Vous n'auriez pas si envie de me voir partir si je ne risquais pas d'apprendre quelque chose ici.

— Cours de logique première année : « Comment construire un syllogisme ! » Ça ne marche pas. Je vous l'ai dit. Je ne peux pas jurer de la bonne volonté de certains de mes associés.

Son ton avait changé. Il se pencha vers moi, avec un regard un peu plus doux.

— Écoutez, Vicky, c'est une petite affaire relativement innocente. Vous ne pouvez pas laisser tomber ?

— Si je savais tout, je serais peut-être d'accord avec vous, répondis-je, aimable.

Smythe ouvrit la bouche, comme s'il voulait parler, mais il s'adossa à nouveau à son fauteuil et se mit à rire.

— Non, non, j'étais tenté de vous concocter une belle histoire. Mais vous avez un esprit presque aussi retors que le mien. Vous ne me croiriez jamais, pas vrai ?

— Franchement, dis-je, envoyant valser toute diplomatie, je ne vous croirais pas si vous me disiez que le soleil se lève à l'est ! Pourquoi, vous, vous n'abandonnez pas ? Si cette petite affaire est aussi innocente, cela ne rapporte pas grand-chose. Et puis, je suis têtue. Et mes amis en savent déjà pas mal sur vous.

Solennel, Smythe sortit un mouchoir blanc de sa poche, l'agita en l'air et le rangea.

— La négociation est terminée. Nous ne semblons aboutir nulle part. Je retourne à la villa. J'ai du travail qui m'attend. Vous m'accompagnez ?

— Je commence à me plaire ici. Je crois que je vais rester un moment.

Smythe retourna vers l'ouverture de la gueule… la sortie. À contre-jour, il formait une silhouette noire, comme dans un théâtre d'ombres. Je ne distinguais plus ses traits, mais sa voix avait perdu toute trace d'humour.

— J'admire votre courage, Vicky, mais ne poussez pas le bouchon trop loin. Il y a des choses qui rôdent dans le jardin… et pas seulement la nuit.

C'était une attention charmante d'abandonner ainsi une jeune femme dans la gueule d'un monstre.

II

Je m'endormis là, allongée sur une confortable chaise longue. Je ne dors jamais dans la journée, cela m'arrive en tout cas très rarement. Mais en général, je ne mange pas autant, et surtout je ne bois pas une demi-bouteille de vin très fort.

La maison commença à s'animer vers quatre heures, lorsque Pietro se réveilla de sa sieste – si c'était bien ce qu'il faisait dans sa chambre. Comme je l'apprendrai bientôt, il était généralement somnolent et oisif le matin, mais il s'animait à l'approche du crépuscule, et, telle la fleur du cierge bleu, il s'épanouissait la nuit.

C'était un petit homme engageant. Contrairement à

nombre de milliardaires blasés, il aimait la vie. Ce n'est pas que j'aie connu tant de milliardaires, je me fie à ce que je lis dans les magazines. Le vin participait peut-être un peu à sa joie de vivre. Il commençait à boire dès le lever et continuait jusqu'à ce qu'il s'écroule. Il buvait assez lentement, à peine plus vite que son corps ne pouvait absorber l'alcool, si bien qu'il lui fallait un moment avant de s'enivrer. Le premier signe de l'ivresse, c'était un intellectualisme forcené. Il discourait à propos d'histoire, de politique, de philosophie, en recourant à de longs mots savants et à des citations de philosophes grecs dont je n'avais jamais entendu parler. Je crois qu'il les inventait.

À l'approche du dîner, les sirènes de la sensualité remplaçaient les muses de l'intellect. Si j'étais seule avec lui à ce moment-là, je devais me déplacer constamment, même si manger consommait l'essentiel de ses besoins libidineux, si bien qu'après dîner, il devenait tendre et sentimental. C'est alors qu'il écoutait les vieux disques de Nelson Eddy Jeanette MacDonald sur sa monstrueuse chaîne hi-fi ou qu'il s'essayait à la valse viennoise.

Ensuite, une humeur belliqueuse remplaçait la précédente, et, en bon noble italien, Pietro voulait se battre à l'épée, et non avec ses poings. Il profitait de ce moment pour défier les gens en duel. Vers minuit, plein de vivacité, il racontait de vieilles blagues et se lançait dans des tirades de vaudeville. Il se prenait aussi pour un illusionniste amateur. Il possédait tout le matériel, dont une boîte magique qui permettait de couper une femme en deux, mais ses mains tremblaient tant que même les femmes de ménages refusaient de servir de cobayes.

Parfois, il s'écroulait aux premières heures du petit matin, et un valet et Smythe le portaient dans son lit. Je me demandais pourquoi il avait besoin d'une maîtresse, si ce n'était pour la sieste.

Ce fut durant la période intellectuelle de cette première soirée qu'il décida de me montrer sa collection. Il m'avait avertie qu'il me faudrait deux jours pour la regarder correctement, qu'il ne me donnait qu'un aperçu, pour que je décide sur quelles pièces je voulais me concentrer.

J'avais eu l'occasion d'admirer de nombreuses merveilles. La visite des musées est une véritable passion en plus d'une profession. Mais, cette fois-ci, j'eus droit à une expérience exceptionnelle. Les objets qu'il me montra n'étaient pas des pièces de musée, ils faisaient partie des meubles.

— Vous n'avez pas peur des voleurs ? demandai-je, au milieu de la visite. Le palais est ouvert à tout vent, Pietro. N'importe qui pourrait entrer.

— Oui, mais comment pourraient-ils sortir en emportant tout ça ? dit-il en faisant un geste ample vers un torse de marbre d'Hercule sur son piédestal, dans le grand salon. Il faudrait un camion, non ? Et un élévateur ! Et ce n'est pas facile de faire entrer ces engins dans ma maison.

— Oui, vous avez raison.

Le petit bonhomme n'était pas aussi idiot qu'il y paraissait.

— Mais les objets plus petits ?

— J'ai assez de domestiques, même quand je ne suis pas ici en résidence. Ma gouvernante fait l'inventaire tous les jours. Quant aux très petits objets précieux, bien sûr, ils sont au coffre.

— Des bijoux ?

— Ah, vous aimez les bijoux ! dit Pietro en me caressant le bras.

Pendant un instant, je craignis que la phase sensualité

ne se soit déclenchée un peu plus tôt que prévu, mais il poursuivit.

— Les bijoux, ils sont dans la chambre forte, vous voulez les voir ?

— Oh, oui, avec plaisir ! m'exclamai-je, j'adore les bijoux.

— Ah, les femmes, elles sont toutes pareilles, même les plus intelligentes, dès qu'on parle de bijoux !

La salle forte était une petite pièce attenante à son salon, à l'étage, et il fut assez raisonnable pour se tenir entre moi et la porte lorsqu'il composa la combinaison.

— Je le change tous les ans, dit-il en tournant les boutons. C'est un petit employé de la banque qui vient le faire.

À son invitation, je m'installai sur un divan de velours, et il apporta des boîtes qu'il posa sur une table basse en face de moi.

Puis il commença à les ouvrir.

Pendant une bonne demi-heure, j'oubliais que j'étais une jeune femme cultivée, une spécialiste cynique, payée par un musée… J'adorais les bijoux.

Les pièces qui me fascinèrent le plus, c'étaient les bijoux de la Renaissance : un pendentif d'or et d'émail, avec une sirène taillée dans une perle baroque. Le buste était en perle, les bras levés et l'ample chevelure en or et des émeraudes grossièrement polies formaient les écailles de la queue de poisson. J'admirai aussi un collier de soixante centimètres de long, avec des pierres grosses comme un ongle d'homme : émeraudes, rubis, améthystes et topazes. Un pendentif de rubis gros comme un œuf de pigeon taillé en cabochon était monté sur un autre collier de rubis carrés sertis dans l'or.

Je restai ébahie devant un diadème semblable à celui que j'avais vu sur une peinture de Botticelli : de fines lamelles d'or soutenant un saphir étoilé, entouré de pétales de fleurs stylisés. Je m'extasiai devant une broche en forme d'étoile, incrustée de perles, de rubis et d'émeraude dans des rubans d'or torsadé. Quant aux bagues…

J'essayais de regarder ces bijoux d'un œil critique, mais ce n'était pas facile parce que Pietro insistait pour que je les porte. J'avais des bagues à chaque doigt… Il basculait vers la phase amoureuse. J'étais littéralement couverte de bijoux lorsque Helena entra en furie.

Apparemment, nous n'étions plus amies ! Elle m'adressa un regard noir et se lança dans un discours fulminant.

— Ah, te voilà ! Quoi ? Tu lui as donné… Tu ne m'as jamais offert la plus misérable bague et maintenant, tu couvres cette…

Suivi un étalage impressionnant d'argot romain. Je ne savais pas qu'il existait autant de synonymes pour désigner une femme de mauvaise vie. Pietro encaissa le coup un moment avant de rugir.

— *Silenzio !* Comment oses-tu te montrer aussi vulgaire devant une dame ? Une dame cultivée qui étudie ma collection ! Elle… elle va écrire un livre dessus… un livre qui me rendra célèbre… pas vrai, Vicky ?

— Oh, oui, j'en suis certaine. Vous serez très célèbre.

Helena recommença à parler mais Pietro cria plus fort qu'elle.

— Fiche le camp ! Et va apprendre les bonnes manières. Je ne t'ai jamais donné de bagues ! Non mais ! Ces joyaux appartiennent à la famille depuis des siècles. Ils appartiennent à la *contessa* Caravaggio, pas à une…

— Ce n'est rien, dis-je, tandis qu'il me lançait un regard

d'excuse. Je comprends ce que vous voulez dire. Vous feriez mieux de ranger tous ces trésors, à présent, Pietro.

Et, cela me fait honte d'avoir à le reconnaître, c'est avec réticence et les doigts raides que je dépouillai ma gorge, ma poitrine et mes bras de ces ornements. Ce fut à cet instant que je compris l'attrait qu'exerçaient ces précieux bijoux : une émotion violente qui avait fait couler pas mal de sang au cours des siècles.

En me préparant pour le cocktail dans ma chambre, je pus enfin repenser à Helena avec un peu plus de compassion.

Si ces fichues pierres de carbone cristallisé m'affectaient autant, quel effet devaient-elles avoir sur Helena ? Il faut que je me rende justice : ce n'était pas seulement la valeur des pierres qui me fascinait, c'était aussi la beauté du travail d'orfèvrerie. Les bijoutiers de la Renaissance n'étaient pas de simples artisans, c'étaient les plus grands artistes de leur époque. Cellini était sculpteur autant que joaillier, Ghirlandaio, Verrocchio et Michelozzo étaient eux aussi des grands noms de la bijouterie. On doit les « Portes du Paradis », cet incomparable bas-relief du Baptistère de Florence, à un fondeur d'or du nom de Ghiberti.

L'ouvrier inconnu qui avait copié le talisman de Charlemagne était en bonne compagnie. Je me demandais si les bijoux que je venais d'admirer étaient des faux.

Il est largement temps que je vous parle un peu des faux. Ce n'est pas un sujet monolithique, cela touche plusieurs domaines, car les techniques utilisées en bijouterie, par exemple, sont différentes de celles employées pour la porcelaine ou la peinture. Mais une constante reste incontournable : s'ils sont bien faits, les faux sont presque indétectables.

Les amateurs les plus avertis et les critiques se plaisent à dire qu'on peut reconnaître un faux par ses erreurs stylistiques. Après tout, si Rembrandt était si talentueux, il ne doit pas être facile à imiter. La théorie est séduisante, mais elle est erronée ! Tous les musées du monde, y compris les plus connus, ont dans leurs réserves des trophées que les experts préféreraient oublier, des peintures ou des sculptures achetées à prix d'or parce qu'on les croyait authentiques. Oh, bien sûr, une fois que la vérité éclate parce que le faussaire a avoué ou que les analyses chimiques ont révélé la supercherie, il est facile de démonter l'œuvre : « La draperie du bas-relief grec de la copie n'est pas aussi précise, pas aussi sûre que l'original… » Foutaises ! Les meilleurs experts n'y ont vu que du feu !

Prenez van Meegeren, par exemple, le faussaire le plus célèbre et le plus doué que le monde ait connu. S'il n'avait pas avoué, ses faux Vermeer seraient toujours exposés dans les musées. C'est une histoire exceptionnelle, un exemple de justice poétique, car il dut avouer son crime pour se libérer d'une accusation plus grave encore. Pendant l'occupation allemande de la Hollande, van Meegeren a vendu une de ses toiles à ce salopard de Goering, qui se prenait pour un connaisseur. Goering croyait avoir acquis un véritable Vermeer, bien sûr. Malheureusement, le gouvernement en était persuadé aussi, et, à la fin de la guerre, van Meegeren fut arrêté et accusé de collaboration avec l'ennemi, pour avoir vendu des trésors nationaux.

Le plus drôle, c'est que lorsque van Meegeren avoua avoir fabriqué des dizaines de faux Vermeer, le monde des arts refusa de le croire. « Comment ça, *Les Disciples d'Emmaüs,* un faux ! Balivernes ! C'est un authentique Vermeer, en fait, c'est son plus beau chef-d'œuvre ! » Il fallut que van

Meegeren peigne un nouveau Vermeer dans sa cellule, pour convaincre les sceptiques. Puis, la nature humaine est ainsi faite, tout le monde se mit à déceler des défauts dans la peinture jusque-là encensée.

J'avais quelques connaissances sur la manière de déceler les faux en peinture. Mais je savais aussi que le seul moyen de détecter une copie bien réalisée était de recourir aux tests chimiques. Un faussaire imprudent risque d'employer des peintures synthétiques, comme le cobalt, les ultramarines ou le blanc de zinc qu'on ne fabriquait pas avant le XIXe siècle. Mais un bon faussaire éviterait les erreurs aussi grossières. Van Meegeren veillait à n'utiliser que des pigments disponibles à l'époque de Vermeer. On les trouve toujours, il n'existe aucun pigment mystérieux, aucune recette inconnue. La plupart des faussaires ont l'intelligence de n'employer que de vieilles toiles et ils sont assez doués pour imiter l'usure, comme les craquelures, les trous de vers et la patine. Les astuces ne manquent pas et je suis certaine qu'un historien de l'art honnête voudrait bien admettre, après un ou deux verres, que pas mal de faux ornent encore les sacro-saints murs des plus grands musées du monde.

Quant aux collections privées, elles sont dépassées par la question, surtout lorsque les œuvres sont d'origine douteuse. Les particuliers n'osent pas faire expertiser leurs œuvres lorsqu'ils ont des doutes sur leur provenance.

J'avais la certitude qu'une grande partie des bijoux anciens étaient des faux, mais la seule chose dont je me souvenais, c'était d'avoir lu un article à propos de la tiare de Saïtapharnès. Une tiare n'est pas nécessairement la jolie demi-couronne portée par les princesses de contes de fées. Cette pièce était une coiffure de forme pointue faite d'or fin et gravée de scènes et d'inscriptions.

Le récit reprenait mot pour mot de véritables textes grecs, si bien que les inscriptions ciselées avec suffisamment de talent parurent authentiques aux yeux des conservateurs du Louvre. Tout comme van Meegeren, le joaillier russe Rouchomowsky eut beaucoup de mal à convaincre son auditoire de la véracité de ses aveux. De nouveau, je dois vous préciser qu'aucune technique n'a jamais été perdue. Rouchomowsky avait appris à pratiquer l'art ancien de la granulation : des dessins formés par de minuscules poussières d'or, pas plus grosses que des grains de sable grossier, placées une à une. Certains de ses faux sont des imitations parfaites du travail des orfèvres étrusques.

Si Rouchomowsky avait réussi, pourquoi pas un autre ? Plus j'y pensais, plus je comprenais que cette bande avait trouvé le bon filon. La seule méthode efficace pour détecter un faux, ce sont les tests scientifiques, mais si vous utilisez un matériel d'époque, alors, plus rien n'est infaillible. L'or reste de l'or. Sa pureté varie, mais un bon faussaire utilisera l'or employé par les Grecs ou les artistes de la Renaissance qu'il copie. Les faux bijoux étaient faciles à déceler, mais depuis l'invention des pierres synthétiques, un bijou bien fait peut déjouer presque tous les tests de laboratoire. Je me demandais pourquoi Schmidt était si certain de détenir le vrai talisman de Charlemagne ! À sa place, je me serais méfié.

J'enfilai ma longue robe de jersey noir, très moulante, et sortis ma propre collection de bijoux. Je dois avouer qu'elle ressemblait à de la vilaine pacotille.

SIX

Les hommes étaient en smoking, et si je n'avais pas éprouvé des sentiments pour le moins inamicaux envers « sir John Smythe », j'aurais dû reconnaître que cette tenue élégante seyait merveilleusement à sa mince silhouette et à ses cheveux blonds. Si sa jolie ceinture était parfaitement plate, le pauvre Pietro ressemblait, lui, à un melon entouré d'un ruban violet.

La comtesse était installée près de la fenêtre de la salle à manger, dans une grande chaise sculptée, semblable à un trône. En sa présence, son fils se modérait un peu. Il dut confiner ses élans amoureux à Helena, car la comtesse m'invita à m'installer à ses côtés et me fit aussitôt la conversation.

Je la trouvais mignonne. Elle me rappelait ma propre grand-mère, pourtant les deux femmes ne se ressemblaient pas vraiment. Grand-mère Andersen était une Suédoise typique : ossature solide, les cheveux toujours blonds malgré ses soixante-dix ans, avec des yeux perçants d'un bleu d'acier. Mais toutes deux étaient des matriarches. La comtesse douairière était passionnée par les potins en vogue. Elle voulait tout savoir sur le dernier mari d'Elizabeth Taylor et les moindres faits et gestes de Jacqueline Kennedy et de la princesse Grace. Je n'étais pas très informée sur ces sujets, mais je savais écouter. Nous étions néanmoins d'accord pour dire, à regret, que si les dernières femmes des présidents américains étaient sans doute gentilles, elles ne faisaient guère rêver.

Avant longtemps, Luigi entra. Il regarda vaguement tout autour de lui, comme s'il avait oublié la raison de sa visite. Il croisa enfin le regard de sa grand-mère et s'approcha d'elle. Elle tendit sa main maigrichonne et veineuse et lui fit signe de s'asseoir sur un tabouret bas, à ses pieds. Ils constituaient un joli tableau ainsi, la sagesse du grand âge et la jeunesse attentive.

— Mon chéri, je ne t'ai pas présenté le docteur Bliss, dit-elle, affectueusement.

Luigi leva les yeux vers moi. Je ressentis un léger choc. Il avait peut-être l'air rêveur et dans la lune mais il avait un regard noir acéré et intense.

— *Buona sera, dottoressa,* dit-il, obéissant.

Je le saluai moi aussi, puis le silence régna. Luigi caressait toujours la main de sa grand-mère, passant un pouce délicat sur les doigts osseux, presque à la manière d'un amant.

— Tu as l'air fatigué, mon trésor, dit-elle. Qu'est-ce que tu as fait ? Tu dois te ménager, tu es en pleine croissance.

— Je vais bien grand-mère, dit-il en lui souriant. Vous savez que pour moi, le travail est le plus grand des plaisirs.

Elle hocha la tête, anxieuse.

— Tu travailles trop, mon ange.

Il ne m'avait guère l'air surmené. Il aurait eu son franc succès en star du rock, toutes les gamines se seraient mises à hurler, s'il n'avait pas été si élégant.

— Quel genre de travail faites-vous, Luigi ? Puis, lorsqu'il tendit ses mains expressives maculées de peinture, je poursuivis. Excusez-moi, j'avais oublié, quel genre de peinture ?

Ce n'était pas très malin. La plupart des jeunes peintres imitent un style ou un autre, mais ils n'apprécient pas qu'on le leur rappelle. Ils se prennent tous pour des innovateurs. Avant que je puisse me rattraper, Pietro éclata d'un rire méprisant.

— Ah, c'est de son style que vous voulez parler ? C'est l'école la plus moderne qui soit, Vicky. Totalement dépourvue de forme et de sens. Des taches de couleurs sur une toile.

Les yeux du garçon envoyaient des éclairs de fureur.

— Je suis toujours en phase d'expérimentation, dit-il en s'adressant directement à moi. Pour moi, l'art est une expérience très personnelle. Cela doit passer directement de l'inconscient à la toile, vous n'êtes pas d'accord, *signoria ?*

— Comment pourrait-elle être d'accord ? demanda Pietro. C'est une érudite, une historienne de l'art. Est-ce que Raphaël laissait son inconscient déborder sur ses toiles ?

— Eh bien, dis-je en pensant aux gravures, ce n'est peut-être pas si éloigné…

— Non ! cria Pietro. La forme, la technique, l'étude la plus méticuleuse qui soit de l'anatomie… Vicky, vous n'êtes pas d'accord avec moi ?

J'étais sur le point de faire une réponse légère, sur le ton de la plaisanterie lorsque je fus rattrapée par les tensions qui régnaient dans la pièce. Tous m'observaient avec un regard farouche et impatient, le garçon, son père, la vieille dame. Je me rendis compte que nous ne discutions pas d'art. C'était une vieille querelle, une simple lutte entre le père et le fils. Je compris qu'il serait idiot de me ranger d'un côté ou de l'autre. En regardant autour de moi, comme pour chercher de l'aide, je croisai le regard ironique de John Smythe. Sors-toi de ce bourbier, semblait-il me dire.

— Je ne suis pas critique, dis-je, humblement. En tant que spécialiste du Moyen-Âge, j'apprécie les formes, naturellement, mais il me semble que l'approche personnelle de l'art se fait surtout sur un plan viscéral. Je ne pourrais rien dire sur votre travail sans l'avoir vu, Luigi.

Je ne m'en étais pas trop mal sortie. Mes paroles pouvaient être interprétées selon les préférences de l'auditeur. Le visage de Luigi s'illumina. Dieu, qu'il était joli garçon !

— Je vais vous montrer, dit-il en se levant.

— Luigi ! s'écria la douairière qui le retint sur le tabouret. Tu oublies les convenances, mon enfant. Il est l'heure de dîner !

— Demain, alors, dit le garçon en me regardant.

— Ce sera avec grand plaisir, répondis-je.

— Ce sera une grande douleur, commenta Pietro, méchamment.

II

Je suis sans doute la seule personne de moins de trente ans qui connaisse par cœur les paroles de *Lover, Come Back to Me*. Ce n'est pas ma faute, mais celle de mon idiote de mémoire qui retient tous les faits les plus insignifiants sur lesquels elle peut tomber. Grand-mère Andersen jouait cet air de la vieille opérette de Romberg et Victor Herbert au piano. Mon Dieu, je les connaissais toutes !

Mais cette fois, cela se révéla utile. Après dîner, lorsqu'on passa au salon, je chantai avec Pietro, en même temps que Nelson Jeanette et, à ce moment-là, j'avais assez bu pour me moquer de l'hilarité de Smythe, au fond de la pièce.

Après avoir écouté *The New Moon*, Pietro changea d'humeur et défia Smythe en duel. Je ne sais plus à quel sujet, une insulte supposée ou une autre. Comme je pouvais m'y attendre, Smythe accepta, et les deux hommes parcoururent le salon en brandissant leur arme. Comme il n'y avait pas d'épée à portée de main, ils se servaient de parapluies, et même la comtesse douairière fut prise de fou rire en les voyant. Elle alla se coucher après le combat. Pietro nous expliqua certains tours de cartes et sortit de son chapeau haut de forme un lapin blanc obèse visiblement indigné. Apparemment, il s'était endormi dans le chapeau ou ailleurs et n'appréciait guère d'être dérangé. Il mordit Pietro, et le majordome emporta l'animal pendant qu'Helena s'affolait autour la blessure de son amant qu'elle emballa dans un long mouchoir de gaze. J'aime bien les tours de magie, mais j'en avais assez vu. Je pris congé et allai me coucher.

Une longue douche froide dissipa les vapeurs d'alcool qui m'envahissaient et au lieu d'aller dormir, je sortis sur le balcon.

La nuit était d'une beauté à peine croyable. Suspendu aux fuseaux noirs des cyprès, le globe d'argent de la pleine lune étincelait telle une décoration de Noël. L'éclat patiné des étoiles me donna un instant le mal du pays : on ne voit les étoiles comme cela qu'à la campagne, loin des lumières de la ville. Dans la pâle lueur du clair de lune, les jardins avaient l'air de sortir d'un roman gothique : des fontaines, jaillissaient des perles de diamants, d'ivoire rose et de jade. J'avais les jambes en coton. C'était peut-être le vin, mais je n'y croyais pas. Je me laissai glisser pour m'asseoir au milieu des pots de fleurs, le bras posé sur la balustrade et contemplai la nuit, rêveuse. Je voulais… Bon, je vous laisse trois essais !

Soudain, une silhouette sortit lentement de l'ombre et traversa la dalle gris argent de la terrasse, une silhouette longue et effilée, avec une chevelure qui formait un casque d'or blanc sur une tête bien formée. Elle s'arrêta sous mon balcon, leva les bras en l'air, rejeta la tête en arrière et déclama, avec la voix de stentor qu'on entend dans les festivals Shakespeare et à la BBC :

Oh my darling, oh my darling,
Oh my darling Clementine.
You are lost and gone forever,
Dreadful sorry, Clementine.

Je pris un pot de fleurs et le laissai tomber. Il rata sa cible, mais de peu, et mon chanteur dut faire un saut latéral pour éviter les éclats. En rentrant dans ma chambre, je l'entendis rire.

III

Comme les rats et les hamsters, Pietro était un animal nocturne. Sachant qu'il se levait rarement avant midi, j'estimais que le matin était le moment idéal pour une petite exploration. Je me levai donc à huit heures, toute pimpante, prête à l'aventure.

Qu'est-ce que je cherchais ? Euh, aucune idée... Smythe s'était quand même montré un peu trop empressé pour m'assurer que la villa ne m'apprendrait rien. On pourrait malgré tout penser qu'une bande d'escrocs n'attirerait pas volontairement des enquêteurs suspicieux sur les lieux du crime, mais Smythe était assez pervers pour jouer double jeu. On dit bien que pour se cacher des yeux de la loi, le meilleur endroit, c'est le commissariat de police ! Les criminels se livraient peut-être à leurs funestes activités sous mon nez. Pourtant, un élément les dénoncerait sur-le-champ : l'atelier du faussaire.

Le petit-déjeuner était servi dans une modeste salle à manger sur des plateaux d'argent et des chauffe-plats, à la mode anglaise. Je mangeai seule et commençai mon expédition.

Je me perdis plusieurs fois. La villa était immense, et je n'étais pas certaine de l'avoir visitée en entier même après en avoir fait plusieurs fois le tour. Les caves étaient particulièrement troublantes. Certaines étaient directement creusées dans le grès de la colline. Il me semblait que c'était l'endroit rêvé pour un atelier clandestin, si bien que j'explorai ce sous-sol de manière aussi exhaustive que possible sans plan, mais je n'y trouvai que des toiles d'araignées et une cave à vins avec des centaines de bouteilles.

Je fus soulagée de retrouver la chaleur des jardins ensoleillés, en quittant l'obscurité et l'humidité des caves. Une douce musique m'accompagnait tandis que je me promenai parmi les gargouillis des fontaines, les chants d'oiseaux, le bruissement des feuilles dans la brise. Pourtant, au bout d'un moment, je commençai à ressentir une drôle d'impression, entre les omoplates, un peu comme lorsqu'on a le sentiment d'être observé.

Le parc ne manquait pas de cachettes : buissons, haies, sculptures... Mais je ne vis pas l'ombre d'une silhouette humaine. Je suppose que c'était ce qui m'angoissait. Les citadins sont peu habitués à la solitude. Nous sommes comme des rats à nous mordre les uns les autres dans des endroits surpeuplés. Je souffrais d'une association malsaine d'agoraphobie et de claustrophobie. J'étais dehors, sans rien autour de moi à part des arbres, des buissons et le ciel au-dessus de ma tête, et pourtant, je me sentais enfermée. J'avais l'impression que les vieilles statues lépreuses m'épiaient avec leurs yeux aux orbites brisées, que les animaux et les satyres de pierre se riaient de moi comme s'ils connaissaient un secret que j'ignorais.

Les jardins avaient été conçus pour le confort du promeneur. On trouvait des bancs partout, des sièges de marbre et de fer forgé, gravés et décorés de mosaïque. Je découvris pas moins de quatre pavillons d'été, meublés de chaises rembourrées et de tables basses. L'un avait la forme d'un temple circulaire miniature, avec de magnifiques colonnes corinthiennes. Je finis par retrouver la tête de monstre grotesque où Smythe et moi avions eu une petite conversation la veille. J'avais été trop préoccupée à ce moment-là pour éprouver autre chose qu'une impression générale d'horreur. Mais, en l'examinant, je trouvais cette tête encore plus terrifiante. J'en fis le tour, en longeant un sentier pavé de pierres noires et découvris que cette tête était en fait le gardien d'un autre jardin, regorgeant de statues plus abominables encore.

Elles étaient situées à des endroits stratégiques, pour que l'on tombe dessus au moment où on s'y attendait le moins, ce qui accentuait encore le choc. L'une d'elle représentait un éléphant, du moins d'après mon interprétation, car il avait des cornes en plus de ses défenses et des griffes aux pattes avant. Le tronc était replié sur le torse d'un homme qu'il essayait, avec succès, de briser en deux. Le sculpteur avait merveilleusement capté l'expression de terreur de la victime sur le point d'être déchiquetée.

Les autres statues étaient pires encore. Peu d'atrocités, humaines ou animales, avaient échappé à l'artiste. Je continuai mon périple, dans un vertige de fascination et de répulsion. Les jolies plates-bandes et les petites fontaines gracieuses ne faisaient qu'accentuer la monstruosité des sculptures.

J'étais à mi-parcours sur une terrasse bordée de bas-reliefs d'une nature particulièrement obscène lorsqu'un bruit me fit sursauter. Une des statues avait bougé !

C'était une statue d'homme, grandeur nature, au visage de démon, avec des serpents sur la tête et de grands crocs. Le son grinçant qui accompagnait le mouvement ressemblait à un rire caverneux. La statue se dirigeait droit vers moi, et je n'ai pas honte d'avouer que je reculai. Quelque chose m'attrapa par l'épaule. Quelque chose de dur et froid. Je me retournai juste à temps pour éviter l'étreinte d'une autre silhouette qui venait de surgir des azalées, où elle dissimulait ses pieds en forme de sabot. Le parc prenait vie, dans un concert de grincements cacophoniques. Les bras de pierre se levaient, les têtes se tournaient vers moi et me fixaient de leurs yeux morts.

Je trébuchai et retombai assise par terre sur la trajectoire d'une sorte de dragon qui s'approchait inexorablement.

Je n'ai pas crié pour appeler consciemment au secours. J'étais simplement épouvantée par ce qui se passait et je fus la première surprise de voir que mon cri produisait des résultats. La silhouette de dragon poussa un couinement et se bloqua. Les autres statues s'arrêtèrent aussi. Dans le silence, un oiseau lança de longs trilles mélodieux.

Avec la grâce d'un Nijinski dans le *Spectre de la Rose,* il sauta sur le parapet sculpté et, en un bond souple, atterrit légèrement sur ses pieds. Immobile, mains sur les hanches, il me lança un regard sévère. Mais son mouvement souple l'avait trahi, et sa chevelure blonde en bataille et sa poitrine qui se soulevait rapidement prouvaient qu'il n'était pas aussi calme qu'il voulait le faire croire.

Obliger l'autre à parler le premier est une vieille astuce souvent utilisée en diplomatie. Les Amérindiens en connaissaient déjà les avantages psychologiques et les cadres d'entreprises recourent au même principe en demandant à leur secrétaire de prendre leur interlocuteur avant de leur passer. Smythe et moi aurions pu rester des jours à essayer de nous gruger mutuellement si je ne m'étais pas aperçue que ma main saignait. Je léchai la plaie et regardai la pointe de métal, presque cachée dans l'herbe sur laquelle je m'étais blessée.

— Ce n'est rien, dit Smythe, puis, se rendant compte qu'il avait perdu la première reprise, il poursuivit, furieux. C'est bien fait pour vous. Les gens qui se mêlent des affaires des autres se blessent souvent.

— Vous n'allez pas me dire que ces créatures se mettent en marche toutes seules !

Il hésita un instant comme s'il se demandait s'il pouvait s'en sortir avec une telle pirouette et haussa les épaules.

— Non. Le mécanisme est actionné dans la grotte, derrière ce mur. Il y a plusieurs interrupteurs. Quelqu'un a dû tous les basculer.

— Quelqu'un ? dis-je en observant ma main blessée.

— C'est moi qui ai tout arrêté, protesta Smythe, indigné. Pourquoi aurai-je… ?

— Oh, je vois plusieurs raisons à cela. (Comme il ne proposait pas son aide, je me relevai toute seule.) Mais si vous croyez qu'un vulgaire numéro de cirque comme ça va me dissuader…

— Parce que vous êtes sûre que ce n'était destiné qu'à vous faire peur ?

— Je me demande pourquoi nous ne pouvons pas parler sans nous rejeter les questions à la figure, dis-je, irritée. Comme dans une pièce de théâtre contemporain… Ces cauchemars de pierre ne peuvent faire de mal à personne, à moins de vous tomber dessus. Mais les statues m'ont l'air assez stables.

Je tendis la main et poussai le dragon de pierre. Je n'eus pas à la tendre beaucoup.

— Mais non, elles ne sont pas stables ! aboya Smythe. Elles sont montées sur roues. Et même si leur socle est lourd et qu'elles ont peu de chances de se renverser, je ne sais pas ce qui serait arrivé si vous vous étiez évanouie ou si vous vous étiez heurté la tête en tombant, avec cette statue qui fonçait sur vous.

— L'héroïne attachée aux rails de chemin de fer ? dis-je avec un rire assez convaincant. Non, c'était juste une mauvaise blague. Quelqu'un a un drôle de sens de l'humour. Qui ? Pietro ?

— Je ne crois pas.

Les mains dans les poches, symbole de sa nonchalance, Smythe se dirigea vers l'entrée du jardin des monstres. Je le suivis.

— Pietro n'a aucun sens de l'humour, poursuivit

Smythe. Il n'actionne jamais les statues. Vous avez dû remarquer comme elles sont rouillées.

— Alors, qui a fait installer le système électrique ? demandai-je, en passant le plus loin possible d'un lézard rampant de taille humaine. Il n'y avait pas d'électricité au XVIe siècle.

— Non, mais elles bougeaient déjà, grâce à un ingénieux système de poids et d'air comprimé, de poulies et de treuils. Le sens de l'humour du XVIe était plutôt frustre, et le comte Caravaggio de cette époque était bel et bien un homme de son temps. C'est le grand-père de Pietro qui a fait installer le système électrique. Charmant, n'est-ce pas ?

Il caressa l'arrière-train rebondit d'un tigre aux dents acérées qui avait les crocs plongés dans la gorge d'un paysan.

— Adorable, reconnus-je. Comment êtes-vous arrivé juste au bon moment ?

— Le comte m'a envoyé vous chercher. Il est presque l'heure du déjeuner. L'un des jardiniers vous avait vue partir par-là.

— Eh bien, merci de m'avoir sauvée.

— C'est par pur hasard, répondit Smythe, froidement. Ne comptez pas sur moi la prochaine fois.

IV

Après le déjeuner, Pietro alla faire la sieste et je poursuivis mes investigations. La matinée avait été distrayante mais peu productive. Je devais absolument trouver les locaux du personnel. Je n'avais pratiquement vu aucun de ceux qui travaillaient ici, à part un vague jardinier, et j'avais comme l'impression que je pourrais reconnaître un visage ou une voix. Je voulais aussi visiter les bâtiments annexes. Si le mystérieux atelier d'orfèvre se trouvait sur le domaine, il ne serait pas exposé aux yeux du public, mais je pourrais au moins déterminer les endroits possibles et approfondir mes recherches plus tard, après le départ des employés. Je commençais à ressentir un étrange sentiment d'urgence, à propos de cette fouille. J'imagine que je m'étais mise à voir le maître des lieux comme une victime potentielle plutôt que comme un instigateur. Pour moi, ce n'était plus qu'un petit vieux aux cheveux gris, avec des lunettes sur le bout du nez, comme le pauvre cordonnier de Grimm. La bande le faisait peut-être chanter, l'obligeant à lui confier ses chefs-d'œuvre.

C'était une histoire abracadabrante, digne des meilleurs moments du professeur Schmidt. Je travaillais avec lui depuis trop longtemps ! Je commençais à réagir comme lui.

Je trouvai d'abord le garage, ou plutôt les garages, je crois qu'il vaudrait mieux utiliser le pluriel. Il y avait cinq voitures et la place pour une demi-douzaine d'autres. La Rolls Royce argentée qui étincelait dans toute sa splendeur dominait un cabriolet sport rouge, à côté d'une Mercedes vert sombre, d'un break et d'une Fiat marron.

En regardant la Fiat à deux fois, je me dis que cela devait être la voiture de Luigi. Il était peut-être dans la phase de snobisme inversé qui frappe aussi les riches adolescents américains. Ils s'habillent comme des clochards, portent des T-shirts déchirés et des jeans passés pour ne faire qu'un avec les masses opprimées. À moins que le papa de Luigi veuille lui apprendre comment vivait le reste du monde. Les parents sont bizarres parfois. Les pauvres suent sang et eau pour donner à leurs enfants tous les avantages dont ils ont été privés, et les riches prêchent les vertus de la rigueur et racontent des bobards expliquant qu'ils devaient faire dix kilomètres à pied tous les jours pour aller à l'école.

Après le garage, je découvris les écuries, une serre, des dizaines de granges et un atelier de menuiserie. Ce dernier bâtiment me retint un moment, mais je n'y trouvais que les outils habituels, scies, rabots, maillets… Les autres bâtiments étaient tous désertés, si l'on exceptait un vieux jardinier endormi sous un arbre. Je n'avais pas choisi le bon moment de la journée pour voir les employés. Comme leur patron, ils faisaient la sieste après le déjeuner. Je renonçai donc, retournai vers la villa et passai mon coup de fil à Schmidt. Il était tôt, mais je m'imaginais qu'il trépignerait d'impatience et me harcèlerait de questions, ce qui fut le cas.

Il n'avait pas encore reçu ma lettre, ce qui n'était guère surprenant, car les services postaux italiens sont pour le moins capricieux, je lui fis donc un bref résumé des derniers développements, ce qui, malheureusement ne prit pas très longtemps. J'eus tout le loisir de m'habiller et de me préparer pour le cocktail, dans l'attente d'une nouvelle soirée mièvre, sur les musiques de Romberg et Rudolf Friml, avec Pietro, en grand maître de l'illusion.

La soirée commença innocemment. En approchant du salon, je fus accueillie par une cascade de notes. Quelqu'un jouait du Chopin, et plutôt bien.

Le salon ivoire était le préféré de Pietro. C'était une pièce charmante, tout de blanc et or, avec de grands lustres de cristal, et des chérubins de stuc dorés qui se poursuivaient tout autour du plafond. Les meubles étaient tapissés de brocard ivoire. Le piano à queue était doré, lui aussi, mais c'était un Bechstein et la peinture n'affectait pas sa sonorité.

Lorsque j'entrai dans la pièce, Smythe me lança une œillade insolente et renonça à sa ballade pour entamer une étude plus romantique. Le domestique de service me présenta un plateau. Je pris une coupe de champagne et m'approchai du piano.

— Pas mal. Pourquoi ne vous lanceriez-vous pas dans la musique, au lieu de poursuivre vos activités criminelles ?

— Je ne suis pas assez bon, répondit simplement Smythe.

Ses mains couraient sur le clavier.

— Je me défends un peu mieux à la harpe, mais je ne vaux pas un professionnel non plus.

— J'aimerais bien vous entendre. Pietro a sûrement quelques harpes cachées dans un coin.

— La harpe est dans le salon vert, dit Smythe.

— Jouez au moins quelque chose de raisonnable !

Il s'était lancé dans un thème sirupeux d'une symphonie de Tchaïkovski.

— Je joue selon mes humeurs, dit Smythe en indiquant d'un geste de sa jolie tête dorée le divan dans un coin de la pièce.

La lumière diffuse du crépuscule plongeait les angles dans une ombre bleutée. Je n'avais pas encore remarqué Pietro et sa dulcinée. Main dans la main, ils se chuchotaient des niaiseries.

— Que s'est-il passé ? Je les croyais au bord de la rupture ?

— Moi aussi. Quelqu'un a dû faire la leçon à la demoiselle. Je croyais que c'était vous.

— Oui, je lui ai donné quelques conseils, mais je ne

pensais pas qu'elle les appliquerait de manière aussi littérale. Au fait, je sais que vous avez fait quelques investigations sur moi, mais je n'imaginais pas que vous ayez fait un travail aussi exhaustif. Cette allusion sur mon expérience avec les fantômes…

— J'aimerais entendre cette histoire en détail, un jour, dit Smythe en martelant les touches.

— Oh, ça m'étonnerait que vous en ayez l'occasion. Comment avez-vous…

— Ma chère amie, votre ami Schmidt a parlé de sa brillante assistante à la moitié de Munich !

— Parce que vous avez des amis à Munich ?

— J'ai des amis un peu partout. Je me fais facilement des amis.

— Je n'en doute pas.

Je m'éloignai du piano. Pietro se détacha d'Helena et se redressa.

— Ah, Vicky ! Je vantais les mérites de l'architecture grecque à Helena.

— Ah bon ? Sujet passionnant, n'est-ce pas Helena ?

Helena gloussa, de très bonne humeur apparemment. Elle s'étira paresseusement, et soudain, un éclat lumineux m'éblouit. Pietro s'était mis à table, devant un plat de hors-d'œuvre. J'allais donc m'asseoir à côté d'Helena.

Pas étonnant qu'elle ait été de bonne humeur ! Accrochée aux contours de son décolleté, la source de sa joie étincelait : une broche grosse comme une petite assiette. C'était une pièce baroque en or, diamants et perles, avec des petits camées antiques. Tout comme Helena, le XVIIIe siècle appréciait le clinquant. Elle était visiblement ravie par ce trophée. Son visage rond rayonnait tandis qu'elle contemplait le bijou par-dessus son double menton.

— Oh ! dis-je, ça, c'est de l'amour !

Helena gloussa de nouveau.

— Ce n'est qu'un prêt, chuchota-t-elle, d'un ton de conspirateur. Mais je crois que je vais oublier de lui rendre…

— Hum hum…, fis-je.

— Approchez-vous de la fenêtre, vous le verrez mieux.

Cela tombait bien, j'avais envie de regarder cette broche d'un peu plus près. Helena ne l'ôta pas, craignant sans doute que je me sauve avec, comme elle aurait été tentée de le faire dans la situation inverse, mais je pouvais l'examiner néanmoins, car elle était bien mise en évidence.

J'aurais juré que le bijou était authentique. Non, je rectifie, je n'aurais pas mis ma réputation en jeu pour une pièce de la collection de Pietro, sachant ce que je savais. Pourtant, ce bijou ne correspondait pas aux pièces que mon faussaire aurait aimé reproduire. Même en laboratoire, il est impossible de fabriquer des diamants synthétiques bon marché en grand nombre. Et puis, bien qu'elle vaille sans doute plus cher que ma vie, cette broche n'était pas un modèle unique. Pietro possédait des bijoux bien plus précieux.

J'admirai l'effet pendant que Helena se pavanait. Nous étions toujours près de la porte, lorsque la comtesse douairière entra, au bras de son petit-fils.

Helena devait se douter que cette broche allait être source de conflit, mais elle était prête à toutes les provocations. Elle leva le menton et gonfla la poitrine. Les diamants envoyèrent un éclair de lumière, et la comtesse douairière, dont les yeux étaient aussi perçants que les membres étaient faibles, s'arrêta net. Elle ne dit mot, mais je l'entendis siffler, tel un serpent en colère. Ses petits yeux perlés se rétrécirent, me rappelant soudain que, sur le plan zoologique, les oiseaux descendaient des reptiles.

Pietro tourna le dos en toute hâte et se mit à engloutir les hors-d'œuvre. Luigi lâcha le bras de la vieille dame. Sachant pourtant ce qui allait se passer, elle n'essaya pas de l'arrêter. En boitillant, elle alla s'asseoir à la table.

Luigi explosa.

Il serait inutile de citer ses paroles, même si je parvenais à m'en souvenir dans leur intégralité. Comme la plupart des garçons de son âge, il maîtrisait à merveille l'art du juron, mais sa tirade était pitoyable, car il ne parvenait pas à contrôler sa voix. Finalement, fulminant de rage, il sortit en trombe de la pièce. Le domestique lui tint la porte ouverte.

Si je ne mentionne pas plus souvent les domestiques, le majordome ou la gouvernante, c'est parce qu'il me faudrait en parler sans cesse. Il y en avait partout, qui s'agitaient comme des abeilles et surgissaient de nulle part au moment où on s'y attendait le moins. La plupart des scènes de famille très personnelles auxquelles j'assistais se passaient devant eux. Les Caravaggio ne semblaient pas s'en préoccuper, mais je ne savais pas si c'était parce qu'on les considérait comme des membres de la famille ou comme des meubles.

Pietro ragea comme un forcené pendant l'incartade de son fils. Il aurait sûrement hurlé en le voyant sortir, s'il n'avait pas croisé le regard de sa mère. La douairière ne dit mot. Elle n'avait pas besoin de parler. Tout le monde savait ce qu'elle pensait et où allait sa sympathie. De toute évidence, comme Luigi, elle croyait que Pietro avait donné le bijou à sa maîtresse.

Le reste de l'apéritif fut empreint de malaise. Du moins, je me sentais mal à l'aise, et Pietro aussi. Helena, fort peu sensible aux sentiments des autres, rayonnait toujours dans les reflets des diamants. Raide comme une effigie, la comtesse douairière restait assise, ses mains blanches et ridées sur le pommeau de sa canne. Elle ne détachait pas les yeux de son fils, gêné et chancelant.

La seule chose qui rendait la situation supportable, c'était la musique de Smythe. Il abandonna Tchaïkovski pour Bach, avant de passer à Vivaldi, puis à Rudolf Friml qu'il interprétait avec une telle douceur de saccharine que les airs semblaient être des caricatures d'eux-mêmes. Je ne crois pas qu'il jouait pour détendre l'atmosphère, il s'amusait, mais la musique adoucit les mœurs, et cela plaisait à Pietro.

Néanmoins, la soirée traîna en longueur. La comtesse douairière resta en notre compagnie longtemps après dîner, pour punir Pietro, et il était presque dix heures lorsque nous passâmes prendre le café au salon, tous les quatre. En vilain petit garçon, Pietro se détendit dès que sa mère eut le dos tourné. Il avait pas mal bu et en était dans sa phase d'agressivité. Il se montrait d'autant plus belliqueux qu'il avait dû se retenir devant sa mère. Il se tourna vers Smythe qui se dirigeait vers le piano et se mit à hurler.

— Ah, beau travail, je dois dire ! C'est comme ça que vous faites votre boulot ?

Smythe leva le sourcil et s'abstint de répondre. Pietro me regarda.

— Il est là depuis moins d'une semaine, et voyez comme il se comporte ! Il se prend pour un invité dans cette maison. Je l'ai engagé parce qu'il avait de bonnes recommandations, et il ne fiche rien ! Il se contente de ricaner lorsque mon propre fils m'insulte ! C'est incroyable. Qu'est-ce que vous en dites ?

— Oh, c'est affreux.

Ses récriminations étaient sans fondement, mais je me sentais peu encline à défendre sir John Smythe. Si on avait voulu le pendre haut et court pour vol de chevaux, j'aurais moi-même tiré sur la corde !

— Ne fais pas l'idiot, Pietro, dit Helena, en jouant avec ses diamants. Que voulais-tu que sir John fasse ? Ce n'est pas sa faute si ton fils se conduit mal.

Le vieux proverbe selon lequel il faut être deux pour se bagarrer est sans fondement. Une personne peut très bien déclencher une dispute toute seule, si elle est assez déterminée, et Pietro l'était. Qu'Helena ait pris la défense de John n'avait servi que de prétexte. Lorsqu'il eut terminé, il avait accusé son secrétaire et sa maîtresse d'avoir une liaison sous son nez. Je crois qu'il cherchait un moyen de récupérer la broche et Helena, pas très maligne comme à son habitude, tomba dans le panneau.

Smythe, lui, tomba dans un autre genre de piège. Lorsque Pietro commença à se battre la poitrine et à hurler à propos de l'honneur familial bafoué, Smythe posa sa tasse de café sur la table et se leva.

— Bon, très bien, dit-il d'une voix lasse. Qu'on en finisse ! Allons chercher les parapluies !

— Ah, parce que vous osez vous moquer de moi ! hurla Pietro. Les parapluies, vous dites ? Vous voulez me ridiculiser ? Vous ne me prenez pas au sérieux ? Vous allez voir, si on peut insulter un Caravaggio !

Il sortit en trombe.

Il revint en moins de temps que je l'aurais cru possible en brandissant… devinez quoi ? Non pas une mais deux épées, une dans chaque main. Il en jeta une par terre, aux pieds de Smythe. L'éclat de l'or étincelait. Je me souvenais de ces épées. C'était une paire assortie, qui faisait partie de la collection de bijoux, grâce à leur pommeau décoré. C'étaient des épées courtes destinées à être portées avec un uniforme d'apparat, mais les lames en acier de Tolède étaient parfaitement acérées.

Smythe contemplait l'arme, impavide, tandis que Pietro essayait de se débarrasser de sa veste. Le domestique lui vint en aide. II reprit son épée et se mit dans une posture qu'il prenait pour une attitude de combat, genoux fléchis, brandissant le bras.

— Allez, défendez votre honneur, si vous en avez !

— Euh, dis-je, mal à l'aise, tandis que Smythe se baissait pour ramasser son épée. Les lames sont acérées, il risque de se blesser.

— Il pourrait me blesser, moi aussi, répondit Smythe, offusqué. Après tout, ce n'est pas moi qui ai commencé !

Pietro se rua vers lui en hurlant. Il glissa sur le côté et la pointe de l'épée s'enfonça dans le dossier du sofa sur lequel il était assis plus tôt. Pietro tira sur l'épée, en jurant comme un forcené, et Smythe recula discrètement de quelques pas. Il regarda son arme puis le derrière rebondi de Pietro penché sur le divan. Très tentant, je dois dire !

— Ne faites pas ça ! Vous allez le rendre fou furieux !

— Il est déjà fou furieux ! On dirait un chien enragé ! Alors, calmez-le ! Dites-lui quelque chose de réconfortant.

Je regardai Helena, pensant qu'elle essayerait peut-être de calmer son amant fou, mais elle gloussait toujours, radieuse. Les deux hommes se battaient pour elle, que demander de plus ? Je regardai le domestique et compris que je n'obtiendrais aucune aide de ce côté-là. Avant que je puisse penser à quelque chose, Pietro, qui avait libéré son arme en emmenant un peu de rembourrage avec la lame, s'en prenait de nouveau à son secrétaire. Il lança une violente attaque que

Smythe para en levant son épée au dernier moment. L'acier tintait contre l'acier et je me raidis un peu sur ma chaise. Pietro était hors de lui. Ce coup aurait fendu le crâne de Smythe en deux, s'il avait fait mouche !

Le duel de parapluies n'était qu'une farce, mais simplement parce que les armes étaient inoffensives. Pietro n'avait pas mis toute sa rage dans ses coups, mais à présent, il ne se contenait plus. Je ne savais pas s'il était ivre au point de ne pas se rendre compte qu'il maniait une arme dangereuse ou s'il s'en moquait. Et c'était un fin tireur. Par chance, Smythe semblait avoir une certaine expérience, lui aussi. Pietro n'était pas un champion olympique, mais la tâche de Smythe était complexe, car il évitait de blesser son employeur, tout en essayant d'esquiver les touches. En fait, il avait deux personnes à défendre, tout en s'interdisant de passer à l'attaque. Il ne souriait pas lorsqu'il reculait, en prenant garde aux tapis disséminés ici et là et au sol glissant.

Brusquement, Pietro trébucha sur une frange. Si la lame de Smythe n'avait pas aussitôt fait tomber celle de son adversaire, Pietro se serait blessé au mollet.

La plaisanterie avait assez duré ! Si Pietro ne blessait personne, il risquait de faire une crise cardiaque. Écarlate, il transpirait abondamment. Je me glissai derrière lui et, tandis que son bras se levait, j'attrapai son biceps à deux mains et serrai de toutes mes forces.

Ça fit mal. Pietro cria. L'épée tomba par terre dans un grand bruit métallique, creusant un long sillon dans le parquet.

Smythe recula et baissa son épée. Comme il était à deux doigts de lancer une remarque perfide, je passai à l'action et, me jetant à genoux, j'entourai les jambes de Pietro de mes bras. Nous formions un joli tableau, je dois dire, mais du même coup, j'avais retenu Pietro, sur le point de tomber.

— Vous alliez le tuer ! Je ne pouvais pas vous laisser faire ! m'exclamai-je. Pietro, ce serait un meurtre ! Vous êtes fin tireur. C'est comme si vous vous battiez contre un homme désarmé !

Pietro était toujours aussi violacé.

— Ouais, dit-il à contrecœur. Vous avez raison. Ce ne serait pas honorable.

Il était toujours furieux malgré tout. Il se tourna vers Helena, visiblement déçue de voir le combat se terminer si pacifiquement. Elle aurait voulu du sang.

— Ce n'est pas grâce à toi, si mon honneur n'est pas terni. Tu espérais que je me fasse tuer ? Hein ? Pour profiter de mes bijoux avec ton amant ? Redonne-les-moi tout de suite !

La main sur la broche, Helena recula. Pietro la suivit, les bras en l'air, brodant toujours sur le même thème. Smythe s'assit. Il avait ramassé les deux épées et les tenait fermement.

— Laissez-les tranquille, me dit-il alors que je suivais Pietro et Helena. Il va bientôt s'écrouler et on pourra aller se coucher.

Pietro ne s'écroula pas. L'exercice avait éliminé un peu de l'alcool qu'il avait ingurgité, et, encore plein d'allant, il cherchait la bagarre. Il poursuivait Helena, qui reculait. Les portes-fenêtres étaient grandes ouvertes sur la terrasse et je me demandais pourquoi elle ne s'enfuyait pas. Elle le sèmerait facilement dans les jardins. Pourtant, elle évitait les fenêtres et il finit par la coincer dans un coin. Je ne voyais pas exactement ce qui se passait, à part une grande agitation de bras désordonnés. Puis, Pietro s'écroula sur le sol.

— Le vainqueur et le nouveau champion par K.-O. au premier round est…, entonna Smythe.

Helena remit sa robe dans une position plus décente.

— Il essayait de m'étrangler. J'ai dû le frapper, marmonna-t-elle. Vous croyez qu'il est…

— Il s'est éteint comme une bougie, dit Smythe en se penchant sur son patron. On ferait mieux de le mettre au lit. À votre place, je ne m'approcherai pas de lui ce soir, Helena. Il sera calmé demain matin…

— Je ne m'approcherai plus jamais de lui ! aboya Helena. C'est un monstre, un salopard. Je le quitte !

Hors d'haleine, elle sortit de la pièce en faisant voltiger sa robe longue. Elle avait toujours les doigts bien serrés sur sa broche.

Smythe et le domestique portèrent Pietro dans son lit. Ma chambre était juste derrière la sienne, en face de celle d'Helena. Elle avait fermé la porte et, en passant, j'entendis des bruits. On aurait dit qu'elle déménageait les meubles.

Je me préparai pour me coucher, même si je n'étais pas fatiguée. Après avoir enfilé une robe de chambre et des pantoufles, j'allai sur le balcon.

Aucun polichinelle en cape ne vint me chanter la sérénade. Au-delà des jardins sombres et silencieux, on apercevait quelques petits points lumineux dans les cottages des employés qui vivaient sur le domaine. À gauche, les lumières de Tivoli dessinaient une tache claire sur l'horizon noir.

Tout semblait paisible. Je songeai même à me rhabiller pour poursuivre mes explorations, mais finalement cette idée ne suffit pas à réveiller l'esprit d'aventure de mon enfance. J'essayai de trouver une raison objective à mes réticences, et je n'eus pas besoin d'aller chercher très loin. Il était encore tôt, en Italie, nombre d'employés seraient toujours éveillés et je n'avais aucune intention particulière en tête, puisque mes explorations précédentes ne me guidaient pas vers un lieu précis. Mais ce n'était pas la véritable raison qui me faisait hésiter. Ce jardin sombre ne me disait rien qui vaille.

J'avais considéré les Caravaggio comme une famille de pantins, tout droit sortie d'un feuilleton télévisé ou d'une farce de commedia dell'arte, mais je comprenais à présent que les apparences cachaient des éléments de tragédie et de malheur. Un homme peut sourire, et sourire encore, tout en étant du côté des méchants. Il peut se ridiculiser et faire partie des méchants.

Néanmoins, je voyais mal Pietro dans la peau du Cerveau. Il n'était peut-être qu'une victime, et non un escroc. Smythe, lui, faisait sans aucun doute partie du gang. Il venait tout juste de se faire volontairement engager par Pietro. Ça, je l'avais déjà compris en voyant que les victuailles de la boutique étaient à peine entamées. De plus, Pietro figurait sur la liste du petit dossier bien propret. Si ces hommes, des riches collectionneurs, étaient les proies potentielles des escrocs, c'était grâce à Smythe que les voleurs s'introduisaient dans les maisons. Smythe avait sans doute des références irréprochables, beaucoup plus faciles à fabriquer que des faux bijoux. Il pouvait ainsi pénétrer dans les villas de ses victimes en se faisant embaucher comme secrétaire, voire en invité. Ensuite, il pouvait se recommander de ses victimes, puisque les substitutions n'étaient jamais découvertes.

Pourtant, un élément ne collait pas avec cette théorie. J'avais été enlevée et emprisonnée dans le palais des Caravaggio, et Smythe n'était pour rien dans cette affaire, du moins le prétendait-il. Ce qui signifiait qu'un membre de la famille était complice.

L'inconnu que je cherchais, c'était la tête du réseau,

le Cerveau, et pour le moment, aucun de ceux que j'avais rencontrés ne me semblait capable de tenir le rôle. Ils n'étaient pas assez intelligents. Luigi était un adolescent malheureux qui ne s'entendait pas avec son père. Il pouvait exploser sous le coup de la colère, mais n'avait pas l'expérience nécessaire pour imaginer un schéma aussi retors. La comtesse douairière, c'était une possibilité. J'avais connu de gentilles vieilles dames à cheveux blancs qui n'auraient pas reculé devant un petit larcin, et, malgré sa fragilité physique, l'intelligence étincelait dans son regard.

Je n'imaginais pas non plus Smythe en chef de bande. Il était assez intelligent, mais il lui manquait quelque chose, l'énergie, peut-être ? Pourtant, je ne pouvais pas l'éliminer totalement. Le kidnapping n'était sans doute qu'un gadget pour m'effrayer. Toute cette conversation sur un sort pire que la mort, toutes ces insinuations sur la torture, le viol… pour me faire croire que je courrais un grave danger… dont il m'avait sauvée. La combinaison de gratitude et de terreur aurait poussé plus d'une femme à abandonner. Et Smythe ne pensait pas que j'allais reconnaître le palais, seule la chance et mon habileté m'avaient permis de l'identifier.

Une petite brise vint me hérisser les cheveux. Elle embaumait d'une fragrance florale très séduisante qui m'empêchait de réfléchir. Je rentrai dans ma chambre et me couchai avec un livre.

Il venait d'une petite sélection qu'on avait gentiment posée sur ma table avec une bouteille de Perrier et quelques crackers. J'étais sûre que Pietro avait choisi les livres. J'avais pris un exemplaire de *Tom Jones* qui me semblait assez innocent et que je n'avais encore jamais lu. C'était assez intéressant, malgré les longueurs monotones entre les scènes d'action. Je tournais les pages d'un passage ennuyeux lorsque j'entendis le son d'une porte qu'on ouvre et qu'on ferme doucement. Puis il y eut un claquement étouffé.

Il m'était impossible de ne pas y prêter attention. Pietro était ivre mort, le promeneur nocturne ne pouvait donc être qu'Helena ou Smythe. La chambre de Luigi était à l'autre bout du couloir et la comtesse douairière logeait dans une autre aile. Toutes les chambres avaient une salle de bain, il était donc inutile de sortir.

J'allumai la lumière avant d'ouvrir la porte. Le couloir était faiblement éclairé par quelques appliques, avec de longs espaces sombres entre chacune. Tandis que j'observai par la porte entrouverte, j'aperçus une silhouette qui surgissait du noir et passait dans la lumière, comme si elle venait soudain de se matérialiser. C'était Helena.

Elle n'était pas allée bien loin, car elle portait deux lourdes valises. Il n'était pas difficile d'imaginer ce qu'elle faisait. Comprenant que sa romance avec Pietro avait fait long feu, elle s'enfuyait avec la broche. Mais elle était trop pingre pour renoncer à ses vêtements !

Je l'observai un moment. Elle ne pouvait pas porter les deux valises à la fois, elle en tirait une sur quelques pas, puis revenait chercher l'autre. Elle était si essoufflée que je l'entendais respirer de ma chambre, à plus de six mètres. Je trouvai la scène amusante, jusqu'à ce que je voie son visage.

Je ne m'étais encore jamais aperçue à quel point la cupidité peut être une émotion puissante. Chez elle, ce sentiment était si fort qu'il parvenait à dominer la peur qui lui distordait le visage. Je sortis de ma cachette. Elle aurait crié si elle avait eu assez de souffle. Elle émit un petit couinement et tomba à genoux pour s'emparer des valises.

— Qu'est-ce que vous faites ?

— *Dio mio !* C'est vous ! Vous m'avez fait peur ! J'ai cru que j'allais faire une crise cardiaque.

— Ce n'est pas étonnant, à porter ces valises ! Pourquoi vous sauver en plein milieu de la nuit ?

— Je dois partir, murmura-t-elle en roulant les yeux. J'ai peur. Il y a quelque chose qui ne tourne pas rond. Vous ne vous en rendez pas compte ?

— Mais pourquoi ne pas attendre le matin ?

Elle hésita, essayant de trouver un mensonge convaincant. L'expression retorse de son petit visage stupide m'énervait, si bien que je poursuivis, délibérément cruelle.

— Et le fantôme ? Je croyais que vous ne vouliez plus sortir la nuit.

— Vous m'avez dit qu'il n'entrerait pas dans la maison ! J'ai appelé le garage, le chauffeur m'attend, il a préparé la voiture.

Son visage était luisant de transpiration. Pourtant, la nuit était fraîche. Je ne l'aimais toujours pas beaucoup, mais sa franche terreur et les petites mains potelées qui s'accrochaient à ma jupe me donnèrent des remords.

— Je plaisantais Vous voulez que je vous aide ? Vous ne pouvez pas porter ces valises toute seule.

— Ce serait gentil ! Vous voulez bien m'aider. J'ai tellement peur, et c'est pire si je reste… Si j'attends, Pietro me persuadera de rester. Il me fait moins peur quand il fait jour, ajouta-t-elle naïvement.

Je pris une des valises et vacillai. Helena gloussa faiblement. Je lui adressai un regard noir. Cette valise était trop lourde. Bon sang, mais elle avait piqué l'argenterie en plus de la broche !

Je m'engageai dans le couloir. Haletante, Helena me suivait, portant et traînant la seconde valise. Nous arrivâmes en haut du grand escalier et, grâce à la force musculaire et à la volonté, je descendis une des valises dans le vestibule. Je fis demi-tour pour aider Helena.

— Vite, vite ! murmura-t-elle. Le temps presse.

Il nous avait fallu un moment pour traverser le long corridor. Nous avions fait pas mal de bruit aussi, avec les valises qui se cognaient dans les murs, mais je ne comprenais pas pourquoi elle était si nerveuse. La maison était toujours endormie. Personne ne nous embêterait. Elle disait avoir prévenu le garage, je supposai donc que la voiture attendait dehors malgré l'heure tardive.

Le hall d'entrée était fantomatique, avec son unique lampe suspendue à une longue chaîne. Elle se balançait légèrement sous l'effet d'un courant d'air invisible et imperceptible, et les ombres glissaient sur le plafond peint si bien que les dieux et les déesses du mont Olympe semblaient bouger leurs bras nus en faisant des clins d'œil aux pauvres mortels qui s'agitaient en bas.

Le mouvement de la lampe aurait dû m'alarmer. L'air ne bouge pas dans un espace clos si rien ne le déplace ! Mais je tournais le dos à la porte de la bibliothèque et ce ne fut qu'en voyant le visage d'Helena que je compris que quelque chose clochait. La bouche grande ouverte, elle était trop pétrifiée pour crier.

Je me retournai brusquement. Sans sa description, je n'aurais peut-être pas tout de suite perçu les détails. Dans le noir, la créature se fondait parmi les ombres. Pourtant, je pressentais sa forme : les plis de la longue robe, les mains cachées dans les manches, la tête encapuchonnée.

Soudain, la créature entra dans le hall et se plaça dans le faisceau de la lampe.

Helena retrouva sa voix et poussa un cri qu'on aurait pu

prendre pour la sirène d'un raid aérien. Il me fit mal aux oreilles, mais n'ébranla pas le fantôme qui avança encore d'un pas. Le cri d'Helena s'estompa. Elle s'écroula et tomba comme une masse molle sur les valises.

La lumière étincela sur les os austères cachés sous le capuchon. Le crâne décharné brillait non de la pâle lueur de l'ivoire, mais d'un éclat plus sauvage. D'une étrange beauté, il était fascinant mais son immobilité était plus terrifiante qu'aucun geste menaçant. Quelqu'un se mit à taper contre la porte. La silhouette se retourna. Une fois le visage caché, ce n'était plus qu'un objet noir qui sembla se fondre dans les ombres avant de disparaître.

Helena revint à elle et se mit à crier. Les coups sur la porte persistaient. Des portes s'ouvrirent à l'étage. Je songeai à donner une gifle à Helena – croyez-moi, c'était tentant – mais je me retins, pensant que je ferais mieux de chercher de l'aide. Je m'approchai de la porte. Il me fallut un moment pour l'ouvrir, et je découvris un homme en uniforme de chauffeur, pas celui qui nous avait amenés à la villa, mais un autre.

Il recula lorsqu'il me vit et roula des yeux.

— *Avanti, avanti*…, dis-je, impatiente.

Je n'ai pas l'habitude de voir reculer les hommes lorsqu'ils me regardent.

— La *signorina* s'est évanouie… non, je crois qu'elle est choquée… Aidez-moi à la relever.

Ses hurlements s'étaient transformés en sanglots. Je levai les yeux. L'escalier était plein de visages ébahis, féminins, pour la plupart. Le vacarme avait réveillé les femmes de chambre qui dormaient au premier. Puis deux silhouettes masculines fendirent courageusement la foule et descendirent l'escalier.

Luigi avait enfilé un jean. Ses pieds et son magnifique torse étaient nus. Smythe était encore en pantalon de smoking et en chemise blanche.

Les valises et le corps d'Helena en disaient assez long. Ce ne fut que lorsque le regard inamical de Luigi tomba sur moi que je compris l'ambiguïté de ma propre position.

Si les valises contenaient un joli butin, comme je le suspectais, j'étais complice d'un vol à grande échelle. Je me dis que je les ferai remonter sans les ouvrir et m'assurerai que Pietro récupère toutes ses possessions.

— On a rencontré le fantôme, dis-je, pour détourner l'attention et faire oublier les sacs renflés.

— Non ! Je n'y crois pas ! s'exclama Smythe. Alors, il correspond à la description ?

— Non, la description ne lui rend pas justice, dis-je. Il vaudrait mieux aider Helena à remonter dans sa chambre.

— Et pourquoi voulait-elle partir au beau milieu de la nuit ? demanda Luigi. Non, inutile de répondre. C'est évident. Antonio, pourquoi aidez-vous cette femme à s'enfuir ?

Le chauffeur se lança dans une excuse très volubile, avec de grands gestes des mains. Ses explications semblaient raisonnables. Personne ne lui avait demandé de ne pas obéir aux ordres d'Helena. Pourtant, le visage renfrogné de Luigi semblait l'intimider. Il rampait presque lorsque le garçon le coupa.

— *Basta !* Rentrez dans vos appartements.

— Ce doit être agréable de faire partie de la classe dominante dans un pays où la loyauté féodale a encore un sens..., murmura Smythe. Nos fichus paysans sont vraiment trop libérés !

Il m'adressa un sourire affable que je lui rendis. Il n'avait pas réussi à détourner mon attention. Même si Luigi n'avait pas appelé l'homme par son nom, j'aurais reconnu sa voix. C'était un de mes ravisseurs.

Ce ne fut pas la seule chose que m'apprit cette aventure nocturne. Les domestiques ramenèrent Helena et ses valises dans sa chambre et Luigi s'en alla, avec un dédain aristocratique. Je retournai dans mes appartements, laissant Smythe seul dans l'entrée.

Comme il n'y avait pas de verrou à ma porte, je glissai une chaise sous la poignée et fermai la fenêtre du balcon. L'atmosphère serait un peu étouffante pour dormir, mais c'était plus sage.

Je ne savais pas qui avait joué le rôle du moine fantomatique. Cela aurait pu être n'importe qui. Smythe, Luigi, Pietro… s'il n'avait pas été dans un coma éthylique ; ou encore la comtesse douairière, si elle était moins handicapée qu'elle le prétendait. Dans les romans policiers, les vieux parrains font souvent semblant d'être paralysés, pour se donner un alibi. Cela aurait pu être l'un des domestiques. J'avais un faible pour Smythe, un peu parce qu'il avait tardé à arriver après les cris d'Helena. Luigi avait dû trouver un pantalon, il dormait sans doute en tenue d'Adam, mais Smythe était encore habillé, et donc éveillé. Néanmoins, Smythe était un être prudent, peu enclin à foncer tête baissée sans attendre quelques renforts.

Mais, plus important encore : si je n'avais pas reconnu l'animateur du fantôme, je connaissais son masque. Ces os stylisés et ces pommettes sculptées étaient caractéristiques.

Je me souvins d'une phrase que mon père avait prononcée un jour, alors que je m'étais plainte parce que je trouvais que les cours n'étaient pas adaptés à la vie moderne.

— Pas adaptés ? avait-il crié, avec le petit reniflement

méprisant qui trahissait une grande exaspération. Comment sais-tu ce qui est adapté ou pas ?

Il avait raison, bien sûr, même s'il y avait peu de chances que je le lui dise un jour.

Les cours d'histoire de l'art sont peut-être aussi ésotériques et aussi éloignés des tensions de la vie moderne qu'il est possible de l'être, mais ils m'avaient plusieurs fois rendu service à des moments où il était question de vie ou de mort. De nouveau, ils volaient à mon secours.

Le crâne était un masque aztèque comme en portaient les prêtres de cette macabre religion, dans laquelle les squelettes, les crânes et les peaux humaines jouaient un rôle important. Les Aztèques fabriquaient des crânes dans toutes sortes de matériaux. Parfois, ils couvraient même les os de mosaïques de coquillages et de turquoises. Un petit musée de Londres exposait un crâne de cristal, taillé par un artiste mort depuis longtemps. Celui que j'avais vu ce soir avait été fabriqué selon le même modèle, en plus grand, et sans doute pas en cristal de roche.

Une autre création de notre fameux orfèvre, et un très beau travail, par ailleurs ! J'étais certaine que l'atelier où on l'avait fabriqué n'était pas très loin.

SEPT

Le lendemain matin, à la première heure, j'allai voir Helena dans sa chambre. Elle avait insisté pour que l'une des femmes de chambre la veille, et la pauvre fille était soulagée que je prenne la relève. Je commençai à fouiller les valises. Helena se réveilla et s'en aperçut.

— Taisez-vous ! répondis-je à ses protestations. Vous voulez avoir la police aux trousses ? Pietro vous laissera peut-être partir avec la broche, mais pas avec ça !

Je lui montrai la figurine de cheval de la dynastie Tang qu'elle avait subtilisée au salon. Je me demandais si elle en connaissait la valeur.

— J'étais en colère. Vous m'en voulez ?

— Pour vous être mise en colère ? Non, mais je vous reproche d'avoir été stupide. Mon Dieu, pas étonnant que la valise ait été si lourde !

Le poids provenait d'un chandelier d'argent de près d'un mètre de haut.

Je me levai et me dépoussiérai ostensiblement les mains.

— Remettez tout ça en place. Si vous voulez partir, je vous aiderai. Mais je ne peux pas vous laisser emporter ça.

Elle n'avait pas pris la peine de se démaquiller la veille. Dans la froide lumière du jour, le mascara dégoulinant qui maculait les draps était horrible. Elle papillonna devant moi.

— Je reste. Il ne peut pas me renvoyer.

— Vous n'avez plus peur du fantôme ? demandai-je.

— Vous n'avez pas peur, vous ?

— Non, mais j'aimerais savoir qui c'est.

Helena avait tiré les draps sur son menton, mais une lueur dans son regard sombre me poussa à lui demander :

— Helena, vous savez qui c'est ?

— Non.

— Et si vous le saviez, vous ne me le diriez pas. Voilà, ça m'apprendra à être gentille. Bon, levez-vous et rangez-moi tout ça, sinon, c'est moi qui vous dénonce à Pietro.

Lorsque je me rendis dans la petite salle à manger, je fus surprise de trouver Pietro attablé devant une assiette d'œufs au bacon.

Il me salua avec un cri de joie.

— Vous êtes matinal, dis-je.

Pietro tendit son assiette vide au domestique, qui la remplit à nouveau et m'adressa un regard interrogateur.

— *Caffé*, lui dis-je. Du café noir.

— J'ai beaucoup de choses à faire aujourd'hui, expliqua Pietro. On s'est couché de si bonne heure, hier soir.

Il me regarda d'un air hésitant.

— Vous ne vous sentiez pas très bien, dis-je. J'espère que vous allez mieux ce matin.

— Ma vieille blessure de guerre, dit Pietro, en soupirant.

Je me demandai s'il se souvenait de ce qui s'était passé la veille. Je ne me posai pas de questions à propos de cette blessure de guerre, elle était aussi apocryphe que pas mal de choses chez mon hôte charmant.

— Votre blessure doit vous faire beaucoup souffrir, dis-je en regardant horrifiée Pietro manger ses œufs, avant de se ruer sur un bol de céréales. En matière de nourriture, il avait des goûts très internationaux : dîner italien et petit-déjeuner anglais. Ainsi, il absorbait un maximum de calories.

— Oui, je dois préserver mes forces. J'ai du travail à faire aujourd'hui, enfin, du travail si l'on veut, car c'est aussi un plaisir. Ma vieille amie la *principessa* Concini vient nous rendre visite. Elle restera dîner, mais nous avons une transaction à négocier auparavant. Elle prépare un ouvrage sur ma collection. Vous pourrez peut-être nous donner de bons conseils ?

— J'en serai très honorée.

— Sir John nous aidera, lui aussi. C'est pour ça qu'il est ici. Pour m'aider à présenter la collection.

— Depuis combien de temps connaissez-vous sir John ? demandai-je d'un ton badin.

— Pas très longtemps. Mais il m'a été fortement recommandé… Pourtant…

Pietro reposa la saucisse qu'il avait mordue et me regarda franchement.

— Pourtant, je ne lui fais pas entièrement confiance.

— Pourquoi ? demandai-je, le souffle coupé.

— Je crains qu'il ne se conduise pas de manière très… honorable avec les dames.

— Oh ! dis-je, déçue.

— Oui, ma chère, répondit-il d'un ton grandiloquent. J'ai des raisons de penser… Un homme de mon expérience… Restez sur vos gardes, ma chère Vicky. Non pas que vous puissiez vous laisser séduire. Je n'arrive pas à comprendre pourquoi les femmes le trouvent séduisant… mais mon sens de l'observation me tient un tout autre discours.

Derrière Pietro, la porte s'ouvrit sans bruit.

J'aperçus une touffe de cheveux blonds à une hauteur qui suggérait que le propriétaire se penchait pour écouter à la porte.

— Oh, monsieur Smythe a un certain charme, bien qu'un peu vulgaire. Une femme pas très raffinée, avec une expérience limitée pourrait se sentir attirée.

La porte se ferma brutalement. Pietro tourna la tête.

— Qu'est-ce que c'était ?

— Rien du tout, dis-je.

Je repoussai ma tasse de café et me levai.

Je crois que je vais faire une petite promenade. Le parc est magnifique.

— Vous devriez le voir le soir… lorsqu'il est illuminé. Il fait aussi clair qu'en plein jour. Nous mettrons peut-être les illuminations ce soir.

— Ce serait fantastique !

— Nous irons admirer les fleurs et les fontaines dans la nuit d'été, dit Pietro, aussi nostalgique qu'un petit homme obèse pouvait le paraître. Retardez un peu votre promenade, je pourrais vous accompagner et vous faire découvrir les splendeurs cachées qui risqueraient de vous échapper.

— Je vais juste faire un petit tour. Je suis sûre que cela

ne déflorera pas les beautés que vous me ferez découvrir tout à l'heure.

Je le laissai pantelant devant ce trait d'esprit.

Smythe me rejoignit alors que je traversai la terrasse.

— Belle journée. Cela vous ennuie si je vous accompagne ?

— Ah, vous allez me servir de chien de garde ? demandai-je. Oui, cela m'ennuie. Cela vous va mieux d'épier dans les buissons.

Smythe m'emboîta le pas.

— Oh, bien sûr, vous pourriez courir. Et je courrai derrière vous. On aurait l'air un peu idiot, à se poursuivre dans les allées de cyprès.

Nous marchâmes dans un silence que j'espérais dissuasif. Cela ne le dissuada pas très longtemps.

— Où allez-vous ? demanda-t-il.

— Oh, nulle part, partout. Je n'ai pas encore exploré la moitié du parc.

— Vous ne trouverez pas.

— Quoi ?

— Ce que vous cherchez.

— Qu'est-ce qu'on parie ?

Nous approchions de la cour du garage. La Rolls était dehors. Deux hommes armés de tuyaux et de seaux la lavaient. L'un d'eux était Bruno.

Je n'avais pas remarqué à quel point il était immense. Ses manches remontées laissaient voir des bras musclés, gros comme des troncs d'arbre. Il leva les yeux et fronça ses épais sourcils en me voyant. Il continua à frotter le pare-chocs avec une éponge.

— Si c'est Bruno que vous cherchiez, je trouve que vous avez plutôt mauvais goût, dit Smythe, en me prenant le bras et en m'entraînant plus loin.

— Je voulais juste confirmer une théorie.

— Je ne vois pas où cela va vous mener. Le comte a une participation dans la boutique d'antiquaire, comme vous vous en doutez peut-être. Quand j'ai eu la chance de vous rencontrer, je vérifiais les comptes.

— Et Bruno vous aidait. Je suppose qu'il a un diplôme de comptabilité.

— Il s'occupait du chien, dit Smythe.

Nous venions d'entrer dans un potager, avec des rangées bien alignées de choux et des carottes plumeuses.

— Ça me rappelle que je devais régler un petit compte avec vous... Qu'avez-vous fait de César ?

— Rien. Je ne lui ai rien fait. Je vous jure qu'il vit de l'air du temps. J'ai dû renoncer à l'employer à la boutique. Ce n'était pas un bon chien de garde.

— Ah bon !

— C'est un animal remarquable, pourtant. Il sait ouvrir les boîtes de conserve ! Et pas avec les dents, avec un ouvre-boîtes. Malheureusement, depuis, il n'aime plus que le foie gras, et il fait la tête lorsqu'on lui donne de la nourriture pour chien.

— J'aimerais bien le revoir.

— Ça ne risque pas.

— Si, je...

Je m'arrêtai avant que la conversation ne dégénère en une de ces chamailleries puériles que Smythe semblait adorer. Nous étions toujours dans une zone de service, si bien que, répondant à une de ces impulsions qui me prennent souvent en présence de Smythe, je rejetai la tête en arrière et criai :

— César ? César ? Où es-tu, mon gros chien ?

Après un bref instant de silence, des aboiements furieux

retentirent. Je lançai un regard triomphant à Smythe, je suivis le son à travers le potager et parvins dans une cour pleine de poubelles et de cagettes vides. César n'avait cessé d'aboyer, et je l'encourageai en l'appelant de temps à autre. Lorsqu'il me vit, il se dressa sur ses pattes arrière et ses jappements confinèrent à l'extase. Il entraîna la niche à laquelle il était attaché sur plus de deux mètres.

Je m'accroupis à côté de lui. Il avait l'air en meilleure forme que la première fois que je l'avais vu. Ses côtes étaient moins saillantes. La niche n'avait rien de luxueux, mais elle était bien conçue et sa chaîne lui laissait assez d'espace pour bouger. Sa gamelle d'eau était pleine.

— Comme s'est touchant ! dit Smythe, nous toisant du haut de son nez.

— Je dis toujours qu'on ne peut pas faire confiance à un homme qui n'aime pas les chiens.

— Je préfère les chats.

— Vous essayez de m'amadouer. Les amateurs de chats ont beaucoup de qualités en général.

César se calma et posa la tête sur ma main, langue pendante, à la manière d'un chien béat.

La niche de César était installée dans un carré herbu, mal entretenu, fermé par de hauts murs en brique. Une petite remise était adossée au mur du fond. Elle n'avait pas été repeinte depuis plus de cinquante ans, mais la structure semblait solide. La porte était en bois massif et les fenêtres bien fermées.

Était-ce une des ruses de Smythe ? Attacher César devant une mystérieuse construction pour faire croire qu'on y cachait quelque chose qu'il ne voulait pas que je voie ? À moins qu'il ait cherché à me faire perdre un maximum de temps en m'orientant vers une mauvaise piste ? Ou qu'il ait voulu que je la prenne pour une mauvaise piste parce qu'en fait c'était la bonne ?

Je décidai de fouiller le bâtiment. Pas maintenant, bien entendu. Je me redressai, tâche délicate car ni César ni Smythe ne m'aidèrent. César se mit à hurler à la mort en voyant que je m'éloignais. Après avoir refermé le portail, j'entendis qu'on remettait la niche du chien en place, centimètre par centimètre.

— Il s'ennuie, dis-je indignée. Il a besoin de se dépenser. Pourquoi ne pas le laisser courir en liberté ? Le champ est fermé.

— Vous pouvez passer deux fois par jour et l'emmener faire une promenade, dit Smythe. Ça vous ferait du bien à tous les deux.

— Fichez-moi le camp ! m'exclamai-je.

— Je vais y aller. Vous feriez mieux de venir avec moi et de prendre un bain. Vous sentez le clébard.

— Si j'avais l'espoir que l'odeur vous tienne à l'écart, je m'en parfumerais ! dis-je d'un ton rude.

Smythe sourit et s'éloigna.

Je serais peut-être rentrée prendre une douche, si Smythe n'en avait pas parlé. Au lieu de cela, je retournai vers le garage. Deux hommes nettoyaient toujours la Rolls, mais Bruno n'était plus dans l'équipe. Je cherchai ensuite la roseraie, en espérant que l'odeur des fleurs allait faire disparaître celle de César, théorie qui s'avéra erronée. Je me demandai pourquoi Smythe était parti à ce moment-là. Et où était passé Bruno ? Qu'est-ce que tout cela signifiait ? Je baissai les bras, figurativement parlant.

Les roses n'opérant aucun miracle, j'explorai une partie du parc qui m'était encore inconnue. J'y découvris la plus grande fontaine : des cascades d'eau cristalline coulaient sur les contours de marbre d'une immense sculpture de nymphes et de dieux aquatiques. Derrière une haie de lauriers blancs, je devinai les murs d'un bâtiment. Lorsque je pus avoir une meilleure vue, je sus ce que c'était. Je venais de tomber sur le studio de Luigi.

C'était une construction bien modeste pour l'héritier de toute la splendeur que j'avais contemplée : un petit bâtiment de pierre qui devait être autrefois une vulgaire remise. Une partie du toit qui s'était effondrée avait été remplacée par un puits de lumière indispensable à un peintre, mais c'était la seule amélioration que l'on pouvait constater.

La porte était ouverte. Forcément, avec le soleil qui passait par les vitres du toit, il devait y faire aussi chaud que dans un four à pizza. Luigi était nu jusqu'à la taille. Son jean taché de peinture descendait bas sur les hanches, me laissant admirer un dos bronzé, aussi musclé que les athlètes de Lysippe. Je ne comprenais pas comment il pouvait éviter que ses peintures fondent dans la chaleur. Puis j'entrevis une des toiles sur lesquelles il travaillait et compris que cela n'avait pas la moindre importance. Personne ne verrait la différence.

Je toussai et traînai les pieds. Luigi se tourna. Il avait une brosse entre les dents et son visage était tacheté de points rouges et bleu ciel. C'était, je suis désolée de le dire, les couleurs dominantes de sa toile. Je ne vois pas ce que l'on pouvait ajouter. Elle n'exprimait rien de particulier en dehors de « rouge et bleu ciel ». Et dans des nuances particulièrement affreuses, pourrais-je même préciser.

Luigi était bien plus agréable à regarder. Merveilleusement bronzé, avec un film de sueur qui donnait à sa peau l'éclat structural du bronze, il retira le pinceau qu'il tenait entre les dents et me regarda sobrement.

— Ah, vous êtes venue. Je croyais que vous aviez oublié votre promesse.

— Je ne savais pas si je pouvais venir sans avoir été formellement invitée, dis-je. Cela peut être gênant que quelqu'un vienne observer votre travail créatif.

Le sombre visage de Luigi s'éclaira d'un sourire.

— Je suis arrivé à une impasse, dit-il, en faisant des efforts pour paraître digne. Ça arrive de temps en temps.

— Oui, je comprends, je vous laisse si…

— Non, non.

Ses doigts jeunes et fermes me retinrent par le bras.

— Restez. J'aimerais savoir ce que vous pensez de tout cela.

Je connais la routine. Je reculai de quelques pas, penchai la tête de côté, plissai les yeux. Puis, je regardai à travers mes doigts. Je me déplaçai ensuite vers la droite, plissai les yeux, j'allais vers la gauche et je plissai les yeux. Puis, je m'approchai encore et plissai les yeux.

— Fascinant, finis-je par dire.

Luigi cessa de retenir son souffle.

— C'est une conception très intéressante. Une technique très suggestive, commentai-je.

— Oui, oui, dit Luigi, enthousiaste, vous avez parfaitement compris !

Nous discutâmes de ses peintures. Je lui indiquai plusieurs endroits où les valeurs tonales n'étaient pas aussi franches qu'elles auraient dû. Luigi me dit ce qu'il avait l'intention de faire pour corriger le défaut. Il passa un moment très agréable. Il faillit me faire déraper lorsqu'il me demanda tout de go ce que me suggéraient ses toiles. Je me sortis de ce piège périlleux en parlant à toute vitesse. La seule chose que je voyais, c'était un désordre infâme.

Au bout de dix minutes dans cette étuve, je devais puer le bouc. Luigi ne semblait pas s'en soucier, et je ne pouvais pas le quitter comme ça, il était trop heureux d'avoir un public. Il me montra d'autres toiles. Dans des tons différents. Jaune et violet pour la plupart.

— Vous vous êtes essayé à d'autres techniques en dehors de l'huile ?

Question stupide ! J'aurais mieux fait de lui demander ce qu'il n'avait pas essayé. Le fusain et les encres, l'aquarelle, les pastels, la peinture sur soie, l'eau-forte, la gravure sur bois... Il n'arrêtait pas de sortir ses portfolios. Il faisait si chaud que la sueur dégoulinait sur mon visage et me tombait dans les yeux. Désespérée, je renonçai enfin.

— Je ne peux plus rien assimiler, Luigi. Je dois laisser les choses reposer dans mon inconscient pour mieux les intégrer en moi.

Luigi acquiesça. Il aurait acquiescé si je lui avais dit qu'il était roparant, et que les vliqueux tarands allaient en gibroyant et en brimbukkdriquant[1]... Je me réfugiai dans la fraîcheur relative du parc, laissant Luigi améliorer ses valeurs tonales.

Ce n'était pas drôle, en fait. Les frustrations de la jeunesse ne sont jamais amusantes. Même si je ne prétends pas être une spécialiste de l'art postérieur au XVIe siècle, je ne croyais pas que Luigi ait beaucoup de talent. Il s'en apercevrait un jour ou l'autre, et il en souffrirait terriblement. En attendant, cela l'occupait et je n'avais pas l'intention de lui dire le fond de ma pensée.

J'entrai dans la villa par une des nombreuses portes latérales dans l'intention de filer droit dans ma chambre pour

---

1 *Le Jabberwocky*, poème loufoque de Lewis Carroll dans les aventures d'Alice, traduit par Antonin Arthaud.

me doucher. Mais par malchance, la première personne que je croisai fut la *principessa.* C'est toujours comme ça avec moi.

Dans l'entrée, elle retirait ses gants blancs immaculés, tandis qu'un domestique obséquieux attendait pour les emporter avec la veste de son tailleur de lin jaune paille. Elle avait dû rester debout dans la voiture, car aucun pli ne froissait sa jupe. Ses chaussures étaient aussi immaculées que ses gants et la position de tous ses cheveux d'un noir d'ébène semblait obéir à un plan d'architecte.

Elle m'inspecta, avec son sourire de madone antique, et je pris soudain conscience de toutes les taches qui souillaient ma petite personne fort négligée. Des taches d'herbe, des taches d'humidité de la bave de César, de la poussière, de la peinture, de la sueur… J'écartai une mèche de mon front, et je la vis plisser, ne serait-ce qu'infiniment, son joli nez de statue grecque.

— Bonjour, dis-je.

— Je suis ravie de vous revoir, Vicky, dit-elle en donnant ses gants au majordome et en venant vers moi, main tendue.

Je fis un pas en arrière.

— Ne me touchez pas Bianca, j'ai joué avec le chien.

— Le chien ? Oh, oui, le monstre de Pietro. Vous avez des goûts bizarres, ma chère.

— Je vais prendre une douche, marmonnai-je en me dirigeant vers l'escalier.

— Je monte avec vous, je dois me rafraîchir avant le déjeuner.

— Je ne vois pas comment vous pourriez être plus fraîche !

— C'est gentil de votre part. Sérieusement Vicky, j'aimerais vous parler en privé, avant d'aller rejoindre les autres. Ce que vous m'avez raconté la dernière fois... Je vous avais promis de jeter un coup d'œil sur ma collection...

Elle paraissait si sérieuse que je m'arrêtai net sur les marches.

— Vous n'allez pas me dire que vous avez découvert quelque chose !

Elle hocha la tête.

— Non. Bien sûr, je n'ai pas vérifié toutes les pièces. Mais j'ai sélectionné quelques exemples qui auraient fait des pièces de choix pour vos criminels hypothétiques. Le calice de Kurfürstenpokal, les émeraudes de Sigismund entre autres. Les tests les ont authentifiés.

— C'est une excellente nouvelle, dis-je, après un moment. Je ne suis pas assez perverse pour avoir espéré qu'on vous avait volé juste pour le plaisir de confirmer mes théories.

— Cela ne signifie pas que vos théories sont fausses.

Elle se voulait gentille, mais elle ne me croyait toujours pas, et j'étais un peu agacée par son ton condescendant.

— Mes théories ne sont pas fausses. Je ne peux rien prouver pour l'instant, mais cela viendra.

— Vous avez découvert de nouveaux éléments ?

— Non, pas vraiment. Mais je crois être sur la bonne piste. L'Anglais dont je vous avais parlé... Celui de la boutique d'antiquaire. C'est le secrétaire de Pietro.

— Oui, c'est ce que j'ai appris, répondit-elle, calmement. Vous n'avez pas l'air de lui faire confiance, mais je ne vois pas pourquoi. Il a d'excellentes références.

— Vous les avez vues ? demandai-je, impertinente.

Elle m'adressa son sinistre sourire archaïque.

— Je l'ai rencontré en personne. Je le trouve très séduisant. Pas vous ?

— Son physique n'a rien à voir avec son sens moral.

— On croirait entendre la reine Victoria, dit Bianca, en souriant un peu plus sincèrement. Détendez-vous, ma jeune amie, et profitez de la vie. Je me demande si j'ai déjà été aussi sérieuse, même à votre âge…

Elle redescendit dans l'entrée et me laissa devant ma porte, plus penaude que jamais.

Comparée aux autres repas en compagnie des Caravaggio, la soirée fut brillante. La *principessa* servit de catalyseur. En hôtesse expérimentée, elle contrôlait parfaitement la conversation, réussissant même à intégrer Helena ; elle évita deux querelles entre Pietro et son fils, tout en s'arrangeant pour flirter élégamment avec Smythe, à qui toute cette attention faisait tourner la tête. Il babillait et plaisantait comme s'il était payé pour ça.

La seule chose qui ne brillait pas, c'était le temps. De gros nuages commencèrent à s'amonceler au moment du café et la comtesse douairière regardait son petit-fils d'un air anxieux.

— Luigi, promets-moi de ne pas aller dans ton studio pendant l'orage.

Luigi, qui était d'excellente humeur me sourit.

— Elle a peur que je me fasse frapper par la foudre, expliqua-t-il en caressant la main de la vieille dame.

— Ma grand-mère m'interdisait de jouer du piano pendant l'orage, répondis-je.

— Elle avait bien raison, dit la comtesse. L'électricité est une matière étrange. Qui la comprend ? Luigi, promets-le-moi. Viens me faire la lecture. Tu sais que j'aime bien entendre ta voix.

— Je dois passer quelques coups de téléphone avant,

répondit le garçon, j'irai vous rejoindre juste après, grand-mère.

— Ah, ces coups de téléphone ! marmonna Pietro. Cela dure des heures. Non, tu ne téléphoneras pas à ton ami suisse, Luigi, la dernière fois, j'ai eu une note astronomique.

Le sourire de Luigi s'évanouit, mais il ne répliqua pas. Je me demandais par quelle perversion les gens se montraient toujours aussi rudes envers les proches qu'ils chérissaient le plus. La plupart des remarques que Pietro faisait à son fils n'étaient vraiment pas nécessaires, mais c'était plus fort que lui.

Après le déjeuner, j'allai admirer la collection de porcelaines de Pietro avec la *principessa*. Elle préparait un ouvrage sur des pièces rares des collections européennes et se demandait quels objets choisir. Hélas, je ne connaissais pas grand-chose à la porcelaine, et je n'avais guère envie d'en savoir plus. C'était amusant de regarder les assiettes que Pietro exhibait, mais je ne comprenais pas la moitié de ce qu'ils racontaient. Je m'excusai donc et retournai dans ma chambre. Il pleuvait et le son de la pluie m'endormait. Je m'allongeai sur mon lit et m'assoupis aussitôt.

Je ne crois pas que les rêves nous transmettent des messages d'un monde surnaturel, mais je suis persuadée qu'ils peuvent faire remonter des inquiétudes inconscientes à la surface et je fis un bien drôle de rêve, cet après-midi-là. Il y était question des dessins érotiques de Raphaël, de la *Piéta* de Michel-Ange, des statues grecques du salon de Pietro… Tout était taché de vermillon et de bleu ciel, comme les horribles toiles de Luigi.

Lorsque je me réveillai, il bruinait toujours sur le balconnet, devant ma fenêtre, et je restais les yeux mi-clos dans la lueur grise du crépuscule, essayant de trouver ce qui me chagrinait.

Cela avait un rapport avec Luigi et son studio. Ces portfolios de dessins, d'esquisses, d'aquarelles… Le garçon s'était essayé à de nombreuses techniques. Pourquoi ne s'était-il jamais lancé dans la sculpture ou le moulage ?

Je voyais quelques explications rationnelles. Peut-être avait-il du mal à travailler en trois dimensions. Pourtant, certains des dessins que j'avais vus à travers le rideau de transpiration avaient un petit quelque chose de…

Ce n'était pas une théorie. Simplement un soupçon obscur, à peine incroyable. Mais je devais vérifier, et tout de suite ! J'attrapai mon imperméable et me retrouvai presque devant la porte lorsque j'aperçus un réveil sur la commode. Il était quatre heures et demie. Je retournai donc téléphoner.

Gerda, la secrétaire de Schmidt me répondit, et je dus bavasser quelques minutes avant qu'elle me passe le professeur. C'est la pire bavarde que j'aie jamais connue, mais c'est une brave fille. Pourtant, j'avais du mal à papoter tant l'urgence de la situation commençait à me grattouiller, comme des puces sur un chien. Finalement, Schmidt prit la ligne.

— Je crois être sur une piste, déclarai-je. Non, je ne peux pas vous en parler tout de suite, c'est encore trop flou. Mais je vous appellerai plus tard si mon intuition se révèle exacte. Si vous n'avez pas de nouvelles de moi ce soir, c'est que cela n'a rien donné, mais je vous appellerai demain, comme d'habitude.

Il voulait m'assaillir de questions, mais je le coupai, le temps pressait. Si je ne me pointais pas au salon à l'heure de l'apéritif, quelqu'un risquait de me chercher. De plus, je brûlais d'impatience de suivre cette piste insensée, et avec la pluie qui retenait tout le monde à l'intérieur, c'était le moment ou jamais.

La porte du studio de Luigi était fermée mais pas verrouillée. Elle céda à une simple pression de la main. Une fois à l'intérieur, j'essuyai les gouttes d'eau sur mon visage et cherchai un interrupteur.

Dans la lueur bleutée de la lumière artificielle, le studio paraissait froid et déprimant. C'était l'imitation parfaite d'un atelier de jeune artiste bohème et affamé. Les tentures de velours et le fauteuil du modèle étaient usés et poussiéreux, les chaises semblaient avoir été rongées par un énorme chien. La pluie martelait la vitre du puits de lumière, aussi bruyamment qu'un régiment qui part au combat.

Je tirai quelques toiles rangées le long du mur. Luigi avait traversé plusieurs « périodes ». Comme Picasso, il avait eu sa période bleue. Comme son quasi homonyme, Le Caravage, il avait tenté le clair-obscur. Il s'était essayé au pointillisme, au cubisme, avait peint quelques imitations de Van Gogh, avec un couteau surchargé de peinture. L'épouvantable collection prouvait que ce jeune homme était incapable de peindre, quel que soit le style choisi, mais cela prouvait aussi qu'il s'acharnait. Pourquoi ne s'était-il jamais lancé dans la sculpture ?

Sous la fenêtre, un assortiment disparate de tubes, d'essence de térébenthine et de vieux chiffons sales, était disposé sur une longue table, avec les portfolios de dessins. Un éclair fendit le ciel, mais je le remarquai à peine. Les dessins…

Ils étaient abominables, aucun doute là-dessus. Mais ils possédaient une certaine qualité. J'en examinai une dizaine – des dessins amateurs de têtes d'animaux, de parties du corps – avant de me rendre compte de leur particularité.

Le rendu anatomique était épouvantable, on n'y décelait ni sentiment ni émotion. Mais un dessin au fusain et à l'encre, une tête de femme, était si bien réalisé que je crus un instant qu'il s'agissait d'une photo. Je connaissais l'original. Et soudain, ça me revint ! Oui, je l'avais vu, au Bargello, à Florence ! C'était une sculpture de buste de Mino da Fiesole. Luigi n'avait aucun talent créatif, mais comme copiste, il excellait. Je rangeai soigneusement le dessin dans le portfolio et commençai à fouiller la pièce.

La trappe se trouvait sous le siège du modèle monté sur roulettes. Il devait y avoir un moyen de le fixer lorsqu'on l'utilisait, sinon, les mannequins de Luigi se seraient promenés dans toute la pièce. Peut-être ne se souciait-il pas de ce petit détail. Pourquoi s'en faire ? La trappe était bien plus utile que le fauteuil des modèles !

La lumière de la pièce souterraine en bas de l'escalier s'allumait automatiquement avec l'ouverture de la trappe. En bas, l'atelier était très joli. Je ne reconnaissais pas tous les objets, mais en matière d'art, les outils n'ont pas changé depuis des siècles : burins, pointes, marteaux…

Je me sentais tout excitée. Je courais dans toute la pièce, saisissant des objets avant de les relâcher, ouvrant les tiroirs, fouillant dans les papiers. Les outils n'avaient peut-être rien de mirobolant, mais les matériaux étaient exceptionnels : fils et feuilles d'or, pépites d'argent, petits casiers remplis d'imitations d'émeraudes, de rubis et d'opales ; fragments de lapis-lazulis, de turquoises et de cornaline orange destinés à la couronne égyptienne et à d'autres objets de la même période ; des pierres de toutes les couleurs de l'arc-en-ciel, de la pâle citrine jaune aux grenats rouge sang ; des feuilles d'ivoire, de malachite, de porphyre, de jade… Du toc, sans aucun doute, mais l'effet d'ensemble était époustouflant.

Sur l'un des établis, un dossier contenait plusieurs dessins. Pas seulement des bijoux, mais aussi des assiettes, des reliquaires, des calices. La pièce sur laquelle Luigi travaillait était couverte d'un tissu. Je le soulevai délicatement. Il n'existe que très peu de pièces attribuées à Benvenuto Cellini, en dehors de la coupe Rospigliosi, conservée au Metropolitan Museum. Le bol en forme de coquillage très harmonieux repose sur un socle composé d'un serpent d'émail sur le dos d'une tortue d'or. Luigi ne s'était pas aventuré à reproduire des pièces aussi célèbres. Même cette bande d'escrocs éhontés n'oserait se vanter d'avoir dévalisé le Met ! Mais cet objet aurait pu passer pour une œuvre de Cellini : les divers éléments dont il était composé étaient copiés sur des œuvres réelles. Avec ses poignées en forme de serpents, le calice d'or présentait des courbes aussi envoûtantes que la coupe du Metropolitan.

L'ensemble était supporté par une nymphe voluptueuse, modelée sur la silhouette de Neptune de la fameuse salière du musée de Vienne. Luigi ne se contentait pas d'imiter les œuvres d'art répertoriées, il en créait de nouvelles. Je me demandais combien un Cellini inconnu pouvait se monnayer sur le marché. Je n'en avais pas la moindre idée. Mais cela devait en valoir la peine, sans aucun doute.

Dehors, l'orage grondait toujours à grand fracas. Le vacarme ne me rendait pas nerveuse. Ce qui m'inquiétait, c'était d'être incapable de percevoir d'autres sons, des bruits de pas, par exemple. Je devais sortir au plus vite et revenir avec un appareil photo.

Les nerfs à fleur de peau, je montai l'escalier, et lorsque je passai prudemment la tête par la trappe, le studio était vide. Je refermai la trappe et remis le siège en place. Je me sentais un peu plus en sécurité, mais à peine. Personne ne croirait que j'avais été prise du désir irrésistible d'aller admirer le travail de Luigi en plein orage ! Je regrettai d'avoir allumé les lumières du studio. Elles se voyaient de loin, avec ces gros nuages noirs.

L'endroit était dangereux, mais je serais obligée d'y revenir, au moins une fois. Il me fallait des photos des outils, des dessins, du calice en cours de réalisation. Les photographies ne prouveraient pas l'escroquerie. Les objets d'art anciens ne sont pas protégés par copyright. Mais si je pouvais découvrir quels objets avaient été vendus, les photos prouveraient qu'il s'agissait de faux.

J'étais horriblement fière de moi, et je suppose que l'orgueil me poussa à l'imprudence. J'ouvris la porte et sortis sous la pluie. Un poing me frappa au menton.

HUIT

Quand je revins à moi, je me trouvais dans la cave. Je n'avais aucun doute sur le lieu. J'avais déjà vu les murs de grès rugueux avant, mais je ne me souvenais pas de cette pièce particulière. En fait, il s'agissait de trois pièces contiguës, comme je le découvris lorsque je pus enfin soulever mon corps douloureux. Des arches ouvertes menaient d'une salle à l'autre. La seule sortie de la suite, si je peux m'exprimer ainsi, se trouvait dans la pièce où je m'étais réveillée. Le bois était si vieux qu'il semblait pétrifié. J'essayai de cogner à la porte, mais je me fis mal aux mains.

Il n'y avait aucune fenêtre, mais la première pièce était éclairée par une ampoule nue accrochée au plafond. J'appréciais beaucoup cette lumière, bien qu'il n'y eût pas grand-chose à voir : une pile de couvertures et de couettes sur laquelle on m'avait allongée, et une table basse en bois. L'air était frais et humide. Dans la pièce la plus éloignée au sol de terre battue, poussait une fine couche de champignons. Il y avait également des toilettes sommaires. Je dois admettre que cela me soulageait un peu. Je me demandais toujours comment les prisonniers réglaient ces petits détails. Les romans dont je me délectais gardaient sur ce point un silence pudique, mais soyons réalistes, pour le prisonnier, c'est un problème crucial.

Je ne mis pas longtemps à explorer mon univers carcéral. Allongée sur les couvertures, je caressai ma mâchoire blessée. C'était la deuxième fois de la semaine que j'étais frappée au même endroit, et c'était fort douloureux. J'allais sans doute être obligée de me cantonner à un régime liquide. Bien sûr, cela ne poserait aucun problème si mes ravisseurs avaient l'intention de me laisser mourir de faim !

Je ne porte pas de montre en général, je n'avais donc aucune idée de l'heure, mais je supposais qu'on devait être plus tard, le même jour. Le professeur Schmidt n'attendrait pas de coup de téléphone avant cinq heures le lendemain. Ils avaient toute la nuit et une bonne partie de la journée pour décider de mon sort.

Schmidt irait voir la police si je ne téléphonais pas à temps. Je le connaissais assez pour en être certaine. Je le connaissais assez aussi pour savoir que la police ne serait guère impressionnée par ce qu'il raconterait. Ils appelleraient la villa, et Pietro inventerait une histoire plausible expliquant pourquoi je n'avais pu appeler. De nos jours, dans n'importe quel pays, il fallait qu'une jeune femme en pleine santé ait disparu depuis beaucoup plus de vingt-quatre heures avant que les services de police ne commencent à s'ébranler. La position sociale de Pietro désamorcerait tous les soupçons et, même si quelque chose paraissait louche, il serait impossible de prouver quoi que ce soit tant qu'on ne m'aurait pas retrouvée. Mes coups de téléphone quotidiens n'étaient que de l'esbroufe, et les autres l'avaient parfaitement compris.

Pietro devait faire partie de la bande, finalement. Cet atelier n'avait pas pu être aménagé contre son gré. Je me demandais jusqu'où Luigi était impliqué. Certains faussaires célèbres ont prétendu avoir été utilisés à leur insu par des truands sans scrupule. Ils ne savaient pas que l'on faisait passer leurs jolies copies pour des originaux. Bon, disons que c'était possible, bien que peu vraisemblable. Si Luigi pouvait être innocent, son père était mouillé jusqu'au cou. En tant que détective, je n'atteignais même pas la moyenne ! Je n'avais pas imaginé un seul instant que Pietro puisse être le maître du jeu.

Les yeux fixés sur le plafond maculé, j'essayais de repérer quelle grosse tache ressemblait le plus à la carte de l'Amérique du Sud ou au profil de George Washington, lorsque quelqu'un s'approcha de la porte.

On se serait cru à Fort Knox ! Cliquetis de chaînes, grincements de verrous, bruits de clés rouillées insérées dans des serrures grippées. Je restai immobile. Il n'y avait rien d'autre à faire. J'aurais pu me cacher derrière la porte et frapper l'intrus sur la tête : a) si j'avais su dans quel sens la porte s'ouvrait ; b) si j'avais eu à ma disposition un objet avec lequel frapper !

La porte s'ouvrait vers l'intérieur. Cela ne me servait pas à grand-chose de le savoir, car la seconde condition n'était toujours pas remplie. Je fermai les yeux et feignis d'être toujours inconsciente. L'homme qui entrait était peut-être mon bourreau.

Je ne fus pas très rassurée en reconnaissant Bruno. Mais cela me réconforta un peu de voir qu'il transportait un plateau. Les tasses et les couvercles d'argent semblaient quelque peu incongrus dans ce trou à rats, mais si l'on me nourrissait, c'est qu'on n'avait pas l'intention de me tuer tout de suite.

Dans l'encadrement de la porte, Bruno me regardait d'un air soupçonneux, si bien que je restai immobile, tout en l'observant derrière mes cils. Il posa le plateau par terre, le poussa à l'intérieur de la cellule du bout du pied et referma la porte. J'attendis que les bruits de clés et de verrous se taisent et me levai.

Je n'avais pas grand appétit, mais je soulevai les couvercles pour voir ce que l'on m'offrait. Les plats venaient sans le moindre doute de la table de Pietro : escalope Marsala aux champignons, pâtes, salade, pain, et même une carafe de vin rouge. Cela me rappela le dernier repas du condamné avant la pendaison.

Néanmoins, je me dis que je devais garder mes forces et commençai à grignoter la salade. Mon appétit revint un peu et je m'attaquai au veau. J'avais avalé plus de la moitié du plat avant de me demander si la nourriture n'était pas empoisonnée. Bof, inutile de me droguer, me dis-je rapidement, puisqu'ils pouvaient me refroidir sans problème s'ils le voulaient. Et puis, consciente ou pas, je ne faisais pas le poids face à Bruno.

Ce repas me revigora un peu, et je fis un nouveau tour de ma prison. Cela aurait été une perte de temps si j'avais eu mieux à faire, ce qui n'était pas le cas. Je trouvai une pile de bois pourri, des restes d'étagères peut-être, et quelques vieux morceaux de métal si oxydés qu'ils se brisèrent dans ma main, mais rien qui puisse servir d'arme, même si j'avais eu le cran de m'attaquer à Bruno.

Je songeai à creuser un tunnel, comme le comte de

Monte-Cristo. Combien de temps leur avait-il fallu pour quitter le château d'If, avec l'abbé Faria ? Des années. Et si j'avais bon souvenir, le coup du tunnel n'avait pas fonctionné. Le sol de la troisième cave était en terre battue, oui, mais le seul instrument dont je disposais, c'était la petite cuillère de mon plateau. À raison d'une cuillère de terre toutes les deux secondes, avec cinquante cuillères par tasse, et cinq tasses par litre, il n'y avait donc que... cinq milliards de litres de poussière entre moi et l'air libre. Je retournai me coucher sur la pile de couvertures.

J'aurais dû échafauder des plans, réfléchir à des moyens de m'évader, mais je m'endormis. Je ne sais pas combien de temps s'écoula avant qu'un nouveau cliquetis de chaînes et de serrures ne me réveille en sursaut. Cette fois, je réussis à me lever avant l'ouverture de la porte.

C'était ce bon vieux Bruno. Il m'apportait un nouveau présent. Il était plié sur son épaule, jambes pendantes. Lorsque Bruno me vit sur pied, il mit la main dans sa poche et en sortit un long couteau brillant.

— Restez tranquille, ne bougez pas !

— Loin de moi l'intention...

Il fit un léger mouvement d'épaule. Le corps de Smythe glissa sur le sol et resta immobile. Par hasard, sa tête atterrit sur le coin de la pile de couvertures, ce qui le sauva sans doute d'un traumatisme crânien, car le sol était en pierre, et sacrément dur ! Je dis « par hasard » car je ne crois pas que Bruno ait pris la moindre précaution. Le couteau était parfaitement superflu, Bruno aurait mérité sa place dans la Chambre des horreurs de Madame Tussaud's sans autres instruments que ses mains.

Il sortit et ferma la porte. Appuyée contre le mur, j'observai le corps recroquevillé de Smythe.

J'espère qu'on ne m'accusera pas de paranoïa si je reconnais avoir soupçonné un complot. Quel complot, je n'en savais rien, mais Smythe n'était pas l'individu le plus franc que j'aie jamais connu.

Il était inconscient, néanmoins. Aussi mou qu'un serpent de chiffon, il était allongé sur le dos, et son teint avait une vilaine couleur grise. Du sang ruisselait sur sa joue, j'en conclus donc qu'on venait de le frapper sur la tête.

Je m'assis près de lui pour le regarder de plus près. Je n'aurais pas été étonnée de sentir une odeur de ketchup, mais le sang provenait d'une véritable blessure. Ce n'était pas très profond, néanmoins la bosse qui commençait à se former prendrait vite une belle couleur violacée. S'il mijotait quelque chose, il s'était donné beaucoup de mal pour prouver son innocence.

Il resta inconscient un bon moment. Je commençais même à m'inquiéter – cette cave était bien assez sinistre sans avoir un cadavre pour compagnie – lorsqu'il ouvrit enfin les yeux. Il me regarda et les referma aussitôt, une expression de profonde douleur sur le visage.

— Vous avez mal où ? Dites-le à maman Vicky, elle soufflera dessus.

Comme je l'aurais parié, son expression de douleur n'était pas causée par la souffrance physique. Sans ouvrir les yeux, Smythe laissa échapper une envolée d'adjectifs remarquables par leur originalité et leur vigueur.

— Bien fait pour vous ! dis-je. Les gens qui se mêlent des histoires des autres ne méritent…

— Ah, la ferme !

Je me tus. Il n'avait pas l'air si mal en point. Au bout d'un moment, submergée par une vague de compassion peu caractéristique et peu méritée en l'occurrence, je lui servis un verre de vin et le portai à ses lèvres.

— Essayez ça, dis-je. C'est un petit vin, mais vous serez étonné par son audace.

Smythe me regarda par-dessus le verre, une faible étincelle dans ses yeux bleus.

— Merci, j'en avais besoin, dit-il.

Il se redressa lentement et me prit le verre des mains. Je reculai un peu et croisai les jambes.

— Vous avez dîné ? demandai-je gentiment. Il reste un peu de veau et du pain.

— Merci, j'ai déjà mangé. Du moins…

Smythe fit tourner le verre vide dans sa main et fronça les sourcils.

— Oui, c'est ça, ça me revient. Vous n'étiez pas au dîner.

— Non, j'étais déjà là.

— La *principessa* a demandé de vos nouvelles, poursuivit Smythe, lentement. Pietro a dit que vous étiez allée passer la soirée à Rome. Un rendez-vous galant.

— Effectivement, avec Bruno.

— Dans le studio de Luigi ? C'est ce que Pietro m'a dit plus tard. Il a fait bonne figure au dîner, mais juste après le repas, il m'a convoqué dans son bureau et m'a raconté ce qui s'était passé. Il était passablement perturbé. Vous lui avez forcé la main, vous savez. Il était obligé d'agir vite, pour vous empêcher de parler de l'atelier, mais il ne vaut rien comme truand, il a horreur de la violence !

— Vous n'êtes pas en train de me dire que c'est Pietro qui m'a frappée…

— Non, il ne se salirait pas les mains, dit Smythe, méprisant. Vous devez vous douter qu'on vous surveille, dès que vous mettez le pied dehors. C'est Bruno qui devait s'occuper de vous aujourd'hui. Il a eu la bonne idée de vous séquestrer dès que vous êtes sortie de l'atelier.

— Et après avoir donné l'ordre à Bruno de m'enfermer dans cette tanière, Pietro m'a fait apporter de jolies couvertures et du veau Marsala. Avouons, ce n'est pas très cohérent, tout cela !

— Pas vraiment. S'il n'y avait que Pietro, vous n'auriez rien à craindre.

— Vous voulez dire que ce n'est pas Pietro qui va décider de mon sort ?

— Gagné !

— Alors, qui ? Vous ?

— Et c'est pour cela que je me retrouve ici, dit Smythe, avec une condescendance insupportable. Derrière une façade séduisante, au fond du cœur, je ne suis qu'un sadique de la pire espèce. J'aime bien étrangler mes victimes personnellement. Je ne sais pas encore comment je vais m'y prendre. Une petite séance de torture pour commencer et…

— Bon, bon, ça suffit ! Ce que je déteste le plus chez vous, ce sont vos sarcasmes à la noix. Vous n'insinuez tout de même pas que vous êtes ici parce que vous vous êtes disputé à mon sujet avec le maître du jeu…

Smythe ne répondit pas. Il se tortilla lentement pour s'adosser au mur, jambes tendues, le verre de vin toujours à la main, une expression de fureur blanche sur le visage. S'il avait eu six ans, j'aurais dit qu'il boudait.

— Ah, mon héros ! Je vous ai mal jugé. Je suis abjecte. Je me rends. Et bien sûr mon cœur de midinette bat pour celui qui a risqué sa vie pour moi.

Le verre de vin s'écrasa contre le mur avec un tintement

musical, et Smythe passa son bras autour de moi et me serra contre lui avec une force qui me comprima les poumons.

— Alors, va-t-il l'embrasser ou la tuer ? dis-je... Demain à la même heure n'oubliez pas d'allumer votre poste pour connaître la suite...

Le visage de Smythe se détendit. Il se mit à rire. Il ne me relâcha pas, mais son étreinte se desserra, si bien que je pus trouver une position plus confortable. Nous restâmes assis l'un à côté de l'autre jusqu'à ce qu'il finisse de rire.

— Bon, si on déclarait l'armistice ? Je trouve votre sens de l'humour aussi épouvantable que vous le mien, mais je crois que ce n'est ni le lieu ni l'heure pour les mauvaises plaisanteries.

— Vous avez un plan ? demandai-je.

— J'espérais que vous en aviez un.

Réponse des plus décourageantes.

— Je ne peux rien planifier si je n'en sais pas plus. Si vous aviez la gentillesse de me confier...

— En échange de mon immunité ? dit-il en penchant la tête, et en me lançant une œillade.

Ses yeux bleus semblèrent découragés par ce qu'ils virent. Il hocha la tête, morose.

— Bon, laissons ça de côté pour l'instant. Tant que nous ne sommes pas sortis d'ici, le problème reste purement théorique. Je vous dirai tout ce que je peux vous dire sans risque.

— Sans risque pour vous ?

— Bien sûr.

— Bon, d'accord. Qui est le maître du jeu ?

— Je ne sais pas. Vraiment ! Qui que ce soit, il est trop intelligent pour confier son identité aux petits rouages. Je suis une sorte de courtier, si on peut parler ainsi. Je connais un certain nombre des personnes impliquées, mais je n'ai jamais vu le patron. Il écrit des petits messages. Ici, à Rome, les seules personnes que je connaisse sont Pietro, Bruno, Antonio et quelques-uns des vieux domestiques qui servent d'hommes de main.

— Et Luigi.

— Luigi est en dehors de la structure de l'organisation, dit Smythe. On pourrait dire qu'il est l'organisation. Sans son talent, cette histoire n'aurait jamais vu le jour.

— Je suis désolé pour lui. J'espérais qu'il ne savait rien.

— Euh… il faudrait quand même être sacrément stupide pour ne se douter de rien, dit Smythe. Luigi n'est pas idiot. Mais d'une certaine manière, il est innocent. Il ne pense pas que ce qu'il fait est mal. Pour lui, c'est une vaste plaisanterie.

— Luigi, c'est le fantôme ! m'exclamai-je.

— Bien sûr. À qui pensiez-vous ?

— À vous.

— Je suis incapable de ce genre de gamineries, dit Smythe, offusqué. Luigi est un adolescent qui se révolte contre le monde des grands. Les tours qu'il joue aux adultes, ce n'est que justice pour lui.

— Cela n'a rien de surprenant, quand on voit comment son père le traite.

— Je suppose que vous êtes sensible aux charmes de son beau visage, dit Smythe, méchamment. L'instinct maternel se retrouve aux endroits les plus inattendus. Il déteste son père et trouve que les amours de Pietro sont écœurantes. Selon son code éthique, la fornication n'est acceptable que pour la jeunesse.

— Alors, pourquoi se prête-t-il au jeu ?

— Devinez ! Peut-être parce que dans cette partie, il

fait jeu égal avec son père. En fait, Luigi est plus important que Pietro, et il en est parfaitement conscient, même s'il a tellement l'habitude de se faire rembarrer par son paternel qu'il ne tire pas autant d'avantages de la situation qu'il le pourrait.

— Et quel est ce jeu dont vous parlez, exactement ? J'ai bien une petite idée, mais...

— Je ne vous en dirai pas plus, répondit Smythe calmement. Je ne vous dirai que ce que vous avez besoin de savoir pour m'aider à sortir d'ici.

— Vous n'allez tout de même pas imaginer que je ne vais rien dire...

— Vous pouvez dire tout ce que vous voulez à qui vous voulez, ma chérie. J'aurais plié bagages à ce moment-là, pour des terres inconnues. Mais si Pietro a pour deux sous de bon sens, il aura fait disparaître toutes les preuves.

— Mais enfin, Smythe...

— Ce n'est pas mon nom.

— Quel est votre nom ?

— Peu importe. Vous n'avez qu'à m'appeler John. C'est mon prénom, croyez-le ou pas.

— Vous pourriez vous appeler Outroupistache, vous n'allez pas vous en tirer blanc comme neige ! C'est une escroquerie...

— Oh, oui, mais la loi est si floue. J'ai peur que vous ayez une conception médiévale du bien et du mal. Vous n'êtes pas la seule, d'ailleurs. On a toujours tendance à punir les atteintes aux biens plus sévèrement que celles faites aux personnes. Moi, je défends toujours le vieil idéal de Robin des bois, dit Smythe qui s'échauffait. Honnêtement, je ne pense pas que ce que j'ai fait soit répréhensible. Malhonnête, sans doute, mais pas immoral. C'est une simple redistribution des richesses, pas plus. Je n'ai pas dépouillé la veuve et l'orphelin, je n'ai pas volé la pension de petits vieux qui tirent le diable par la queue, personne n'a été blessé…

— Ça, je n'en suis pas aussi sûre…, dis-je, interrompant son discours qui commençait à ressembler à un sermon. Et nous ?

Son visage s'allongea.

— Il ne s'est rien passé, pour l'instant.

— Et mon enlèvement ?

— C'était Bruno. C'est le chef des hommes de main. Les muscles, comme on dit, et il a une très haute opinion de son intelligence. Il est dévoué à la famille et parfois, il prend des initiatives malheureuses.

— Et l'homme de Munich ?

— Ça, c'était un accident, dit John, plus gai. Il avait le cœur fragile. On pense que quelqu'un a essayé de le voler, et l'a fait mourir de peur, littéralement. C'était un brave type…

— Serviable avec sa vieille maman, gentil avec son perroquet, dis-je sarcastique. Je me fiche complètement de lui, à part pour les conséquences qu'il a sur les événements à venir. Vous ne pouvez pas éluder la question, John. Pietro, ou quelqu'un d'autre par son intermédiaire, a imaginé un moyen de se débarrasser de moi et s'est heurté à une violente désapprobation de votre part… si j'en crois votre version des raisons de votre présence ici. C'était quoi, l'idée ?

— Il n'avait pas de mauvaises intentions, dit Smythe.

— Je n'en suis pas convaincue.

— Non, non, je vous jure. Il transpirait, gigotait et poussait des petits cris en italien, rien qu'à y penser.

— À penser à quoi ?

Soudain, je trouvais la situation insupportable. Nous

étions gentiment assis côte à côte, avec Smythe qui me passait le bras autour de l'épaule, alors que nous étions en train de parler de meurtre, de mon meurtre ! Je pris appui sur sa poitrine et me redressai. Je voulais simplement m'éloigner, me lever, faire quelques pas, faire sortir ma frustration, mais je le poussai trop fort. Il se cogna la tête contre le mur, et après le premier choc, celui-ci fut de trop.

Il ne s'évanouit pas, mais ses yeux roulèrent jusqu'à ce qu'on ne voie plus que le blanc, puis John commença à glisser sur le côté.

Je lui attrapai la tête avant qu'il ne tombe par terre et l'allongeai sur mes genoux. Un instant plus tard, ses yeux se remirent en place.

— Faites-moi penser à vous étrangler quand j'aurais récupéré mes forces, dit-il faiblement.

— Oh, je suppose que quelqu'un se chargera de la corvée pour vous, dis-je sans y penser en passant la main dans ses cheveux. Ce n'était pas ça l'idée ? Me réduire définitivement au silence ?

Il soupira et tourna légèrement la tête si bien que ma main se retrouva contre sa joue.

— Je ferais peut-être mieux de vous raconter ce qui s'est passé.

— Oui, ce serait une bonne idée, dis-je en essayant de libérer ma main.

— Non, ne faites pas ça, ça me fait mal à la tête. Oui, c'est mieux. Vous voyez quand Pietro m'a dit qu'il avait reçu l'ordre de s'occuper de vous, j'ai protesté. Ne me remerciez pas, mes motifs étaient purement égoïstes. J'ai signé pour un petit larcin, pas pour un meurtre. Je n'avais pas l'intention d'être mêlé à ça, et c'est toujours le cas. Et si quelque chose tourne mal, il y a une sacrée différence entre dix ans, une réduction de peine pour bonne conduite ou la corde.

— La pendaison existe toujours en Italie ?

— Aucune idée. Je n'ai pas pris la précaution de vérifier. Mais on a bien rétabli la peine de mort dans notre bonne vieille Angleterre, sous certaines conditions. Ne m'interrompez pas, c'est déjà assez difficile de réfléchir avec le mal de crâne que je me paie... Où en étais-je ?

— Vous protestiez.

— Ah oui. Pietro était d'accord avec mon raisonnement, mais il a une peur bleue de son Boss. Enfin, c'est comme ça qu'il l'appelle d'ailleurs. Le Boss. Bizarre, non ?

— Le Boss est peut-être américain. Ou anglais ?

— Ne commencez pas à vous faire des idées. Ce n'est pas moi le patron. Donc, après une dispute qui n'a servi à rien, je suis sorti de la bibliothèque en claquant la porte et j'ai laissé Pietro gamberger. Je suis allé dans le parc. J'avais envie de marcher un peu, de réfléchir à ce que je devais faire. Il a dû téléphoner au grand patron dès que j'ai quitté la pièce et recevoir de nouvelles instructions. Je n'étais pas dehors depuis plus d'un quart d'heure quand Bruno et un de ses acolytes sont venus me chercher.

— Je vois. C'est passionnant, tout cela, mais j'ai peur de ne pas être d'un grand secours. Euh... Ils ont parlé d'une méthode d'extermination précise ? Enfin, cela peut être utile de savoir s'ils vont inonder la cave et nous noyer, nous envoyer des gaz toxiques, nous empoisonner ou...

— Grands dieux, vous en avez de l'imagination ! dit Smythe en grimaçant. Je ne vois vraiment pas quelle importance cela peut avoir, dans la mesure où on ne pourra rien empêcher, pas même les choses que vous venez de citer.

— Vous avez une idée de l'endroit exact où on se trouve ?

— Non, dit John en fermant les yeux.

— Vous n'êtes pas très utile.

— Je réfléchis.

— Prouvez-le.

— Vous avez déjà exploré cette horrible tanière ?

— Oui. Il y a deux autres caves, plus ou moins semblables à celle-ci, mais moins confortables. Aucune fenêtre ni porte visible. Des murs de pierre, un sol de pierre, sauf dans la troisième cave qui est en terre battue.

— Vous semblez avoir fait une exploration exhaustive, dit John, gentiment. Inutile que je refasse le tour ?

— Je ne vois pas ce que vous pourriez en tirer de plus. Mais ce que je voudrais, c'est que vous vous leviez et que vous commenciez à faire un peu d'exercice.

— Et pourquoi donc ?

— Pour être en forme quand vous sauterez sur Bruno, la prochaine fois qu'il viendra.

Ça le réveilla. Il écarquilla tellement les yeux que j'eus peur de les voir sauter de sa figure.

— C'est la chose la plus idiote que j'aie jamais entendue !

— C'est notre seul espoir de sortir d'ici. On pourrait le frapper avec le plateau.

— Eh bien surtout, ne vous en privez pas !

Cela me ferait de la peine de vous dire combien de temps dura cette stupide conversation. Cet homme discutaillerait avec le diable s'il venait le chercher ! (Et s'il n'avait pas encore vendu son âme, c'était parce que le vieux Méphisto n'était pas d'accord sur le prix !) Finalement, il se leva, non parce qu'il s'était rendu à mes arguments, mais parce qu'il ne supportait plus que je lui crie dans l'oreille. L'exercice lui fit un peu de bien. Après quelques pas chancelants et vacillants, il renonça à me faire croire que sa blessure était mortelle et retrouva vite ses forces naturelles. Il alla même jusqu'à explorer les deux autres salles. Il fut bien obligé de reconnaître qu'il n'y avait aucun moyen de s'évader en dehors de celui que je venais de proposer.

Ce n'était pas si facile, car nous n'avions pas d'armes. Le plateau et les couverts étaient en argent, et même si le plateau était assez lourd pour faire une bosse sur un crâne normal, il était large et peu pratique. D'ailleurs, John s'empressa de me faire remarquer que Bruno avait un crâne plus dur que la moyenne.

— Ça ne fera que l'énerver un peu. Et je n'aimerais pas en arriver là.

— Et vos poings ? Ils ne servent à rien ?

— Je risquerais de me briser un os. Vous demanderiez à Rubinstein de frapper un vilain ?

— Non, il a quatre-vingt-dix ans.

— Cela ne change rien !

— Et il est meilleur pianiste que vous.

— En soixante ans, si j'ai la chance de vivre aussi longtemps, j'aurais l'occasion de faire des progrès.

Bon, comme disait John, ça passait le temps. Nous n'avions rien d'autre à faire. Mais nous ne nous étions pas préparés à l'action, et le vacarme à présent familier de la porte nous surprit. Je me levai en faisant de grands gestes.

— Cachez-vous derrière la porte !

— Je ne suis pas prêt, dit John qui passait maladroitement d'un pied sur l'autre. J'ai encore la tête qui tourne. Ça ira mieux demain matin. On va attendre la prochaine fois.

— Il n'y aura peut-être pas de prochaine fois. Combien de temps… Oh, non !

Mais il était trop tard. La porte s'ouvrait.

Lorsque je vis Bruno, j'eus une horrible sensation de déjà-vu. De nouveau, il portait un corps évanoui. Les contours de ce dernier étaient fort différents de ceux de John. Je reconnus les hanches généreuses et les chaussures Gucci.

Bruno ne se débarrassa pas négligemment du corps. Il avança dans la pièce, s'arrêta et nous regarda successivement d'un air méfiant, John et moi. L'apparence de John n'avait rien d'inquiétant. Il était aplati contre le mur, telle une farouche damoiselle craignant de se faire violenter. Bruno indiqua le côté de la pièce d'un signe du menton.

— Par ici, grogna Bruno. Non, pas vous, *signorina*. Restez où vous êtes. Toi, Smythe. Prends-le.

John avança lentement. Bruno aboya.

— *Avanti ! Avanti !* Espèce de trouillard ! Je ne vais pas te faire de mal. Fais attention ! Ne le laisse pas tomber !

John saisit le corps amorphe de Pietro avec tout l'enthousiasme d'un homme qui s'empare d'un gros sac d'engrais. Ses genoux flanchèrent sous le poids mais le grognement de Bruno l'incita à rester debout.

— Je t'ai dit de ne pas le lâcher ! *Cretino !* Qu'est-ce que tu as à rester là comme un imbécile ? Pose-le sur les couvertures. Doucement ! Fais attention.

En m'adressant un regard éloquent, John obéit.

— *Bene !* Occupez-vous de lui. S'il lui arrive quoi que ce soit…

— Ne vous inquiétez pas, Bruno, mon ami. J'en prendrai soin comme s'il était de ma famille…

Bruno grommela et se retira. John mit son oreille sur la poitrine de Pietro, lui souleva les paupières, lui prit le pouls et s'assit sur ses talons.

— Drogué.

— Il va s'en tirer ?

— Oh, oui, regardez-le.

Pietro ressemblait à un gros bébé endormi ou à un petit cochon rose à moustache. Ses lèvres esquissaient un doux sourire. John desserra la cravate de soie, le couvrit d'une couverture et se redressa.

— Nous ne pouvons rien faire de plus pour lui. Il n'y a qu'à le laisser dormir.

— Vous croyez qu'il s'est opposé au projet du Boss ?

— Peut-être. Ça lui a réussi !

— John, il doit savoir qui c'est. Il faut le réveiller et le faire parler.

— Impossible. Il va roupiller pendant des heures. Et puis, qu'est-ce qui vous fait croire qu'il nous le dirait ? Il n'est pas en danger. Le Boss l'a sûrement mis là en attendant qu'il se calme. Il a tendance à être soupe au lait pendant les crises, mais lorsqu'il se réveillera et qu'il analysera la situation posément, il comprendra qu'il vaudrait mieux se ranger à l'avis du patron.

John s'appuya contre le mur, les mains dans les poches, mais il n'avait plus l'air oisif et désespéré. Même sa voix avait changé. Elle était de nouveau rapide et ciselée, sans la moindre trace d'irritation.

— Voyons les choses ainsi, poursuivit-il, sur le même ton. Pietro ne risque pas d'aller voir la police. Il est mouillé jusqu'au double menton ! Il ne peut pas partir en cavale et changer d'identité, il faudrait qu'il renonce à tout ce qu'il possède, et je le vois mal faire une grande carrière de commerçant honnête. Il n'est pas méchant, mais c'est un faible. Il a beaucoup bu ce soir, et je suppose qu'il s'est énervé et qu'il a parlé à tort et à travers. Mais demain, il retournera sa veste, Vicky. On le transférera à une autre branche de l'organisation, il ne saura jamais ce qui nous est arrivé. Et il ne posera pas de questions.

— Vous êtes d'humeur joyeuse ! dis-je morose. Je crois que je vous préférais grincheux.

— Moi aussi, dit John en soupirant. Vous ne pouvez pas savoir à quel point affronter la cruelle réalité me fait horreur. Mais lorsque ma petite vie est en danger… Je crois que nous ferions mieux d'agir tout de suite. Ils vont peut-être décider de s'occuper de nous pendant que Pietro est dans les vapes et lui présenter la nouvelle situation comme un fait accompli. Cela soulagera sa misérable petite conscience. Oui, c'est le plus probable.

— Agir ? (Cette nouvelle personnalité me déroutait totalement.) Comment ça, agir ? dis-je.

Penché sur Pietro, John ôtait la couverture et disposait le corps dans une position tordue.

— Vous avez vu comme Bruno s'inquiétait pour son maître ? À moins que je me trompe, il est toujours quelque part dans les parages. Je vais frapper à la porte et hurler. Quand il entrera, faites bouger Pietro, faites croire qu'il est pris de convulsions.

Il leva les yeux, et, en voyant mon expression stupéfaite, il poursuivit, visiblement exaspéré :

— Allez, fillette ! Faut vous y faire… Quelque chose dans ce goût-là.

Il commença à agiter les bras et les jambes de Pietro comme pour animer une immense marionnette. Cela n'avait pas l'air très convaincant. Sans savoir ce qui se passait, on aurait eu l'impression qu'il essayait de maîtriser les mouvements anarchiques des membres de Pietro, en pleine crise d'épilepsie.

La tête ronde roulait d'avant en arrière, mais le sourire figé ne bougeait pas.

— Cachez son visage avec votre corps, ajouta John, en

lançant un regard dégoûté au pauvre Pietro. Y a rien à faire contre ce visage stupide !

Il se redressa, brossa la poussière sur les genoux de son pantalon et je pris sa place.

— Je vous croyais trop faible pour vous occuper de Bruno, dis-je en m'exerçant.

Ce petit jeu était singulièrement fascinant. Pietro était si doux, si rond, un vrai culbuto !

— C'est le cas, répondit-il. Mais cela me laissera une chance, pendant qu'il pensera à autre chose et baissera sa garde. N'ayez pas peur de vous en mêler, ma belle, si vous voyez que je ne m'en tire pas.

Sans me laisser le temps de répondre, il s'approcha de la porte et commença à hurler et à cogner.

— Au secours ! Au secours ! *Aiuto !* Vite ! Vite ! Le maître se meurt ! Le comte est mort… Au secours ! Au secours !

Bruno devait se trouver juste derrière la porte car, aussitôt, les chaînes et les verrous grincèrent et cliquetèrent frénétiquement. Je commençai à agiter Pietro, tout en gardant un œil sur la porte. Pour l'instant, le plan avait l'air de fonctionner.

La réalisation faillit tourner au désastre, néanmoins. Bruno était si troublé qu'il se rua sur la porte et John, écrasé contre le mur, poussa un hurlement.

Ensuite, ce fut la panique. Je m'écartai du chemin de Bruno qui se rua sur moi, telle une maman buffle qui protège son petit. Il se jeta à genoux et se pencha sur Pietro. Je me redressai et croisai les mains très fort. Si John était hors de combat, c'était à moi de prendre le relais. J'avais l'intention de frapper Bruno sur la nuque, comme les détectives privés à la télévision, mais je n'étais guère optimiste quant à l'issue de cette initiative. Sa nuque ressemblait à un morceau de granit.

John sortit de derrière la porte. Il se tenait le bas du visage et des larmes perlaient dans ses yeux. Je ne sais pas si Bruno l'avait entendu ou s'il avait compris que son maître n'allait pas plus mal qu'avant, mais quelque chose l'inquiéta soudain. Il tourna son horrible face vers moi, en me lançant un regard noir. Toujours à genoux, il essaya de m'attraper. Je l'esquivai. Avec des soubresauts dignes de tremblements de terre, Bruno entreprit de relever son corps monumental. Il était à mi-parcours, toujours en déséquilibre lorsque, tête baissée, John fonça vers lui.

Je n'avais jamais rien entendu de pareil. Soudain, Bruno sembla cracher tout l'air de ses poumons en une seule explosion, avec un bruit de bouilloire qui relâche toute sa vapeur. Bras écartés, il retomba en avant, tête la première. Il heurta le mur et s'affaissa en position assise. Il avait toujours les yeux à demi ouverts.

John se redressa et se frotta la tête. Son autre main protégeait son nez.

— Je crois que je me suis fracassé le crâne, dit-il d'une voix étouffée.

— Eh bien, au moins vos précieuses mains sont toujours intactes, dis-je, méchamment. Allez, filons !

— Attachez-le, dit John en indiquant Bruno.

Je le regardai d'un air méfiant. J'aurais préféré m'approcher d'un grizzly assoupi.

— Couvrez-moi, dis-je.

— Et avec quoi ?

John prit le bout de son nez entre le pouce et l'index et le tordit doucement.

— Je crois qu'il n'est pas cassé, mais ça fait aussi mal. Allez, ne restez pas là à discutailler, on est pressés !

On attacha Bruno avec des bandelettes de couvertures, découpées avec son propre couteau avant de le bâillonner avec un autre bout de tissu. À la fin de l'opération, il commençait déjà à gigoter et à grommeler. Pietro n'avait pas bougé un cil. À en croire son sourire séraphique, il faisait de beaux rêves.

En plus du couteau, nous trouvâmes un autre objet précieux : une boîte d'allumettes. C'était la seule lumière dont nous disposions, une fois la porte fermée. Le couloir était noir comme un four. Je frottai une des allumettes pendant que John remettait les verrous et la chaîne en place.

— De quel côté ? demandai-je.

— Je ne sais pas. À droite ?

Sa main tâtonnait dans le noir. S'il cherchait la mienne, il était loin du but. Je lui donnai une tape sur les doigts.

— Vilain garçon, dis-je, doucement.

— Pur hasard, répondit-il d'une voix tout aussi douce, tout en ayant l'air aussi réjoui que moi.

Le succès nous était monté à la tête, mais notre euphorie ne dura guère. Main dans la main, nous trébuchions dans le sombre corridor, tout en essayant de nous repérer en touchant le mur de notre main libre et en traînant les pieds. Je n'aurais pas été surprise de trouver un trou dans le mur ou une trappe tant l'endroit était sinistre. Je proposai de frotter une deuxième allumette, mais John s'y opposa. Nous n'en avions pas beaucoup, et nous devrions peut-être affronter des situations où elles s'avéreraient bien plus indispensables.

On finit par tomber sur une impasse. La porte au fond

du couloir était fermée. Il ne nous restait plus qu'à rebrousser chemin. Nous étions un peu plus rapides, non seulement parce que nous connaissions les lieux mais aussi parce que nous prenions conscience du temps qui s'écoulait. Même si Bruno parvenait à se libérer, personne n'entendrait ses cris à l'étage, mais la théorie de John ne m'avait malheureusement paru que trop plausible.

Il n'y avait aucune raison pour que la bande attende le lendemain matin pour se débarrasser de nous. Ils pouvaient arriver d'un instant à l'autre.

On se retrouva devant notre cellule – je sentis la porte, et nous ralentîmes à nouveau. Malgré mes précautions, je me cognai contre une chaise, celle de Bruno, sans doute.

De ce côté, le couloir débouchait sur un autre. Pour la première fois, on apercevait une lueur. On avança pour découvrir qu'elle venait d'une fenêtre à barreaux, très haute dans le mur. Mes yeux s'étaient habitués à l'obscurité, si bien qu'elle m'avait paru très brillante, mais ce n'était que le clair de lune, diffusé par un écran de buissons qui filtrait derrière le mur d'un mètre d'épaisseur. Nous étions dans une pièce avec des étagères couvertes d'objets hétéroclites. Une réserve, de toute évidence. Une ouverture sombre de l'autre côté indiquait la sortie. Une volée de marches nous mena à une autre porte. John l'entrouvrit et regarda par l'entrebâillement.

— Une autre réserve, dit-il. Tout va bien.

Dans cette deuxième pièce, légèrement surélevée, il y avait des fenêtres et des rangées de casiers.

— La cave à vins ! Je sais me repérer à présent. Je ne m'étais pas rendu compte que la porte était là !

— Laissez tomber le baratin touristique, sortez-nous de là ! grommela John.

C'était plus facile à dire qu'à faire. Cette pièce était un vrai labyrinthe, et chaque nouvelle allée ressemblait à la précédente. Nous avions traversé une rangée sans trouver d'issue et nous étions engagés dans la seconde lorsque la main de John se resserra sur la mienne.

Je les entendis presque en même temps que lui. Ils n'essayaient même pas d'être discrets. Pourquoi se donner ce mal ? Quelqu'un sifflotait. D'après les bruits de pas, un deuxième homme au moins l'accompagnait. Quelques secondes s'écoulèrent. On ne bougea pas d'un pouce. Un faisceau de lumière, brisé en formes grotesques par les casiers à bouteilles, s'intensifiait dangereusement.

John s'aplatit par terre, m'entraînant avec lui. Ils passèrent à moins d'un mètre cinquante de nous. S'ils avaient regardé de notre côté, ils nous auraient démasqués. Ils étaient deux. Je reconnus les deux hommes que j'avais vus travailler près du garage. La lumière de leur lampe était si intense que je me protégeai les yeux.

Bon, pour être honnête, je faisais l'autruche, espérant qu'ils ne me verraient pas puisque je ne les voyais pas ! Je ne m'étais jamais sentie aussi vulnérable.

Ils passèrent leur chemin sans ralentir et se dirigèrent vers une autre aile. La lueur diminua, tout comme l'intensité des bruits de pas.

John m'aida à me relever. Il n'avait pas besoin de me dire de me dépêcher. Nous disposions d'environ une minute et demie avant que l'alarme soit donnée.

J'étais prête à courir, peu importait où. Nous étions tout juste sortis de la cave à vins lorsque John me fit signe d'arrêter.

— Attendez ! Inutile de courir dans tous les sens. Donnez-moi une idée des différentes possibilités à partir de là.

— Le grand escalier est par-là, dis-je en indiquant la direction. Il donne sur l'aile de service, près des appartements du majordome.

— C'est de là que sont venus nos amis, ils reprendront le même chemin. Il doit bien y avoir une autre issue. Qui donne de préférence dans le néant…

J'essayai de rassembler mes souvenirs. Ce n'était pas facile, mon cœur tambourinait si fort que je m'entendais à peine penser.

— Un instant, oui, il y en a une autre… par ici.

On ne comprend jamais mieux que le temps est subjectif qu'en des moments pareils. À chaque seconde, je m'attendais à entendre des hurlements et des cris, des bruits de poursuite, mais nous avions déjà couvert une bonne distance lorsque les premiers échos de pas nous parvinrent, assourdis par l'éloignement et les murs que nous avions mis entre nous et nos poursuivants. Mais je les entendis néanmoins, je les écoutais.

J'accélérai encore l'allure. Par miracle, on ne s'écrasa pas la tête contre un mur, mais on percevait un peu de lumière puisqu'on se trouvait désormais à l'étage supérieur des caves. C'était un miracle que je me souvienne du chemin. Néanmoins, j'ai un très bon sens de l'orientation, qui fonctionne encore mieux lorsque l'échec est synonyme d'exécution imminente. Nous étions exactement où je le pensais, au pied d'un escalier de pierre grossier, qui débouchait sur une lourde porte.

On devait prendre le risque de griller une allumette pour l'ouvrir. La vieille serrure n'était pas exceptionnelle, mais elle était renforcée par l'armada habituelle de barres, de verrous et de chaînes. Une fois tous ces accessoires débloqués, la porte refusa malgré tout de bouger.

J'aurais pu forcer la serrure si j'avais eu le temps, les mains qui ne tremblaient pas et les outils nécessaires. Hélas, les trois éléments manquaient. Je frottai donc une autre allumette et regardai autour de moi. Et, là, je vis la clé, suspendue à un clou. Ma grand-mère rangeait toujours les siennes au même endroit. Cela me rappelait merveilleusement la maison.

La porte craquait affreusement, mais, par chance, il n'y avait personne autour de nous pour l'entendre. Elle ouvrait sur un carré de mauvaises herbes, fermé par des murs crépis percés d'un portail, juste en face de nous.

John referma la porte.

— Ce n'est pas vraiment important. Ils sauront qu'on est sortis par-là en voyant que la chaîne est défaite. Où sommes-nous ?

— Pas la moindre idée !

La courette mesurait environ trois mètres sur cinq. John avança au milieu, mit les mains sur les hanches, leva la tête et contempla le ciel. La lune déversait ses rayons argentés sur ses cheveux et projetait des ombres fantomatiques sur son corps. On aurait dit un très jeune saint, l'un des moins efficaces, s'adressant au Tout-Puissant. Je restai dans l'ombre de la maison, m'y sentant plus en sécurité.

— Alors ? demandai-je.

— Chut…

Il revint vers moi.

— Nous sommes juste derrière la villa.

— Ça, j'aurais pu vous le dire.

— Elle est exposée ouest, continua John, imperturbable. On cherche la route de Rome, qui est donc de ce côté…

— C'est peut-être ce qu'on cherche, mais ce qu'il faut, c'est s'éloigner de la villa. Il n'y a sûrement pas plusieurs moyens de sortir de ces caves, et ils ne vont pas mettre longtemps à vérifier. Bruno pourrait arriver d'un instant à l'autre. Ne restons pas là.

— Un point pour vous !

Le portail donnait dans une autre cour. Les moindres parcelles du parc semblaient murées et je commençais à me sentir claustrophobe. On finit par retrouver un bâtiment familier, le garage.

— Hé, dis-je en prenant le bras de John, et si…

Il ne lisait pas dans mon esprit, il pensait simplement à la même chose que moi.

— Inutile. Nous n'avons pas les clés. Antonio dort à l'étage, et il nous entendra avant que j'aie pu en faire démarrer une. Et si nous volons une voiture, la seule chose qu'ils auront à faire, c'est appeler la police de Tivoli et nous dénoncer.

— Une seule raison, c'est largement suffisant. *Avanti !*

Un autre portail et une autre cour nous menèrent enfin à l'abri d'un mur de pierre. Hors d'haleine, on s'écroula au pied du mur.

— Le parc commence ici, dis-je. Ça devrait aller maintenant. Ce décor ne manque pas de cachettes !

À quatre pattes, tel un lapin nerveux, John se raidit soudain et redressa la tête.

— Regardez !

En haut de la colline, la villa se détachait sur le ciel étoilé. Cela aurait dû être une sombre silhouette informe, mais les lumières s'allumaient une par une, fenêtre après fenêtre en un véritable feu d'artifices. Terrifiée, je contemplai ce spectacle de mauvais augure lorsqu'une lumière s'alluma tout près de moi, comme si les arbres étaient couverts d'ampoules et non de feuilles.

Mon regard horrifié se tourna vers John. Je voyais jusqu'aux perles de sueur qui suintaient sur son front et aux pupilles de ses yeux exorbités.

— Merde ! Quel est le crétin qui a branché toutes les illuminations du parc ?

NEUF

Pietro n'avait pas exagéré en disant que lorsque le jardin était illuminé, il y faisait presque aussi clair qu'en plein jour. Il restait bien quelques poches d'ombre, mais avec les lumières, notre fuite serait mille fois plus difficile.

Une jolie petite lanterne était suspendue au-dessus de nos têtes. Tapis sous un rhododendron géant un peu plus loin, nous commencions à réfléchir tout haut.

— Il y en a combien ? À nos trousses, je veux dire.

— J'avais compris ! La plupart des domestiques ne sont pas dans le coup, mais cela n'a pas d'importance. Ils nous chercheront aussi, vous pouvez le parier. Le Boss aura concocté une petite histoire pour leur donner un bon prétexte. Et inutile de vous faire de faux espoirs, certains seront armés. On ne saura pas lesquels avant qu'ils aient commencé à tirer. Savez-vous quel est le moyen le plus rapide de sortir d'ici ? Je n'ai pas exploré le parc aussi à fond que vous.

Je fermai les yeux et tentai de me souvenir. Le plan du parc était assez clair dans mon esprit.

— Le chemin le plus rapide n'est pas forcément le plus sûr, dis-je quelques instants plus tard. Mais si on traverse le jardin anglais et qu'on passe devant la fontaine des Tortues, on se retrouvera dans la roseraie. Et ensuite, le mur n'est plus très loin…

Mon enthousiasme retomba à l'évocation de ce mur. Haut de trois mètres cinquante, il était surmonté de barbelés.

— On s'inquiétera du mur quand on sera devant, dit John. Avec mon niveau d'adrénaline, j'arriverai probablement à sauter par-dessus à pieds joints !

Je n'avais pas la moindre envie de quitter ce rhododendron au feuillage épais et aux grosses fleurs mauves. Accroupis, nous longeâmes le mur qui finissait sur un pavillon d'été en forme de tonnelle. On le contourna pour se retrouver sur un terrain dégagé. Nous avions de la chance d'être au printemps, l'herbe était douce et molle, et aucune feuille morte ne craquait sous nos pieds.

Le jardin anglais était bordé d'une haie de buis. Cette plante est très dense et très haute au bout de quelques années. On l'utilise parfois dans les labyrinthes, car il est difficile de se faufiler à travers. En restant dans son ombre, nous trouvâmes un endroit où la haie était assez clairsemée pour regarder entre les branches.

Le jardin anglais était l'un des préférés de Pietro, il n'avait pas lésiné sur les illuminations et je savais qu'il nous serait impossible de le traverser : nous nous serions jetés sous les feux de la rampe !

On se contenta donc de ramper à plat ventre le long de la haie de buis. Je ne vous recommande pas ce moyen de locomotion mais je n'en voyais pas d'autre, et, une fois arrivés à l'entrée de la grande allée, je nous pensais sortis d'affaire. Tels des piliers vivants, de hauts cyprès pointus fournissaient une ombre noire que les petites lumières délimitant le chemin ne suffisaient pas à percer. En légère pente descendante, l'allée dessinait les contours de la colline. On allait vite et nous étions presque de l'autre côté, à proximité de la roseraie, lorsque j'entendis un son qui me fit sursauter et trébucher sur un pétunia. Un chien aboyait !

— Le chien des Baskerville ! dis-je, d'une voix étouffée.

— Ne soyez pas stupide ! dit John qui n'écoutait plus. C'est bien pire. C'est César !

— Oh, non !

— Oh, si ! C'est le seul chien du parc ! Je croyais que vous aimiez les animaux ! Dépêchez-vous !

Renonçant à toute précaution dans notre hâte, nous descendîmes la colline. César pourrait nous attirer de sacrés ennuis. Les chiens de chasse suivraient une piste, mais notre bon vieux César ferait n'importe quoi pour retrouver la copine qui lui avait donné du foie gras et des huîtres fumées et qui s'était roulée dans l'herbe avec lui. Avec leur bon cœur, les chiens n'oublient jamais ce genre de choses ! Et ils ont un sens de l'odorat à toute épreuve.

En bas de l'allée, je tournai à droite vers la roseraie. La main de John se resserra sur mon bras et il me retourna.

— Qu'est-ce qui vous prend ?

— Laissez tomber la roseraie ! Il nous faut de l'eau. De l'eau courante. Que ce satané chien perde notre piste !

Il haletait, et je ne le lui reprochai pas. L'eau, ce n'était pas ce qui manquait, mais les fontaines étaient toutes merveilleusement illuminées. Dans des jets d'éclaboussures, nous traversâmes l'une des plus grandes, en trébuchant sur les nymphes et les dieux aquatiques. John glissa sur la pierre mouillée et se raccrocha à une nymphe pour conserver son équilibre. Le tableau était si touchant que je me mis à rire.

Un jet d'eau entra dans ma bouche, si bien que mon rire se transforma en gargouillis, ce qui me valut un regard noir de John s'extirpant des bras de marbre. Il était trop essoufflé pour faire le moindre commentaire, ce qui valait sans doute mieux pour moi.

Perchés sur le parapet de la fontaine, on se mit à courir. J'avais perdu tout sens de l'orientation, mais John semblait savoir où il allait, si bien que je le suivais, motivée par les joyeux jappements qui résonnaient au loin. Pourtant, lorsque je compris ce qu'il avait en tête, je m'arrêtai net.

L'une des plus grandes fiertés de la Villa d'Este, c'est son allée des Cent Fontaines. Ces « fontaines » ne sont que de simples jets d'eau, mais actionnés ensemble dans leur long bassin, ils donnent un effet fort impressionnant. De peur d'être en reste, les ancêtres de Pietro avaient construit une allée des « Deux Cents Fontaines ». De là où nous étions, en bas de la pente, les fins jets d'eau semblaient monter jusqu'au ciel. John fit un grand saut en longueur, retomba à plat et commença à esquisser des gestes de natation.

Je ne savais pas ce qui m'arrivait. La nervosité, peut-être. Je fus prise d'un tel fou rire que je dus me retenir à un dauphin de pierre pour ne pas tomber.

John se redressa sur ses pieds, attrapa un autre dauphin – il y en avait tout le long du bassin – et me regarda.

— Ce sont les saumons qui font ça, gargouillais-je. Pour remonter le courant. Pour se reproduire.

Dégoulinant de la tête aux pieds, il déploya ses bras, et tendit l'index.

— Nagez, bon sang ! cria-t-il en recommençant à grimper.

Le grondement de l'eau couvrait presque entièrement sa voix, mais je compris néanmoins. Je grimpai dans le bassin.

Nous ne nagions pas. C'était impossible. La fontaine de deux mètres de large avait moins d'un mètre de profondeur et l'eau avait la force d'un tsunami. Nous aurions même eu du mal de marcher avec un tel courant, mais nous pouvions nous retenir aux dauphins. Les deux cents fontaines s'écoulaient de leur gueule, et comme il y en avait un tous les mètres, nous pouvions nous y retenir et passer de l'un à l'autre. J'aurais bien aimé voir le film de cette expédition ! Même au cœur de l'action, j'étais prise de fou rire en voyant la silhouette trempée de John se propulser en avant juste devant moi.

À mi-chemin, nous n'avions toujours pas été repérés. J'avais trouvé le rythme à présent : un pas, une glissade, le cou du dauphin, un pas, une glissade, le cou du dauphin… et j'étais prête à continuer ainsi jusqu'au sommet. Nous n'étions pas encore tout à fait en haut lorsque John fit un pas de géant, grimpa sur la tête d'un des dauphins, s'accrocha au mur, et se hissa en haut. Accroupi comme une grenouille mouillée, il tendit la main vers moi.

— Je commençais tout juste à m'amuser, dis-je gentiment, tandis qu'il m'attirait près de lui. Où on va, maintenant ?

Il me fit descendre du mur.

Je me retrouvai dans un bosquet d'azalées. Si vous croyez que les azalées ne piquent pas, eh bien, essayez de tomber dedans ! Avant que j'aie eu le temps de jurer, il atterrit à côté de moi et me mit la main sur la bouche.

De nouveau, j'entendis César. Il chauffait… il était trop proche pour notre sécurité. La première fontaine ne l'avait pas troublé. Nous pouvions simplement espérer qu'il perdrait notre trace au pied des Deux Cents Fontaines, et que si ceux qui l'accompagnaient étaient assez malins pour comprendre que nous étions entrés dans l'eau, ils essaieraient de nous rattraper en haut du complexe.

En attendant, il ne fallait pas traîner. On descendit la colline qu'on venait de grimper au prix de tant d'efforts. Ce ne fut que beaucoup plus loin, alors que César s'excitait de plus en plus, que je compris où nous étions. Désormais, notre meilleure carte consistait à traverser le jardin des monstres. Si nous voulions l'éviter, nous doublerions la distance qui nous séparait du mur d'enceinte et nous devrions traverser les zones les plus dégagées du parc.

Sous l'éclairage vert et violet, les monstres avaient l'air de sortir d'un roman de Lovecraft. La grande tête béante était éclairée de l'intérieur par un puissant projecteur rouge. Les fentes de ses yeux étincelaient, tel le regard d'un démon sorti de l'enfer, et les crocs semblaient maculés de sang. John me prit la main. Il avait les mains mouillées. Ce contact était chaleureux et réconfortant, même si je ne pense pas qu'il ait voulu me réconforter. Il était mort de trouille, comme moi. Je l'entendais claquer des dents. Nous étions trempés jusqu'aux os, mais la nuit était douce.

Les plus petits monstres n'étaient pas tous éclairés, et je serais tombée sur un bébé dragon si John ne m'avait pas retenue. Le dragon adulte, qui avait failli m'écraser était juste devant nous, paraissant affreusement vivant dans la lumière lavande d'un projecteur. Puis, j'entendis un son derrière moi, près de la grande tête de pierre.

Le rayon d'une lampe de poche apparut. Sa lumière blanche semblait saine et normale, comparée aux teintes fantasmagoriques des autres éclairages, mais je m'en serais bien passée. D'un même geste, sans nous être concertés, nous nous plaquâmes au sol. Ensuite, il se produisit un incident vraiment désagréable. De l'autre côté du jardin, près de la sortie, un nouveau faisceau de lumière apparut.

J'invoquai mon créateur en chuchotant quelques monosyllabes, mais John me fit taire aussitôt. Heureusement, personne ne m'avait entendue, car une voix retentit au même moment. Il avait parlé doucement, mais je l'avais parfaitement entendu. Oui, il était très près !

— C'est moi, Alberto.

L'autre homme s'identifia.

— Bassano. Tu les as vus ?

— Non. Je viens du portail de derrière.

Bassano lâcha une bordée d'injures.

— Retournes-y, crétin, il faut surveiller les sorties !

— Et le jardin ?

— Je vais faire un tour. Allez, magne-toi !

J'essayais de me compresser autant qu'une petite feuille, tandis que le faisceau se rapprochait. Le deuxième homme était parti… et John aussi. Il m'avait lâché la main lorsque nous nous étions jetés à terre. Il avait dû s'échapper pendant la conversation entre les deux hommes.

J'eus à peine le temps de former des pensées peu aimables à son encontre que le dragon se mit à bouger. Je fis un bond de dix centimètres. Bassano aussi. Je vis le faisceau de sa lampe se perdre dans le ciel avant qu'il en reprenne le contrôle. Il jura à nouveau… Pure fanfaronnade, sa voix tremblait ! Je compatissais. Les statues animées étaient déjà terrifiantes en plein jour et baignées de lueurs fantomatiques, avec des ombres mouvantes qui glissaient sur leur peau de pierre, tels des muscles qui se contractent, elles ressemblaient à des créatures cauchemardesques.

Toutes les statues bougeaient à présent, les mécanismes rouillés grinçaient et grognaient. Je me demandai quel chemin prendre lorsque je vis John accroché au flanc d'un énorme dragon qui avançait en arc de cercle dans ma direction. Il sortait de la lueur du projecteur mauve, son arrière-train toujours plongé dans le noir. Je n'aurais jamais vu John s'il ne m'avait fait signe.

Bassano et sa torche avaient disparu. Je crois qu'il s'était enfui. C'est ce que nous fîmes également dès que le lourd dragon poursuivit sa course vers le portail arrière. Nous n'avions plus qu'un seul jardin à traverser, et ensuite nous nous retrouverions au pied d'une volée d'escalier, arrosée par une cascade artificielle avant d'arriver sur la terrasse basse et le mur. Nous n'avions pas une seconde à perdre. Dès que Bassano aurait repris ses esprits, il comprendrait que c'était John qui avait actionné le mécanisme.

Je songeai à le lui dire, mais décidai qu'il valait mieux économiser ma salive pour des choses plus importantes, notre fuite, par exemple. Il barbotait allègrement au milieu de la cascade en escalier, tel Gene Kelly dans *Chantons sous la pluie*. Mince et noueux, il avait un corps de danseur, mais pour l'instant, son élégante silhouette n'était que trop visible dans les lumières ambrées qui inondaient la fontaine. Il avait renoncé à la discrétion au profit de la vitesse, ce qui n'était pas forcément idiot.

Nos poursuivants ignoraient notre position exacte, ils

savaient simplement par où nous étions passés un instant plus tôt.

Très en avance sur moi, John arriva en bas de l'escalier et traversa la terrasse en courant. Le haut mur se dressait devant nous, le tortillon de fer barbelé formant une délicate dentelle noire dans le clair de lune. Il y avait des arbres à droite et à gauche, mais aucun devant nous. John décida d'aller à droite. Il vira trop vite. Ses chaussures mouillées dérapèrent sur les dalles, ses pieds se dérobèrent sous lui et il s'étala de tout son long, tel un poisson plat. Au même instant, j'entendis des voix excitées en haut de l'escalier.

Je glissai jusqu'à John et le remis sur ses pieds.

— C'est la jeune héroïne qui est censée tomber maladroitement, dis-je, gentiment.

J'aurais sans doute eu droit à une réponse acerbe, si la chute ne lui avait coupé le souffle. Il s'accrocha à moi pendant un instant, essayant de retrouver sa respiration. Puis il se dirigea vers l'arbre le plus proche et commença à grimper sans attendre que je le suive.

Les arbres en fleurs, de je ne sais quelle espèce, embaumaient d'une douce fragrance. Les pétales de velours me caressaient le visage et les bras pendant que je montais à l'arbre.

Agile comme un singe, John se trouvait déjà beaucoup plus haut que moi. Je ne pouvais m'empêcher d'admirer son instinct de survie exacerbé, qui ne s'encombrait pas d'un quelconque sens de la chevalerie archaïque. Il était plus lourd que moi néanmoins, et il se retrouvait coincé à presque deux mètres du sommet du mur. Les branches devenaient trop fragiles pour son poids.

— Écartez-vous de là, sifflai-je. Je suis plus légère, je pourrais peut-être…

Il ne répondit pas mais je cessai de parler car les voix et les faisceaux des lampes descendaient l'escalier. Lorsque les hommes arriveraient en bas, ils balayeraient leur droite et leur gauche, et s'ils avaient pour deux sous de jugeote, ils éclaireraient les arbres sur lesquelles nous étions assis, tels des fruits murs sur les branches maigrichonnes.

Une cascade parfumée de pétales satinés inondait mon visage tourné vers le ciel. John, là-haut, semblait avoir une crise cardiaque. Soudain, je compris qu'il essayait d'ôter sa veste – tâche peu aisée, mouillée comme elle l'était. Il se redressa, oscillant dangereusement, puis jeta d'abord sa veste avant de s'élancer vers le sommet du mur.

Je grimpai sur la branche qu'il venait de libérer et attrapai sa main. Il poussa un cri de douleur étouffé.

— Qu'est-ce qu'il y a ? demandai-je sans prendre garde à baisser la voix tant les types en bas étaient bruyants.

— Vous venez juste de précipiter ma main dans les barbelés, dit John.

C'était forcément John, car il était le seul là-haut, mais je n'aurais jamais reconnu sa voix, tant il grinçait des dents.

— Nom d'une pipe, servez-vous de vos pieds ! Vous n'avez jamais fait d'escalade ? Je ne peux pas tirer votre poids pas si négligeable...

Je réussis à passer mes coudes au-dessus du mur, où sa veste recouvrait les pics des barbelés et me hissai sur mes pieds. Nos poursuivants étaient toujours sur la terrasse, hurlant comme une meute de loups ou comme une bande de vieux députés discutant de la loi sur l'égalité des chances.

— Bon, dit John, tandis que j'étais toujours en équilibre précaire sur le mur. Sa voix avait retrouvé son calme. Allez-y doucement ! Les barbelés ne recouvrent pas tout le mur, il y a une dizaine de centimètres libres de chaque côté. Marchez dessus. Non, pas là ! Un peu plus à gauche. Bien. Le sol est à deux mètres cinquante environ, il est un peu plus haut de l'autre côté. Laissez-vous glisser sur les mains et lâchez-vous.

Sa main posée sur mon coude m'aidait à garder l'équilibre tandis que je marchais au-dessus des barbelés. Je me concentrais si fort pour éviter les pics que j'étais à peine consciente du brouhaha en contrebas, à moins de dix mètres de nous.

Nos poursuivants gesticulaient sur la terrasse. Plusieurs étaient munis de lampes torches, mais pour l'instant ils succombaient à une des faiblesses auxquelles le charmant caractère latin est si enclin : ils se disputaient sur la conduite à tenir. Certains voulaient aller à droite, d'autres à gauche ; un des plus raisonnables leur suggérait de se séparer, mais ses arguments étaient inaudibles sous les vociférations des autres, trop passionnés par la discussion pour régler le problème de manière sensée. Ils agitaient leurs lampes dans tous les sens en parlant – aucun Italien ne peut vraiment s'exprimer sans les mains, et les faisceaux lumineux me rappelaient les vieux films sur la Seconde Guerre mondiale, avec les projecteurs antiaériens scrutant le ciel nocturne.

Tôt ou tard, l'un de ces faisceaux finirait par nous repérer. Seule la chance avait permis qu'ils ne nous démasquent pas soixante secondes trop tôt.

J'étais suspendue par les mains, mais j'avais les pieds enfoncés dans une craquelure de la surface du mur. Je ne me résignai pas à me lâcher. John avait dit qu'il n'y avait que deux mètres cinquante, mais qu'en savait-il ? Je pouvais tout aussi bien être suspendue au-dessus d'un abîme sans fond. Il faisait un noir d'encre. John était penché au-dessus de moi. Ma main droite se retenait toujours à son poignet. Il devait être assis sur le fil barbelé, car ses encouragements étaient mêlés de commentaires plus profanes. Soudain, sa chevelure ébouriffée s'éclaira comme un halo de Pop Art, et le faisceau se braqua sur son visage. Il écarquilla les yeux et ouvrit la bouche, mais je n'entendis pas ce qu'il me dit. Ses paroles furent assourdies par le son d'un coup de feu.

Je lâchai le mur, sans lâcher John. Je l'entraînai avec moi, et il hurla lorsque les fils barbelés lui lacérèrent le corps. Je ne l'entendis pas. Au pied du mur, de l'autre côté, les hommes faisaient un vacarme de tous les diables. Si je n'avais pas été sûre du contraire, j'aurais juré qu'ils étaient armés de fusils-mitrailleurs ou de mitrailleuses.

En fait, le sol était situé à deux mètres quatre-vingt, moins d'un mètre en dessous de la semelle de mes chaussures. J'atterris tout en douceur, mais John tomba sur moi. On s'écroula en un tas informe et on se mit à rouler sur une pente à quarante-cinq degrés au moins. Tous les cailloux laissaient d'horribles bleus sur mon corps douloureux. Un ruisseau coulait au pied de la colline. Bien sûr, on se retrouva dedans ! Nous n'avions sans doute pas échappé à un seul obstacle naturel de cette colline.

Je m'étais accrochée à John. Sans doute pour l'utiliser comme coussin, si bien qu'on se retrouva au même endroit : dans l'eau. Je ne voudrais pas me montrer méprisante avec ce ruisseau. C'était un joli ruisseau, peu profond, avec un lit de sable aux eaux assez chaudes. Je restai allongée avec le courant qui ondulait tout autour de mon corps meurtri, attendant de retrouver mon souffle. Au loin, on apercevait des lumières et on entendait les gens crier. Une tête pesait lourdement sur mon diaphragme.

— John ?

Pas de réponse.

— Bon, j'espère que c'est vous, sinon, qui c'est ?

La tête bougea faiblement. Puis une voix désincarnée murmura...

— De l'eau. Encore de l'eau. Cela doit sûrement avoir un sens profond. En termes freudiens.

— Laissez tomber Freud. C'est un ruisseau. On est tombés dedans. John, on a réussi... On est sortis du domaine !

— Super.

Le poids sur mon diaphragme se fit plus lourd.

— On est sortis, mais on est toujours en danger, je crois qu'il vaut mieux ne pas traîner ici.

Nous avions roulé très loin. En haut de la colline, les lumières paraissaient lointaines, les voix n'étaient plus que des bourdonnements d'insectes, mais je ne m'y trompais pas.

— John, ces hommes sont armés !

— Je ne le sais que trop.

John se redressa.

— Ce n'était pas une plaisanterie ? Nous sommes vraiment dans un ruisseau ? Je n'ai jamais vu de pays aussi humide. On dit que l'Angleterre est humide, mais ici...

— C'est à cause du chien, dis-je. On aurait pu éviter pas mal d'eau, sans César. John, je m'inquiète pour lui. Ce Bruno est un mauvais maître. Quand on sera sortis d'ici...

— C'est gentil de m'y faire repenser..., dit John en se relevant lentement. Tant que nous sommes dans le ruisseau, nous devrions y rester au cas où ils iraient chercher le chien.

— On ne risque plus de se mouiller...

John ne répondit à ce joyeux commentaire que par un grognement.

On repartit donc, en marchant dans le courant. Peu à peu, les rives s'élevaient de chaque côté, et on finit par avancer dans un petit ravin, avec des arbres qui se penchaient au-dessus de nos têtes et des racines qui s'enfonçaient dans les rives boueuses, telles des bras noueux. À en juger par les cris lointains, les recherches n'étaient pas abandonnées, mais je commençai à me détendre. Le chien ne retrouverait pas notre trace dans l'eau et les hommes ne pouvaient nous voir qu'en braquant leurs lampes sur nous. Par endroits, les rives étaient fortement concaves. Le courant devait être rapide et haut à certaines saisons pour avoir creusé le sol si profondément. Le problème, c'est qu'il était difficile de nous repérer. La raideur des flancs et les branches nous bouchaient presque tout le clair de lune. Je tendis le bras et attrapai John par la manche de chemise. Elle était toujours mouillée, trempée même.

Il s'arrêta lorsque je le touchai et sa respiration se transforma en un hoquet aigu.

— N'ayez pas si peur ! criai-je. Je n'y vois goutte. Je voulais juste…

Je commençai à comprendre. Je ne devinai pas la vérité d'un seul coup, mais petit à petit. La première chose qui me frappa fut l'aspect étrange du tissu. Il était mouillé, bien sûr, mouillé et collant. Avant que mon esprit faible puisse passer à l'étape suivante, John tomba dans l'eau, en m'éclaboussant jusqu'aux genoux.

Le courant n'avait pas plus de dix à quinze centimètres de profondeur, mais c'est bien assez profond quand on est à plat ventre, ce qui était le cas. Il ne me fallut pas plus de quelques secondes pour retourner John, mais le temps me parut bien long. Il ne m'aidait pas. Pour la deuxième fois en quelques heures, il s'était évanoui, et je dois avouer que je ne respirais pas avant qu'il crache, prouvant ainsi qu'il était vivant.

L'eau ruisselait autour de son visage, et je le tirai sur le bord de la rive fortement creusée à cet endroit. Il était tellement mouillé que j'eus du mal à savoir où il était blessé. Je ne voyais rien en dehors du faible éclat de ses cheveux blonds, car sa chemise était boueuse et sombre. Je finis par décider que la plus grave blessure était celle de la balle qui l'avait touché au bras. Il devait avoir perdu pas mal de sang, et la plaie saignait toujours abondamment.

Un malheur n'arrive jamais seul. J'examinai mon attirail limité, essayant de trouver ce que je pourrais utiliser pour en faire un bandage et un garrot, tout en me demandant comment j'y parviendrais dans le noir absolu lorsqu'un bruit retentit au-dessus de ma tête, et que de la boue se mit à tomber dans l'eau. Un des poursuivants devait avoir entendu les éclaboussures et suivi notre piste. Il se déplaçait dans le noir, mais soudain il alluma sa lampe et la braqua vers le ravin.

Par chance, il se trouvait sur la même rive que nous. J'avais traîné John totalement hors de l'eau, pour pouvoir l'examiner, et nous étions blottis contre la paroi concave. Le faisceau illumina la rive opposée et une bonne partie du courant.

Si notre poursuivant avait été aussi malin qu'il le croyait, il aurait remarqué qu'une petite vague s'était formée et avait disparu sur la rive opposée au cours des dernières minutes et il aurait pu en tirer des conclusions fructueuses. Cela me paraissait si évident que je retenais ma respiration, m'attendant à ce qu'il appelle les autres à la rescousse.

C'est un animal qui nous sauva. Je ne sais pas lequel, car je ne l'ai pas bien vu : une ombre brillante et floue se glissa dans l'eau et s'enfonça dans un trou, sur la rive opposée. Un rat d'eau peut-être. Quoi qu'il en fût, l'homme lui attribua les bruits d'éclaboussures qu'il avait entendus. Il grommela quelque chose et jeta une pierre en direction de l'animal, ce qui montre bien à quel genre de personne nous avions affaire. Il le rata d'un kilomètre. Notre poursuivant rebroussa chemin. Je l'entendis se frayer un passage dans les herbes, sans prendre la précaution de rester silencieux.

Sa lumière nous avait toutefois été utile. Dans la lueur réfléchie, j'avais pu examiner la blessure de John. Avec un soupir silencieux, je commençai à me tortiller pour ôter mon corsage. Il était aussi propre que les autres vêtements que nous portions, autrement dit… pas très propre. Mais il faudrait bien s'en servir, au moins temporairement.

J'allais me sentir un peu bizarre, à faire de l'autostop sans corsage, mais l'instant de lumière dont nous avions bénéficié me racontait une autre histoire : si j'avais l'air aussi peu recommandable que mon compagnon, ce n'était pas un corsage de plus ou de moins qui allait changer quoi que ce soit.

DIX

Je suis optimiste de nature. Mais pendant ces quelques minutes, dans le noir et la boue, seule avec un homme qui perdait tout son sang sur mes genoux et une meute de brutes meurtrières qui parcourait les champs à nos trousses… je me sentais déprimée. J'étais découragée au point de songer à nous rendre, afin que John puisse être soigné. Néanmoins, j'écartais presque aussitôt cette éventualité. Nos chances étaient minces, mais si nous nous rendions, tout était fichu. Mon père, qui connaît plus de vieux aphorismes, proverbes, dictons et adages que quiconque, aurait trouvé un peu de réconfort dans sa collection de truismes : « Impossible n'est pas anglais » ; « Qui ne risque rien n'a rien » ; « Tout vient à point à qui sait attendre… » Et il aurait eu raison.

Quatre heures après avoir pensé abandonner le navire, je me retrouvai à l'arrière d'un camion qui fonçait dans la banlieue de Rome. Le ciel s'éclaircissait à l'est et les étoiles s'éteignaient peu à peu. Le camion était une vieille épave qui tenait avec des bouts de ficelles et pas mal de prières, et je manquais de confort car je devais me blottir dans un espace peu adéquat pour mon gabarit. Le plateau du camion était rempli de légumes. L'angle d'un cageot de tomates s'enfonçait dans mon dos et j'avais un sac de carottes sur les genoux. John était à moitié allongé à moitié assis sur un sac de patates. Elles devaient être aussi grosses et aussi dures que des cailloux, mais il ne se plaignait pas.

La manière dont nous étions arrivés ici était déjà toute une aventure. John avait repris ses esprits pendant que j'essayais de lui bander le bras. Lorsque je lui avais demandé s'il était capable de marcher, il m'avait répondu qu'il aimerait autant envisager une autre solution s'il y en avait une. Je n'en voyais guère, et aucune ne semblait raisonnable. Je ne pouvais pas le porter. Nous ne pouvions pas attendre que l'aube illumine le ciel et nous dénonce à tous ceux qui nous cherchaient. Nous nous étions donc remis en la route.

Les vêtements, c'était un coup de chance, mais je dois m'attribuer une part du mérite. J'avais cherché. Dans la banlieue de Tivoli, nous avions déniché le jardin d'une ménagère trop paresseuse pour avoir rentré sa lessive avant la nuit. John se plaignait beaucoup de ses vêtements. D'accord, le pantalon était trop court de quinze centimètres et bien trop large dans toutes les autres dimensions, mais la chemise bleue de coton rustique était agréable et ample. Il avait besoin de beaucoup de tissu pour couvrir les bandages et les cicatrices de la bataille. Moi, j'avais eu le choix : un vêtement noir informe qui appartenait à la maîtresse de maison ou la jupe de rayonne bon marché et le chemisier de la fille. John m'accusa de futilité en voyant que j'optais pour la seconde solution. Les vêtements étaient un peu courts et trop collants, mais ce n'est pas par vanité que je les avais choisis, comme le prouva la réaction du premier camionneur auquel j'avais fait signe et qui pila dès qu'il m'aperçut dans la lueur des phares.

Les chauffeurs ne furent pas aussi enthousiastes en voyant John qui s'était tenu un peu à l'écart pendant que je levais le pouce, mais ils nous acceptèrent tous les deux avec un haussement d'épaules et une petite grimace (l'un avait haussé les épaules, l'autre avait grimacé). C'étaient deux frères qui allaient faire le marché à Rome. Voilà comment nous nous étions retrouvés au milieu des légumes. Je ne sais pas ce que nos nouveaux amis avaient pensé de nous. Nous aurions pu faire partie des nombreux étudiants fauchés, qui sillonnent les routes européennes en été, dorment dans la paille ou des lieux bien moins respectables, sans cesse à la recherche de transports gratuits et de nourriture.

John s'endormit dès qu'il s'allongea dans le camion. J'aurais dû me sentir fatiguée moi aussi, car la nuit avait été très agitée. Mais j'étais trop en alerte pour sombrer dans le sommeil. Accrochée à mon sac de carottes, je regardais le soleil qui se levait sur Rome.

Sous les premiers rayons, la brume qui planait au-dessus de la ville se teintait de la douce couleur rosée des coquillages avant de se dissiper quand le ciel passa du rose au bleu. Au-dessus des toits en pente, la grande coupole de Michel-Ange dominait la ligne d'horizon. À l'approche de la ville, d'autres repères visuels au sommet des sept collines commençaient à se dessiner : la tour élancée du clocher de Santa Maria Maggiore, sur la colline de l'Esquilin, le dôme de Jésus, les tours baroques de Trinita dei Monti en haut de l'escalier de la Piazza di Spagna.

On entra dans la ville par la Porta Pia, entre les vieux murs de l'Empire, et on fonça dans la via Venti Settembre à une vitesse très excessive, même pour cette heure matinale. En traversant la Piazza Venezia, je commençais à me demander où nous allions. Nous étions au cœur de la ville à présent. Mussolini s'était adressé aux Romains du balcon du Palazzo Venezia, sur cette place dominée par l'immense structure de marbre blanc du monument de Victor Emmanuel II. J'aurais bien échangé cette visite guidée pour une petite excursion au commissariat ou à la préfecture ! Je n'osai quand même pas demander aux deux frères de Tivoli de nous y emmener. Les gens se méfient des étrangers qui veulent voir les flics.

En passant devant la basilique San Andrea delle Valle, je commençai à me faire une petite idée. Je secouai John.

— Réveillez-vous, nous sommes presque arrivés.

La rue étroite où le camion finit par s'arrêter n'était qu'à deux pâtés de maisons de la via delle Cinque Lune. Démoralisée de voir que je me retrouvai là où tout avait commencé, je grimpai sur les légumes et sautai en bas du camion.

Il ne pouvait pas être plus de six heures du matin, mais les marchands avaient déjà installé leurs étals de chaque côté de la rue. Ce n'était qu'une ruelle médiévale sans trottoir, avec les sombres vitrines des échoppes et les maisons qui muraient la chaussée étroite. Les étals n'étaient qu'un assemblage branlant de vieilles planches, parfois abritées sous des auvents rayés, mais les décorations artificielles étaient parfaitement superflues. Les marchandises formaient de merveilleuses compositions de formes et de couleurs, plus chatoyantes que des milliers de drapeaux : de doux coussins de feuilles de laitues ondulées, de grosses pyramides symétriques d'oranges et de mandarines, des tomates flamboyantes comme un coucher de soleil, des lits de haricots verts, des cerises noires, des pêches et des fraises dans leurs petites cagettes de bois… Les gens continuaient à décharger d'autres légumes des camions qui bloquaient la rue, dans un vacarme assourdissant de moteurs, de cris et de claquements de portières. De nombreuses querelles éclataient, à propos de la qualité des produits ou de leur prix, pour l'essentiel.

Notre chauffeur descendit de la cabine et s'approcha de moi, un sourire agréable aux lèvres. Il était jeune, plutôt séduisant et le savait. Sa chemise ouverte jusqu'à la taille laissait voir le crucifix d'or qui brillait sur sa peau hâlée.

— Ça va, *signorina* ? demanda-t-il.

— *Molto bene, grazie.* Merci de nous avoir emmenés.

— *Niente, niente,* de rien, dit-il. *Dov'è vostro amico ?*

Oui, effectivement, où était-il ? Je levai les yeux. Je ne voyais qu'un pied qui dépassait des choux. Je le secouai doucement, par déférence à son statut de héros blessé. Mais j'étais inquiète. Il avait tenu le rythme sans se plaindre et sans défaillir, mais j'avais bien l'intention de trouver un médecin au plus vite.

— John, réveillez-vous ! Nous sommes arrivés.

Le chauffeur abaissa le hayon et commença à décharger, assisté par son frère au visage austère. La propriétaire de l'étal le plus proche, une petite femme forte avec trois dents en or, s'approcha ostensiblement pour demander le prix des carottes. Elle poussa un cri faussement outré lorsque mon ami lui annonça son prix. Pourtant, je voyais que c'était moi qu'elle observait, et après les premiers simulacres, elle ne feignit plus de s'intéresser à autre chose.

— Qui est-ce ? demanda-t-elle, en tendant un doigt calleux vers moi.

— Encore une de tes péronnelles d'étrangères que tu as ramassée, Battista ?

Battista, qui savait que je parlais italien, se contenta de quelques grognements réprobateurs. Je souris gentiment à la nouvelle venue et lui tendis le sac de carottes.

— Elles sont vraiment bon marché, *signora*, de très bonnes carottes, très sucrées. Une affaire. Mon ami est dans le camion. Il est tombé et s'est blessé hier, alors que nous étions en randonnée dans les collines. Le *signor* Battista a eu la gentillesse de nous conduire à Rome.

Je pensais qu'il valait mieux signaler que John était blessé au cas où il se serait encore évanoui. J'avais bien fait. Il s'extirpa des choux en rampant, une mine à faire peur. Il devait avoir gratté la blessure de sa tête, car du sang coulait sur sa joue.

La vieille dame poussa un cri de détresse et de sympathie. Les femmes de toutes les nationalités et de tous les âges fondent toujours devant un visage enfantin et quelques gouttes de sang.

— Ah, *poverino !* Mon pauvre enfant, comment vous êtes-vous fait ça ?

Assis sur le plateau de la remorque, John lui adressa un long regard de ses yeux d'un bleu de chérubin si attendrissants et sourit faiblement.

— J'ai fait une mauvaise chute, *signora*. Merci, c'est gentil à vous…

Elle tendit un bras dodu pour l'aider à descendre. Il avait le teint gris et maladif sous son bronzage et il serait sans doute tombé sans ce soutien. S'il s'était agi de tout autre que John, j'aurais compati moi aussi. Mais là, je réservai mon jugement.

— Je vais l'emmener chez le médecin.

— Non, ça ira, j'ai juste besoin de me reposer.

— Et où ? On ne peut pas aller à l'hôtel dans cet état. Surtout sans argent.

La vieille dame avait dû apprendre un peu d'anglais, à fréquenter les touristes.

— Ma fille a des chambres à louer. Son appartement est juste au coin de la rue.

Elle ne compléta pas son offre. Son expression prouvait clairement que sa méfiance naturelle entrait en conflit avec son instinct maternel.

John me faisait penser à saint Sébastien, toute la noblesse de la souffrance, les flèches en moins…

— Nous avons de l'argent, signora, murmura-t-il. Pas beaucoup, mais nous ne pouvons pas accepter la charité. Prenez, je vous en prie. Je crois que je suis capable de marcher un peu.

Il lui tendit une poignée de billets de cent lires froissés.

Tout ce que je possédais était dans mon sac et ma valise, à la villa. Stupide comme je l'étais, j'avais oublié que les hommes transportent tout dans leurs poches. Je n'avais certes pas l'intention d'aller dans un hôtel. Je voulais me rendre directement au commissariat. Lorsque j'avais évoqué cette possibilité avec John la veille, lors de nos errances, il ne s'était pas montré très enthousiaste, mais il n'avait pas formulé d'objection. À présent, je le soupçonnais d'avoir une autre idée en tête.

Je n'y pouvais rien de toute façon. Nous avions attiré pas mal de curieux. Les Romains sont des cyniques, des citadins typiques, mais dans toutes les villes, oui même à New York, vous pouvez faire appel aux bonnes volontés si vous êtes jeune, beau et dans le pétrin. Des bras compatissants aidèrent John à marcher dans la direction indiquée par la vieille dame. Je ne pouvais que suivre, avec mes vilaines pensées soupçonneuses.

L'appartement était vieux et peu meublé, mais il était relativement propre. En plus du lit métallique, il y avait une commode de bois, deux chaises à dos droit, un lavabo et une image de sainte Catherine recevant un anneau de l'enfant Jésus. De nouveau, je parlai de médecin, mais je fus réduite au silence par mes assistants qui avaient désormais l'impression que nous formions une grande famille. Ils n'auraient pas recours au médecin tant que le patient ne serait pas au bord de l'extrême-onction ! Un peu de vin, un peu de soupe, un peu de pasta, et le jeune homme serait comme neuf. La bosse sur la tête lui avait fait mal, mais il n'était pas sérieusement blessé.

Je finis par me débarrasser d'eux et fermai la porte. Je me tournai vers John qui était allongé sur le lit, les yeux dans le vague.

— Je vais vous envoyer un médecin. En allant au commissariat.

— Attendez !

Il s'assit avec une agilité qui confirma mes pires soupçons et m'attrapa par le bras.

—- Si nous en discutions avant ?

— Il n'y a pas à discuter. Je vous ai dit ce que j'avais l'intention de faire. Plus on attendra, plus Pietro aura de temps pour débarrasser son atelier.

— Asseyez-vous, dit-il en me serrant méchamment le bras. Je vous ai fait mal ?

— Parce que ce n'était pas exprès ?

— Non, je suis désolé. Mais vous êtes si impulsive.

Il balança ses jambes sur le côté, si bien que nous étions assis côte à côte. Ce mouvement soudain le fit pâlir un peu plus. Il forçait peut-être un peu son état, mais sa faiblesse n'était pas entièrement simulée.

— Vous allez vraiment me dénoncer ? demanda-t-il, avec un léger sourire en coin. Après tout ce que nous avons traversé ?

— Vous êtes resté avec moi, dis-je, à contrecœur. Vous auriez peut-être eu une meilleure chance de vous en sortir tout seul. John, cela ne me dit rien de jouer les balances, mais je n'ai pas le choix. Je refuse de laisser cette bande d'escrocs s'en sortir comme ça. Pourquoi prendre autant de gants avec eux ? Ils ont essayé de vous tuer.

— Je crois qu'il ne faut rien y voir de personnel.

— Personnel ou pas, quelle importance ? Comment pourrais-je accepter de vous laisser filer alors que je ne sais même pas ce que vous avez fait, dis-je, ma colère se mêlant à une certaine honte. Si vous me disiez en quoi consiste l'arnaque… Donnez-moi une autre solution…

— Cela semble raisonnable.

— Je veux dire si vous ne voulez même pas… Oh… vous allez tout me dire ?

— Oui.

— Bien. Allongez-vous, ajoutai-je. Vous n'avez pas l'air bien.

Il obéit. Je me tournai afin de le voir. C'était étonnant comme cet homme pouvait paraître innocent quand il le voulait. Il avait des yeux d'un bleu vif. Les ombres des cernes ressemblaient à des ecchymoses. Puis il souriait et de l'image de saint Sébastien, il passait à celle de Mercutio.

— Je suis né d'une famille pauvre et honnête...

— Soyez sérieux.

— Je le suis. Mes parents étaient très pauvres. Mais ils faisaient partie de la petite noblesse. Pas de la noblesse terrienne, malheureusement. Juste quelques hectares autour de la maison de famille, qui devrait tenir encore cinq ans avant que les termites la dévorent. Vous imaginez un peu quel handicap cela représente, la combinaison de la noblesse et de la pauvreté ? Je ne pouvais pas travailler…

— Balivernes ! dis-je vigoureusement, pour combattre l'effet dévastateur de ces yeux bleus. Les barrières de classe se sont effondrées dans un grand boum avec la Seconde Guerre mondiale. Même en Angleterre ! Si le duc de Bedford vend des souvenirs aux touristes qui viennent visiter son manoir, c'est que tout le monde peut travailler.

— Bon, cela valait le coup d'essayer, dit John, sans la moindre rancœur. Vous avez pressenti la vérité, bien sûr. Je suis personnellement peu enclin à me livrer à un travail vulgaire. C'est un handicap psychologique. Si vous connaissiez ma mère…

— Excuse bidon numéro deux, dis-je. Je ne crois pas la théorie selon laquelle les pervers et les criminels sont les produits innocents d'une société corrompue. Et en tant que femme, je suis fatiguée qu'on reproche à maman tous les crimes de l'humanité commis depuis Abel et Caïn.

— Ève était sans doute ultraprotectrice, tenta d'expliquer John. Elle avait toujours préféré Abel. Bien sûr, son frère en souffrait. Ma mère s'appelle Guenièvre.

Je le regardai un instant et éclatai de rire.

— Vous êtes un cas désespéré. C'est vraiment son nom ?

— Oui.

— Alors, vous avez peut-être une excuse, finalement.

— Nous sommes une vieille famille de Cornouailles. Vieille et décadente. Mais je ne peux décemment pas rejeter mes fautes sur ma mère. C'est une brave dame, même si elle ressemble à Judith Anderson jouant une maîtresse de maison hystérique. Non, je suis le seul responsable. Je n'arrive simplement pas à me résigner à faire un travail honnête. C'est trop rasant.

— Et l'escroquerie ? C'est pas rasant ?

— Euh… cette histoire n'est pas aussi ingénieuse que d'autres auxquelles j'ai participé. J'ai fait… Mais peut-être que ce n'est pas la peine d'évoquer ça… C'était génial pourtant. Ça a failli marcher en plus. Ça a raté simplement parce que j'étais trop naïf pour comprendre toute la turpitude qui règne dans le cœur de l'homme. Un type en particulier, mon associé…

— On dirait bien que vous n'avez toujours pas surmonté cette faiblesse, dis-je poliment.

— Ce n'est que trop vrai. Il faut que je devienne plus cynique. Quoi qu'il en soit, ce nouveau plan semblait à toute épreuve. J'ai été contacté par une de mes connaissances à Londres. Et excusez-moi, je ne citerai pas son nom. Cela m'est égal pour certains, mais lui, c'est un brave type, et un ami.

— Laissez tomber le côté noblesse oblige. Et ce plan ?

— Ne me bousculez pas, dit John, savourant ses syllabes. Je dois réfléchir si je veux m'expliquer de manière convaincante.

— Je connais un autre de vos défauts, dis-je un peu méchante. Vous parlez trop. Vous aimez tellement vous écouter que vous babillez et babillez au lieu d'aller à l'essentiel.

— Ce n'est pas très gentil, mais c'est sans doute vrai. Bon, je continue. Mon ami, que j'appellerai Jones, pour aller avec Smythe, vous voyez, est le seul héritier d'une tante très riche. Du moins qui était très riche. Au rythme auquel elle dilapide sa fortune, il ne restera pas grand-chose pour le bon vieux Jones… C'est d'ailleurs pour cela qu'elle vit si bien… elle ne veut pas qu'il hérite. Elle estime que c'est un paresseux doublé d'un bon à rien, et elle a parfaitement raison. La seule chose qu'elle possède et qu'elle ne veut pas vendre ni gager, c'est sa collection de bijoux anciens. Elle veut la léguer au British Museum, pour spolier Jones.

« Donc, lorsque Jones a été contacté par un étrange petit bonhomme qui lui a proposé une affaire, il a écouté. C'était simple. La vieille dame ne fait pas confiance aux banques. Elle garde ses bijoux dans un coffre, dans son appartement. (Le manoir de famille est parti en fumée, il y a des années.) Les bijoux sont bien protégés, non seulement par le coffre mais aussi par une dizaine de chiens méchants. La vieille sorcière adore ces créatures.

« Finalement, Jones reconnaît qu'il avait songé à… emprunter quelques petits diamants, mais qu'il y avait renoncé car il aurait été en première position sur la liste des suspects. Son nouvel ami lui a donc proposé un moyen de surmonter cette difficulté : il fournirait à Jones des imitations assez fidèles pour tromper l'œil expérimenté de la vieille dame.

« Jones ricana à cette simple idée jusqu'à ce qu'il ait vu un échantillon. C'était le talisman de Charlemagne, que vous avez également vu, si je ne me trompe. Excellent, n'est-ce pas ? »

— Superbe, répondis-je sincèrement. Cela a dû suffire à débarrasser Jones de ses derniers scrupules, même s'il ne semble ne pas en avoir eu beaucoup.

— Je dois avouer qu'il était prêt à se laisser convaincre, dit John, trop timidement. Le reste de la transaction s'est parfaitement déroulé. Jones fournit les photos et les mesures, et on procéda à l'échange, la nuit, pendant que tantine était à l'opéra en train d'écouter du Wagner. La bande a partagé les bénéfices avec Jones, qui vit tranquillement sur la Côte d'Azur. Lorsqu'on lui a demandé s'il avait des amis à recommander qui pourraient les aider à trouver d'autres...

—- Pigeons ? suggérai-je.

— Pigeons, accepta John sans sourciller. Il a pensé à moi. J'étais content de lui rendre service. J'ai pas mal de connaissances parmi la richesse imméritée.

— Mais comment vendent-ils les bijoux ? demandai-je. Si ce sont des pièces célèbres, aucun receleur...

— C'est là toute la beauté de la chose. Il n'y a pas d'intermédiaire. Les bijoux sont vendus directement aux collectionneurs. Beaucoup d'argent circule dans le monde, de nos jours, ma chère. Au Proche-Orient, en Amérique du Sud, aux États-Unis. Les gens investissent dans les bijoux, et les bijoux anciens ont de plus en plus de succès. Les acheteurs se doutent que la transaction n'est pas très claire, mais ils s'en moquent. Ils n'ont qu'une envie, garder le silence.

— C'est dingue !

— Je suis assez d'accord. Mais, les dingues, ce n'est pas ce qui manque. Ça se passe souvent comme ça, Vicky. Les meubles anciens, les porcelaines chinoises, les toiles de maîtres. Lisez la littérature sur le sujet. La liste de faux détectés est immense. Et les objets recensés ne sont que les mauvais faux ! Dieu seul sait combien de faux Rembrandt et de faux Vermeer trônent encore dans les musées ! Où sont passés les originaux ? Dans les collections privées. La seule chose qui fait que cette affaire fonctionne mieux que les autres, c'est que les copies sont pratiquement indétectables. Je suis presque sûr que le grand British Museum ne s'apercevra de rien lorsque tantine leur léguera ses bijoux.

— Et Pietro est un de ceux qui laissent volontairement copier sa collection ?

— Exact.

— Mais pourquoi ? Il est riche comme Crésus ! Il a des villas et des palais bourrés d'antiquités, des voitures de luxe, des domestiques... Pourquoi se mouillerait-il dans une histoire aussi tordue ?

— Vicky, Vicky ! Ah ! On voit bien que vous avez l'honnêteté dans le sang, comme mes parents. Je suppose que vous n'achetez pas ce que vous ne pouvez pas vous offrir.

— Je ne peux pas acheter, si je ne peux pas payer... dis-je, me souvenant de l'imperméable de loden ivoire aux boutons d'argent et de son étiquette effarante.

— Parce que vous faites partie des pauvres méritants. Le comte Caravaggio, qui fait partie de la richesse imméritée, peut entrer dans une boutique et en sortir avec une nouvelle Rolls sans que personne n'aborde jamais la question d'argent. Ce serait vulgaire. Finalement, il faudra bien qu'il mette un peu d'argent sur un compte, mais vous seriez surprise de voir le temps pendant lequel on peut jongler avant que l'arnaque ne soit démasquée. Pietro a déjà vendu pas mal de ses trésors. La moitié des toiles du palais sont des faux. Vous ne les avez pas bien regardées parce que vous ne vous intéressiez qu'aux bijoux. La propriété est hypothéquée jusqu'à la gorge, et les domestiques ne sont plus payés depuis des années. Il a besoin d'argent, ma chère, comme bien d'autres de ses acolytes dans la même position. S'il n'avait pas de sang bleu, il cesserait d'acheter du caviar Béluga et des chaussures faites à la main et il se déclarerait en faillite. Mais l'honneur des Caravaggio ne lui permet pas de vivre pauvre mais honnête.

— Quelle éloquence ! Très convaincant. Vous ne vous faites pas une haute idée de mon intelligence, si ?

— Ma chère enfant, que voulez-vous dire ?

— Mon cher ami, le scénario que vous venez de me

décrire n'a rien à voir avec une quelconque escroquerie, la première transaction exceptée. Vous pensiez que je m'intéresserais qu'à cela et que j'en oublierais qu'il n'existe aucune loi empêchant un homme comme Pietro de vendre ses biens s'il en a envie. Et rien ne lui interdit de garder des copies pour lui.

— Ça valait la peine d'essayer, dit John calmement.

— Alors, comment ça fonctionne ? Non, ne me le dites pas. C'est évident. Pietro ne vend pas ses bijoux, il vend les copies. Pas une fois, mais plusieurs copies… et ceux qui participent à la transaction ne se montrent jamais. C'est vous qui êtes chargé de livrer la marchandise. Les collectionneurs qui s'adressent à vous s'imaginent qu'ils achètent des bijoux volés, donc ils ne comparent pas les notices et ne se vantent pas de leur acquisition. Les copies de Luigi passeront tous les tests qui sont à la portée des acheteurs. Et s'ils voient des références aux véritables bijoux dans la presse – la comtesse von Hochstein qui portait les célèbres émeraudes des Hochstein à l'opéra… ils penseront qu'elle portait les faux. C'est bien ça ?

— Pour l'essentiel, oui.

— C'est incroyable ! murmurai-je.

— Génial est le mot que j'aurais choisi, dit John avec suffisance.

Il se redressa et s'approcha, mais sans me toucher.

— Eh bien, Vicky, qu'en dites-vous ? N'avais-je pas raison en disant que nous ne faisions de mal à personne ? La plupart des bijoux finiront dans des musées de toute façon, comme le diamant Hope et les gemmes célèbres. Les musées auront des copies tout à fait acceptables et montreront au public des objets d'une rare beauté et d'un grand intérêt historique, ce qui correspond à leur mission, non ?

Les copies de Luigi sont aussi belles que les originaux, qui sont en fait, des morceaux de matière brute. Franchement, il n'y a que des affreux pédants pour dire que c'est un commerce malhonnête.

— Non, non, vous ne m'aurez pas comme ça, dis-je sévèrement. Je suis trop vieille pour trembler devant la moindre insulte. Je ne suis peut-être qu'une affreuse pédante, mais il y a des failles dans votre démonstration. D'abord, je n'aime pas l'idée qu'on vole des musées.

— Mais on ne vole rien dans les musées, dit John. Le talisman de Charlemagne n'était qu'un échantillon. Voler les musées, c'est trop dangereux. Ils ont des systèmes de sécurité trop performants, et mes gars ne sont que des amateurs. Rien à voir avec ceux qui ont pillé le palais de Topkapi. On ne vole personne et on ne roule que les gens pouvant se permettre de payer. Ils sont tous aussi malhonnêtes que nous, sinon, ils n'accepteraient pas d'acheter des bijoux volés.

— Non, répétai-je obstinément, ça ne me satisfait toujours pas.

— Pourquoi ?

Je sentais la chaleur me monter aux joues. Ma génération est parfois accusée de n'avoir aucune inhibition verbale, et Dieu sait que dans la conversation courante j'utilise des mots que, si je les avais prononcés devant grand-mère Anderson, elle se serait précipitée sur le savon pour me laver la bouche. Mais là, j'étais toute rouge d'embarras à l'idée d'avoir à expliquer mes concepts moraux.

— C'est une question d'intégrité, bredouillai-je. Franchement. Tout le monde ment ces temps-ci, des hommes politiques aux présidents et des garagistes aux réparateurs de radio. Tout le monde a une bonne excuse pour escroquer les autres. Il faut que cela s'arrête. Je connais vos arguments, je les ai déjà entendus : si tous ces gens n'étaient pas fondamentalement malhonnêtes, on ne pourrait pas les rouler si facilement. Et d'ailleurs, ces ignares ne méritent pas de posséder de belles choses puisqu'ils ne font pas la différence entre les copies et les originaux ! Pourtant, même les critiques s'y sont laissés prendre, et souvent, mais là n'est pas la question. Le problème, c'est que si vous avez un talent particulier ou certaines connaissances, vous êtes obligé de vous en servir honnêtement. Obligé envers vous-même. Il n'y a aucune différence entre un homme qui vole une petite vieille qui vit de sa maigre pension ou un escroc qui roule un milliardaire puant. C'est toujours un tricheur. Et j'en ai marre des tricheurs.

J'avais les joues en feu. Je m'attendais à ce qu'il éclate de rire ou me prenne dans ses bras. Les hommes croient toujours qu'ils peuvent venir à bout des scrupules d'une femme en la cajolant.

Mais il resta immobile, tête baissée.

— Si c'est comme ça que vous voyez les choses, je ne pourrais pas vous en dissuader, même si je le voulais. On va au commissariat ?

— Non, dis-je, avec un grand soupir. Je vais faire éclater toute l'affaire au grand jour, professeur Moriarty. Mais je vais vous laisser vingt-quatre heures pour disparaître. Je vous dois bien ça !

Il leva la tête, un éclair d'amusement dans les yeux.

— Ne croyez pas que je ne vais pas vous prendre au mot. Je ne suis pas aussi honnête que vous.

— Mais il faudra que vous m'aidiez. J'aurais besoin d'une déposition.

— Je vais faire mieux que cela. Je vais vous donner des documents qui serviront de preuves.

— Quoi ?

— Je ne suis pas aussi naïf que j'en ai l'air, dit John en tentant, sans succès, de prendre l'air candide. J'ai pris quelques précautions. Les documents dont je dispose ne sont pas des preuves formelles, attention, mais j'ai une liste de noms et des copies des dessins de Luigi. Vous en aurez besoin si Pietro détruit ses fichiers et démonte l'atelier.

— Cela m'aidera sûrement. J'ai parfaitement conscience qu'il faudra un certain temps pour mettre en marche l'énorme machine de la loi. C'est une histoire à dormir debout, que je vais leur raconter.

— Affaire conclue. Mais supposons que j'obtienne les documents. Ils sont dans une banque sur le Corso, avec un peu de liquide que j'ai eu le bon sens de mettre de côté. Le problème, c'est le passeport.

— Mon Dieu, oui, vous ne pouvez pas quitter le pays sans passeport !

— Oh sortir du pays, ce n'est pas sorcier. Mais je ne peux pas rentrer en Angleterre sans prendre des risques bien plus élevés que ceux que je cours en allant chercher les documents.

— Pourquoi voulez-vous retourner en Angleterre ? J'aurais cru que vous iriez directement dans le Sahara ou sur une île lointaine.

— Non, c'est idiot. Le meilleur moyen de se cacher, c'est d'être parmi les siens. Un étranger, ça se repère comme la tour Eiffel ! J'ai de bons amis chez moi.

— Vos futurs déplacements ne sont d'aucun intérêt pour moi, dis-je. Comment pensez-vous récupérer votre passeport ? Il est toujours à la villa ?

— Peu importe où il se trouve. Je m'en occuperai.

— Si j'étais à votre place, dis-je, jouant les oiseaux de

mauvais augure, je préférerais que quelqu'un sache où je suis.

— Au cas où je ne reviendrais pas ? Et qu'est-ce que vous feriez ? Vous voleriez à mon secours avec votre cape de Zorro ?

— J'appellerai la police.

— Hum, dit John qui réfléchissait à cette éventualité. Oui, j'imagine parfaitement la situation dans laquelle je trouverai cette perspective réconfortante… Bon, d'accord. J'ai un petit pied-à-terre à Rome…

— Avec une demi-douzaine de passeports ? Bon, peu importe, cela ne me regarde pas. Je ne veux rien savoir de vos activités criminelles.

— Moins vous en saurez, mieux ce sera.

Il laissa tomber sa tête dans ses mains.

— Mon Dieu, j'ai l'impression d'avoir la cervelle pétrifiée. J'aimerais bien avoir quelques heures de sommeil, après notre folle nuit.

— Ce n'est peut-être pas une si mauvaise idée.

Sa nuque paraissait fragile et sans défense, comme celle d'un garçonnet. Cyniquement, je me demandais s'il était conscient de l'effet qu'il provoquait sur les femmes.

— Peut-être pas tant que cela. Il faut qu'on bouge d'ici, affirma-t-il.

Pourtant, il ne bougea pas et resta assis, tout courbé, luttant stoïquement contre la douleur.

— Ils doivent savoir que le seul moyen de nous enfuir, c'était avec une voiture. Il n'y a plus de bus en soirée. Et il n'y a pas beaucoup de circulation au petit matin.

— Donc, Pietro essaiera peut-être d'obtenir des informations sur nous à Tivoli, poursuivis-je, reprenant le fil de ses pensées. Oui, vous avez raison. Mais nous avons quelques heures devant nous. Nos chauffeurs ne rentreront pas à Tivoli avant le milieu de la matinée. Et votre petit pied-à-terre, personne ne sait où il se trouve, j'espère ?

John leva les yeux vers moi. Une expression très bizarre traversa son visage, puis il hocha la tête.

— Alors, inutile de se presser. Restez allongé et dormez un moment. Donnez-moi un peu d'argent.

— Pourquoi faire ? demanda-t-il, soupçonneux.

— Je vais à la pharmacie, si j'en trouve une ouverte. Et à l'épicerie, un peu de pain, un peu de vin, et un peu de pénicilline…

En Italie, on vend des tas de médicaments qui ne se délivrent que sur ordonnance aux États-Unis. Je racontais au pharmacien que mon petit ami était tombé de bicyclette et qu'il s'était blessé. Il se montra compatissant.

Je m'attendais plus ou moins à ce que John ait disparu à mon retour, mais il était profondément endormi, allongé sur le dos. Mes premiers soins le réveillèrent et me vengèrent du même coup. La blessure de balle était très vilaine dans la lumière du jour. Il joua les héros aux lèvres serrées et réprima ses grognements jusqu'à ce que j'aie terminé le bandage et sorti la seringue.

— Oh non ! Où est-ce que vous avez eu ça ?

— C'est en vente libre, dis-je en regardant l'extrémité de l'aiguille d'un air très professionnel. Tournez-vous.

— Jamais de la vie !

— Je ne vous savais pas si pudique.

— Pudique, mon œil. Si vous croyez que je vais laisser un amateur planter cet instrument dans mon derrière sans défense…

— Écoutez, vous avez sûrement assez de microbes dans le sang pour massacrer tout un village. Vous ne voudriez tout de même pas tomber malade pendant que vous serez en cavale, si ?

John fit la moue et s'enfonça dans le matelas.

— Voyons, ne faites pas l'enfant. Je sais comment faire. Le jeune pharmacien m'a expliqué. C'est facile.

Mes arguments rationnels ne semblant avoir aucun effet, je passai aux menaces.

— Si vous ne vous laissez pas faire, je file au commissariat.

Même si c'est moi qui le dis, je fis du beau travail. Mais il avait plus peur des aiguilles que des balles de revolver.

— Bon, vous voyez, ce n'était pas si terrible, si ? dis-je d'une voix réconfortante.

— Je crois que je préférerais la gangrène.

— Ne soyez pas stupide. J'ai des médicaments aussi. Vous devez en prendre un toutes les quatre heures.

Avec un grognement de martyr, John se redressa.

— Il est tard, on ferait mieux de déguerpir.

On passa d'abord à la banque. J'attendis à l'extérieur que John revienne, une enveloppe de papier kraft à la main.

— Vous avez les documents ?

— Oui, voilà. Et de l'argent aussi.

— Donnez-m'en.

— Ah, les femmes, toutes les mêmes ! dit John d'un ton désagréable. Qu'est-ce que vous voulez en faire ?

— Acheter des vêtements. On m'a fait trois propositions pendant que je vous attendais ! Cette jupe est trop moulante.

— Trop moulante pour quoi ? Bon, d'accord, c'est peut-être une bonne idée. La brave mère de famille à qui on a volé les fringues a peut-être fait une déposition. Une tenue passe-partout, s'il vous plaît. Et un chapeau. Ces cheveux blonds, on ne voit que ça !

— Et les vôtres ?

On se dissimula derrière l'un des piliers de marbre. John, retira quelques billets d'un rouleau de la taille d'une miche de pain et me les tendit.

— J'achèterai un chapeau aussi. Ou un capuchon, plutôt. Quel effet je ferai, en frère capucin ?

— Pas très convainquant !

John regarda sa montre. Ce ne devait pas être de la camelote, car elle avait survécu à l'eau, au choc et à de nombreuses activités destructrices.

— Je vous retrouve dans une heure au pont Milvio, de ce côté de la rive. Et ensuite, on ira déjeuner quelque part.

— Excellente idée, dis-je, reconnaissante.

— Ce n'est pas à votre appétit que je pense, ma chère. Vous n'auriez pas pris quelques kilos depuis la première fois que je vous ai vue ? Je vous avais bien dit que la cuisine de Pietro serait désastreuse pour votre silhouette. Mon petit appartement est dans le Trastevere, et il y a un concierge très inquisiteur. En bon Italien, il fait la sieste après le déjeuner, donc nous pourrons entrer en toute discrétion si nous attendons jusque-là.

En d'autres circonstances, j'aurais éclaté de rire rien qu'à l'idée d'acheter une nouvelle tenue en moins d'une heure. Ce matin-là, je me procurai une jupe de coton vert, un chemisier blanc, une écharpe à nouer sur mes cheveux et un sac à bandoulière assez grand pour contenir les documents de John. La vendeuse me donna un sac en papier pour mes vieux habits que je jetai dans la première poubelle venue en me souvenant que je devrais offrir de nouveaux vêtements à une famille de Tivoli dès que je serais sortie de ce guêpier.

Je longeai le fleuve jusqu'au pont Milvio. La vue était époustouflante. Je me demandais comment ce paysage pouvait m'apparaître d'une beauté de carte postale alors que j'étais si nerveuse. Je commençais à haïr le dôme de Saint-Pierre, suspendu dans le ciel comme une verrue boursouflée. En amont, le cylindre d'un brun passé du château Saint-Ange ne m'apparaissait plus comme une étrange architecture médiévale ; il me rappelait sa fonction première : une sépulture !

À présent que j'avais le temps de réfléchir, loin de l'influence néfaste des remarques perfides de John, j'étais submergée par la stupidité de ce que j'allais faire. J'aurais dû me rendre directement au commissariat. Dans une petite cellule bien crasseuse, je serais en sécurité au moins. Et pourtant, je ne brûlais pas d'impatience de raconter mon histoire à la police. On me prendrait pour une folle. J'accusais l'un des citoyens les plus respectés de Rome d'escroquerie à grande échelle. Même si les documents de John constituaient une sorte de preuve, ils ne seraient convaincants que lorsqu'on croirait le reste de mon histoire.

Et pour expliquer comment j'étais entrée en leur possession, je devrais avouer avoir laissé échapper un des membres du gang… Plus j'y réfléchissais, plus cela me déprimait.

Arrivée au pont, je m'appuyai sur le parapet, tournant le dos à Saint-Pierre, et essayai de réfléchir à ce que je devrais faire. Non, c'est faux. Je savais parfaitement ce que je devrais faire : filer à la poste passer un coup de fil à Munich. Schmidt me croirait, lui. Il croirait tout ce que je pourrais lui raconter, Dieu le bénisse. Si la police munichoise contactait ses collègues de Rome, je serais reçue comme une jeune femme investie d'un pouvoir professionnel au lieu d'avoir à affronter quatorze couches de scepticisme bureaucratique. Oui, c'était le plus raisonnable. Alors, pourquoi ne pas le faire ?

Je ne reconnus pas John tout de suite. Il portait une

chemise sport hideusement bariolée, un pantalon qui bâillait sur les chevilles et avait le nez plongé dans un guide de voyage en allemand. C'était le portrait craché de l'étudiant sérieux : grosses lunettes, expression vide... si on oubliait le chapeau. Il portait un chapeau de paille comme les paysans siciliens en mettent à leurs ânes, avec des trous creusés pour la pointe des oreilles. Il se plaça près de moi, le regard myope braqué sur son livre.

— Si c'est votre conception d'une tenue passe-partout...

— Si on abandonnait les sarcasmes pour le reste de la journée, vous voulez bien ? dit John en raidissant maladroitement les épaules. J'ai de mauvaises prémonitions.

— Que s'est-il passé ?

— Rien. Je ne sais pas pourquoi je me sens si nerveux. J'ai une nature très sensible et délicate de ce genre de choses, cela n'annonce jamais rien de bon.

— Allons déjeuner.

— D'accord.

Il ferma son livre et me regarda derrière ses lunettes.

— *Fraulein, du bist sehr schön. Hast du auch Freundschaft für eine arme Studenten ?*

Je serrai la main qu'il me tendait.

— Je ne sais pas ce qui est le plus désastreux, votre allemand ou votre technique de drague !

— Je me débrouille mieux en anglais.

— Je crois avoir remarqué.

Le Trastevere est un quartier très touristique. Il n'y manque pas de charmantes trattorias ni de restaurants, trop chers et bondés pour la plupart. J'ai faim quand je suis tendue, et j'étais très tendue, si bien que je dévorai des tagliatelles *alla Bolognese*, des *coteletta alla milanese* et quelque chose *alla romana*, et encore deux ou trois bricoles, pendant que John picorait sa nourriture avec sa fourchette.

— Vous feriez mieux de manger, dis-je une bouchée d'*insalata verde* dans la bouche. Cela vous donnera des forces. Vous vous sentez mieux ?

— Non, pas du tout. Mais épargnez-moi vos inquiétudes maternelles, si cela ne vous ennuie pas ?

Nous avions dû attendre pour avoir une table. À la fin du repas, il était assez tard pour que nous puissions aller à l'appartement de John. Il se trouvait dans une des petites rues étranges de Trastevere, avec une fontaine d'angle et un autel dans le mur, juste au-dessus. On avait déposé des fleurs au pied de la statue de la Madone. L'entrée de l'appartement était fermée par une grille de métal qui donnait sur une petite cour. Il n'y avait pas grand monde dans la rue. À l'heure de la sieste, les boutiques étaient fermées.

La cour n'était occupée que par un gros chat noir qui dormait dans un carré de soleil. Sur la gauche du portail, une porte était ouverte. Il en sortait des ronflements gargantuesques. John mit le doigt devant ses lèvres et nous avançâmes sur la pointe des pieds. Le chat souleva une paupière, nous regarda avec le mépris ineffable que seuls les chats sont capables d'exprimer et la referma aussitôt.

Quatre escaliers menaient aux appartements. C'était moins prétentieux qu'on ne l'aurait cru. Tout était même misérable et lépreux, sauf le gros chat. L'escalier sentait l'ail. Nous montâmes sur la pointe des pieds, sans croiser personne. Tout en haut, John sortit sa clé et ouvrit la porte.

Sur les dents, je m'attendais presque à voir Bruno nous sauter dessus, mais l'appartement était vide. Il avait l'odeur de poussière et de renfermé d'un lieu inoccupé depuis de nombreux jours. Pourtant, mes narines semblaient percevoir une autre odeur, plus fugace, bien qu'un peu étouffée par le parfum de l'ail venant de la cour. John la remarqua, lui aussi. Ses narines tremblaient. Il haussa les épaules.

— Mes affaires sont dans la chambre, dit-il doucement. Attendez-moi.

Il ferma la porte. Elle était munie d'un ressort automatique qui se mit en place. Tandis que John traversait la pièce, je regardai tout autour de moi. Dans un renfoncement, au bout du salon, on voyait un réfrigérateur et des plaques chauffantes. Apparemment, il n'y avait rien d'autre, un salon, une chambre et sans doute, une salle d'eau.

John ouvrit la porte de la chambre.

Il s'arrêta au milieu de son mouvement, comme s'il était tombé sur un mur de verre invisible. Je courus vers lui. Il leva un bras pour m'empêcher de passer. Ses muscles étaient durs comme l'acier. Je ne pouvais pas avancer, mais je voyais fort bien et après le premier coup d'œil je n'eus plus envie d'aller plus loin.

La pièce avait une fenêtre et des portes, donnant sur la salle de bains et les toilettes sans doute. La chambre était minuscule. Le lit suffisait presque à la remplir. Elle y était allongée. Elle portait un négligé de soie bleu pâle tout froissé sous elle, comme si elle s'était débattue. Elle avait un corps magnifique : un peu trop enrobé, mais des courbes exquises. Je reconnus ces courbes, tout comme les cheveux blonds soyeux, étalés sur l'oreiller. Mais je n'aurais jamais reconnu son visage.

ONZE

Je détournai la tête et m'appuyai sur l'encadrement de la porte, les mains sur les yeux. Malgré mes bourdonnements d'oreille, j'entendais les pas de John, ainsi qu'une série de froissements, de frottements et d'autres bruits horriblement suggestifs. Il finit par parler d'une voix que j'eus du mal à reconnaître.

— C'est bon, je l'ai couverte.

Je regardai du coin de l'œil. Sur le lit, on ne voyait plus qu'une forme anonyme, un long monticule recouvert d'un drap de coton blanc. Pourtant, il me faudrait longtemps avant de pouvoir oublier ce visage hideux, horriblement mutilé. John se tenait près du lit. Il se maîtrisait, mais un petit muscle de sa joue tremblait comme un cœur qui bat.

— Pourquoi ? murmurai-je. Pourquoi l'avoir tuée ?

— Je ne sais pas. Elle était inoffensive. Stupide et futile, oui, mais inoffensive… Et si fière de son joli visage !

Je remarquai une nuance dans sa voix, une expression dans son regard… qui me rappelait la manière dont il avait réagi ce même jour lorsque je lui avais demandé si quelqu'un était au courant de l'existence de son appartement.

— Elle savait ! C'est comme ça que la bande l'a découvert… Vous l'avez amenée ici. Elle et vous, vous étiez…

— Nom d'une pipe, je ne suis pas stupide à ce point ! C'était la maîtresse de Pietro, et elle n'avait pas pour deux sous de jugeote… Je n'aurais pas pris le risque de le lui donner l'adresse ni de l'amener ici.

— Mais vous étiez…

— Ça ne change strictement rien. Sauf pour moi, peut-être.

— Il faut partir d'ici ! Ils l'ont mise là pour qu'on vous accuse du meurtre.

— Nous n'aurions pas dû venir, dit John, d'une voix toujours morne.

— Je vous fournirai un alibi.

Il hocha la tête.

— Elle est morte depuis douze heures au moins, beaucoup plus peut-être. Ils diront que je l'ai tuée hier soir, avant qu'ils m'enferment dans la cave.

Je compris pourquoi il paraissait si perturbé. Il ne devait pas être facile pour lui de s'occuper du corps qu'il avait caressé.

— Je suis désolée, dis-je. Je l'aimais bien.

Un sourire des plus fantomatiques s'esquissa sur le coin de ses lèvres pâles.

— Moi aussi… Cela bouleverse la situation, Vicky. Je suis trop perturbé pour réfléchir sainement, mais je ne crois pas que je puisse partir d'ici…

— Il le faut ! Je ne suis pas non plus en état de penser.

Mais à votre avis, quand l'ont-ils amenée ici ? John, vous devez lui avoir parlé de cet appartement. Sinon, comment auraient-ils été au courant ?

Il ouvrit la bouche comme pour parler. Mais sa mâchoire retomba et une étrange expression transforma son visage.

Sachant ce que je savais, je n'étais pas certaine qu'il me dirait la vérité sur la soudaine illumination qu'il semblait avoir, mais les choses auraient sûrement mieux fonctionné s'il avait eu le temps d'y réfléchir. Hélas, à cet instant précis, quelqu'un frappa à la porte.

Ce dernier choc, après tout ce qui nous était arrivé fut un choc de trop pour mon esprit embrouillé. Je ne pouvais pas dire que j'étais surprise… mais j'étais furieuse de ne pas avoir anticipé cette éventualité. Si la bande voulait mouiller John, quoi de plus facile qu'un coup de téléphone anonyme à la police ? Ils avaient monté une belle petite embuscade et nous étions pris au piège.

John claqua la porte de la chambre et, après un instant d'hésitation poussa le lit contre la porte.

— Il n'y a aucune sortie… dis-je. On ferait peut-être mieux de se rendre. John, je pourrais leur dire…

— Chut…

D'un seul bond, il traversa la pièce et ouvrit la fenêtre. Le mur tombait tout droit, trois étages plus bas dans une ruelle pavée.

— Je ne suis pas un papillon ! dis-je.

Les coups à la porte se faisaient de plus en plus péremptoires.

— Grimpez ! me dit John.

Il avait passé la tête et les épaules par la fenêtre. Je regardai à l'extérieur.

L'immeuble n'avait rien d'un palace aux plafonds hauts.

Les combles du toit étaient à moins de deux mètres au-dessus du rebord de la fenêtre. Cela ne m'apparaissait toujours pas comme une bonne idée, et j'étais sur le point de protester lorsque John m'attrapa par la taille.

— J'espère que vous n'avez pas le vertige ! dit-il en m'aidant à sortir.

Non, je n'ai pas le vertige. Debout sur le rebord de la fenêtre, je m'accrochai aux combles, et, tandis que John m'enlaçait les cuisses, j'entendis la porte extérieure qui cédait. Les coups reprirent de plus belle sur la porte de la chambre.

— Trouvez un téléphone, ordonna John. Appelez Schmidt. Racontez-lui tout.

J'allais répondre, mais avant que je puisse parler, il m'attrapa les genoux et me souleva. Son visage devint livide sous l'effort. Soudain, j'avais les coudes sur le toit. Ensuite, ce fut une partie de plaisir. John donna une dernière poussée sous les semelles de mes chaussures et je me retrouvai allongée sur le toit en terrasse.

Il eut le temps de fermer la fenêtre et de s'en écarter avant que la porte de la chambre cède. En baissant la tête, j'entendis des sons derrière la vitre fermée. Il se débattait comme un beau diable.

Il n'aurait jamais pu grimper sur ce toit. C'était ce que je ne cessais de me répéter en traversant la surface goudronnée. Sans son aide, je n'y serais pas parvenue non plus, mais lui ne pouvait plus s'appuyer que sur un bras. Je ne cessais de me dire également qu'il était en sécurité à présent, entre les mains de la police, et que dès que j'aurais contacté Schmidt, tout irait bien. Du moins ne serait-il plus accusé de meurtre.

Je savais qu'il n'avait pas tué Helena. Je ne voyais pas

l'ombre d'un mobile à ce meurtre. Pietro n'était pas du genre à faire une crise de jalousie, même s'il avait découvert qu'elle lui était infidèle. Il se serait contenté de pousser un juron, de hausser les épaules et de la quitter. Peut-être avait-elle découvert certaines informations qui la rendaient dangereuse, mais lesquelles ? La pauvre fille n'était pas très intelligente, et j'aurais été étonnée qu'elle en apprenne plus que moi ou John. On nous avait emprisonnés quand on nous avait crus dangereux.

Peut-être n'avaient-ils jamais eu l'intention de nous tuer ? Alors, pourquoi elle ? Une poignée de diamants aurait suffi à la faire taire et ce n'était même pas la peine de lui en offrir des vrais ! Les jolies copies de Luigi auraient fait l'affaire. Non, ce meurtre était inutile… à moins que la violence que j'avais déjà pressentie sous cette magouille apparemment innocente eût refait surface. Les idées se bousculaient dans mon esprit – de manière un peu moins cohérente qu'au moment où je les retranscris cependant – tandis que j'avançais sur le toit, tel Zorro ou le Mouron Rouge ou quelqu'un de la même trempe. Ces héros de fiction n'étaient pas aussi téméraires qu'ils le paraissaient : ils trouvaient toujours un escalier pour descendre ou une charrette pleine de foin pour se cacher, ou encore un destrier blanc sur lequel ils pouvaient sauter et s'enfuir au grand galop dans le coucher de soleil, aux cris de « Vengeance » ou de « Je reviendrai ! ».

Je m'arrêtai et regardai tout autour de moi. Personne ne m'avait suivie. Ou John avait réussi à convaincre les policiers qu'il était seul ou ils avaient cru que j'avais réussi à m'enfuir. Mais je me sentais trop repérable là-haut. L'immeuble était de hauteur moyenne, certains étaient plus hauts, d'autres moins, et j'étais entourée de fenêtres et de balcons. Je m'assis à l'ombre de la balustrade qui entourait le toit et tentai de reprendre mon souffle.

Je n'éprouverais aucune difficulté à descendre. Les vieilles bâtisses du Trastevere ne sont pas équipées de sorties de secours modernes, mais elles disposent d'autres éléments qui transformeraient ma fuite en un jeu d'enfant. Il y a peu de cours et de jardins dans ce quartier populeux, si bien que les gens se servent des toits comme de terrasses. Certaines étaient joliment aménagées avec des auvents, des meubles, des palmiers en pot. Il existait forcément des voies d'accès qui permettaient d'y monter. Tout ce qu'il me restait à faire était de sélectionner un immeuble à une distance raisonnable de celui où je me trouvais et de descendre.

J'étais sur le point de me mettre en route lorsque j'entendis des bruits dans la rue en contrebas. Une voiture s'arrêta dans un crissement de pneus et quelqu'un appela. Je me levai et regardai par-dessus le parapet.

La voiture était assez grande pour occuper toute la largeur de la rue. Elle était garée juste en face de chez John. Trois hommes sortaient de la cour. Tout ce que je voyais, c'était le sommet de leur tête et une étrange vue aplatie de leurs épaules, mais je n'eus aucun mal à reconnaître John. Il avait perdu son chapeau et sa tête tombait en avant tandis que les deux autres le soutenaient. Ils avaient l'air très costauds, mais ils donnaient peut-être cette impression parce que John ne tenait plus debout. Ses pieds traînaient sur le pavé, tandis qu'ils l'enfournaient dans la voiture. Ils entrèrent derrière lui et le véhicule démarra.

Je ne vous dirai pas les pensées qui ont alors traversé mon esprit. Elles étaient totalement incongrues et affreusement sentimentales.

Je grimpai sur le toit du bâtiment adjacent, passai devant

une jolie petite haie de conifères et me retrouvai face à face avec une matrone italienne bien en chair qui prenait un bain de soleil. Elle poussa un couinement en me voyant et remit sa serviette sur son derrière ?

— *Buon giorno,* dis-je, poliment. *Dovè l'uscita, per favore ?*

Comme elle resta bouche bée, je dus trouver la sortie moi-même. L'escalier donnait directement sur la rue, et je filai aussi vite que possible, m'attendant à entendre hurler sur le toit. Finalement, la femme ne dit rien. Elle avait dû me croire un peu excentrique, mais inoffensive.

Il ne me serait pas facile d'appeler Munich. La complexité du système téléphonique italien était incompréhensible pour les habitués du système hors de prix, mais très efficace de la compagnie américaine MaBell. Comment par exemple passer un appel longue distance d'une cabine lorsque la petite monnaie est constituée de vilains billets de lires tout froissés ? Mais avec de l'argent tout est possible, et je n'avais pas dépensé tout ce que m'avait donné John. Après un long échange agité avec le propriétaire d'un tabac, il finit par me prendre jusqu'au dernier sou avant de m'autoriser à téléphoner. C'était trois fois plus cher qu'un appel au fin fond de l'Alaska, mais j'étais pressée.

Le petit homme cupide tournait autour de moi, prêt à m'arracher le combiné si j'osais parler plus de trois minutes. Finalement, après une série de tonalités, de vociférations en trois langues différentes et d'un mauvais aiguillage sur un garage de Francfort, j'entendis la voix familière de la secrétaire de Schmidt.

— Gerda ! C'est Vicky, criai-je. Passez-moi…

— Ah ! Vicky ! Où êtes-vous ?

— Toujours à Rome. Vite, passez-moi…

— Vous en avez de la chance ! dit Gerda avec un soupir, un long soupir interminable et très cher. Il fait beau à Rome ? Je parie que vous vous êtes dégottée un beau fiancé italien ! Racontez-moi…

— Gerda ! Je ne peux pas parler, dis-je en jetant un coup d'œil vers le propriétaire qui me soufflait son haleine empestant l'ail derrière l'épaule. Vite, passez-moi Schmidt.

— Il n'est pas là.

— Quoi ?

— *Signorina*, ça fait déjà deux minutes.

— Oh, la ferme ! Non, pas vous, Gerda.

— Qu'est-ce que vous dites ?

— *Signorina*, vous m'avez promis de ne pas parler plus de…

Je m'écartai de la grosse main poilue qui essayait de m'arracher le téléphone.

— Gerda, où est passe le professeur ?

— Il a dû sortir. Alors, parlez-moi plutôt des boîtes de nuit…

— *Signorina* !

— Quand rentre-t-il ?

— Oh, bientôt. Il attendait votre coup de fil ?

— Oui, criai-je, en me retournant car le propriétaire tentait de nouveau de me reprendre l'appareil.

— *Signorina* ! Vous êtes une voleuse… je vais appeler la police.

— Oh, ça suffit ! Je vous ai payé deux fois plus cher que cela ne le mérite.

— Vicky ? À qui parlez-vous ?

— À vous, malheureusement. Je devais appeler le professeur Schmidt à cinq heures, Gerda. C'est une question de vie ou de mort.

— Vous avez une drôle de voix, dit Gerda me tendant une perche opportune.

— C'est parce qu'on essaie de m'étrangler avec le cordon du téléphone, dis-je en donnant un coup de coude dans l'estomac du propriétaire.

Gerda ricana.

— Vicky, vous m'amuserez toujours ! C'est ce qu'on dit ici, Vicky arrive toujours à nous faire rire.

— *Polizia ! Polizia !*

— Qui appelle la police ? demanda Gerda. Ah, ah, c'est un braquage, votre urgence ? Vicky, ce n'est pas ici qu'il faut appeler, vous devriez appeler la police !

— Gerda, dis-je entre les dents, dites-moi à quelle heure le professeur sera de retour. Tout de suite ! Sinon, je vous envoie un colis piégé !

— À cinq heures, voyons. C'est à cinq heures que vous deviez l'appeler. Vicky, vous avez acheté des vêtements ? Les boutiques de mode sont fantastiques à Rome…

Je regardai par-dessus mon épaule. Le propriétaire n'avait jamais eu l'intention d'appeler la police. Ses cris n'étaient destinés qu'à me faire peur. Mais il avait fait appel à une assistance plus efficace. Du fond du magasin, une femme surgit, brandissant une grande poêle à frire ! Je laissai tomber le téléphone et m'enfuis en courant. Je courus tout le long de Viale Trastevere, jusqu'au fleuve, non pas parce que je craignais d'être poursuivie par l'épouse en colère, mais parce que la dépense d'énergie me libérait de ma frustration.

Ce n'était pas raisonnable d'être furieuse contre Schmidt, je ne pouvais pas espérer qu'il reste coincé toute la journée au bureau en attendant mon coup de fil, alors que je lui avais donné une heure bien précise. Mais je ne savais que faire. Je ne pouvais plus téléphoner à la police munichoise, je n'avais plus d'argent.

Je m'écroulai sur un des bancs du boulevard qui longe le Tibre. Les gens me regardaient bizarrement, car j'étais étalée de tout mon long, en sueur, haletante, mais peu m'importait. Ce qui m'ennuyait, c'était d'être incapable de réfléchir calmement. La situation n'était pas si terrible ; je n'avais aucune raison de me mettre dans cet état parce que je n'avais pas pu parler à Schmidt. Je n'avais pas de montre, mais il devait être assez tard. Et, en bon petit espion, Schmidt devrait être à son bureau dans une heure ou deux au plus tard. Entre-temps, je pouvais me rendre au commissariat et mettre les choses en marche. J'appellerai Schmidt de là. C'était la seule chose sensée. Alors, pourquoi avais-je l'impression que le temps pressait et que chaque seconde était une question de vie ou de mort ?

J'ai confiance dans mes intuitions. Elles sont parfois le produit de peurs irrationnelles et névrotiques, pourtant je ne suis pas plus névrosée qu'une autre et mes « prémonitions » sont souvent causées par des pensées inconscientes mais parfaitement rationnelles. Avec la brise fraîche qui me caressait le visage, je savais que j'omettais de prendre en compte un élément que je connaissais mais que je n'avais pas encore intégré consciemment. C'était d'ailleurs la cause de mon angoisse actuelle. Je me pris la tête dans les mains et pressai mes articulations dans mon crâne, pour me forcer à réfléchir.

Sur le fond noir de mes yeux clos, le visage d'Helena apparut, tout en couleurs, mutilé et boursouflé, encadré par la masse ondulée de sa chevelure argentée.

J'ouvris les yeux en hâte. Le soleil était déjà bas dans le ciel, ses doux rayons étincelaient sur les dômes dorés et les flèches des églises de Rome. Les ombres se teintaient de nuances pastel, non de gris, mais de bleus, de lavande et de mauve. Repense à la mort d'Helena, me dis-je. Peu importe qui l'a tuée. Retourne aux faits et pars de là.

Après sa mort, un gros malin, le Boss, peut-être, avait voulu faire d'une pierre deux coups. Il est difficile de maquiller une mort par strangulation en accident. En mettant le corps d'Helena dans l'appartement de John, on fournissait un meurtrier à la police et on discréditait totalement l'assassin.

C'était donc John, leur problème. Pas moi. Moi, je ne pouvais rien prouver. Quelques heures pour démanteler l'atelier et dissimuler les autres indices, et j'aurais beaucoup de mal à les accuser. L'enlèvement, l'emprisonnement dans la cave, la poursuite meurtrière dans le parc… C'était parole contre parole. La petite pièce sous le studio de Luigi serait remplie de nouvelles toiles ou de balles de foin. Grâce à la liste que John m'avait fournie, je disposais des noms des collectionneurs auxquels il avait vendu des objets, et je pourrais donc retrouver les faux bijoux. Mais comme les autres ne savaient pas que je disposais de cette information cela ne risquait pas de les inquiéter beaucoup. John, c'était une autre affaire. Il connaissait les noms, les détails de l'opération et parlerait pour se disculper de l'accusation de meurtre.

Les sonnettes d'alarme commencèrent à retentir dans mon esprit. Quelque chose clochait. Une accusation de meurtre entacherait peut-être le témoignage de John, mais la police vérifierait sans doute ses propos, et cela n'aurait pas arrangé les affaires de la bande. Tant que tout allait bien, ils pouvaient compter sur son silence, John ne pouvait pas les dénoncer sans s'incriminer. Mais avec un meurtre sur le dos…

Ils savaient où se trouvait son appartement. (Une autre alarme retentit, mais je n'en tins pas compte, ce n'était qu'un détail, je suivais une autre piste, espérant, contre toute attente, que je n'arriverais pas à la conclusion que je devinais déjà). Ils avaient transporté Helena dans l'appartement de John, et ensuite… Non, non, ils n'auraient pas appelé la police. Ils pourraient appeler plus tard, si le concierge ne découvrait pas le corps, mais pas si vite. Car il y avait de grandes chances que John repasse chez lui avant de quitter le pays. Il devait récupérer son passeport. Et dès son retour…

Soudain, un détail me revint. Je sus ce qui turlupinait mon subconscient, quel était le chaînon manquant qui avait déclenché les sonnettes d'alarmes. Ce n'était rien… un simple emblème de métal sur le capot d'une voiture. Je ne m'intéresse guère aux voitures et mon attention s'était concentrée sur des détails plus importants, car on poussait John à l'intérieur du véhicule, mais je l'avais remarqué quand même. La voiture était une Mercedes. Les Romains adorent les belles voitures, mais sans doute pas au point d'offrir des Mercedes à la police !

Je me levai d'un bond comme si je venais d'être poignardée, mais je me forçais à me rasseoir. J'avais déjà commis une erreur de logique catastrophique. À présent, je devais analyser les événements sous tous les angles.

John ne s'était pas fait la moindre illusion sur l'identité de nos agresseurs, compris-je soudain.

Je commençais à avoir une tendance déplorable, je le voyais baigner dans un halo d'héroïsme, mais ce n'était pas par noblesse de cœur qu'il m'avait aidée à m'échapper, mais par simple bon sens. Ensemble, nous ne nous en serions jamais tirés. Il comptait sur moi pour le sauver. Pourquoi avait-il confiance en ma loyauté, je n'en savais rien, mais il avait raison, bien sûr. Simplement, je ne savais pas comment m'y prendre.

John m'avait dit d'appeler Schmidt. Avec l'appui de mon patron, je pourrais convaincre les autorités romaines de la véracité de mes propos plus rapidement. Mais même si je parvenais à obtenir l'aide de la police, où devrais-je chercher ? Ils n'emmèneraient John ni au palais ni à la villa. Ils le tueraient peut-être sur-le-champ.

De nouveau, je m'efforçai de ne pas imaginer d'horribles images en technicolor – John torturé par toutes sortes de méthodes sadiques – et de réfléchir de manière positive. Ils ne le tueraient pas, pas si on lui laissait une chance de parler avant. John avait quelques traits de caractère héroïques, plus qu'il ne voulait bien l'admettre, mais il était aussi doté d'un esprit tortueux. Je savais comment il fonctionnait, et j'imaginais parfaitement le genre d'histoires qu'il avait pu leur raconter. Des documents compromettants, des photographies, des déclarations… tout cela remis entre mes bonnes petites mains. Oui, c'est ce qu'il leur dirait, cette andouille, sans se soucier de me mettre en danger. Comme il l'aurait dit lui-même, il était dépourvu de noblesse de cœur.

Je me demandai pourquoi ils ne m'avaient pas poursuivie sur le toit. Ils devaient savoir que j'étais avec John. D'ailleurs, ils avaient dû nous voir monter ensemble. La réponse s'imposait d'elle-même. D'abord, ils n'avaient pas envie qu'on les voie se balader sur les toits de Rome. Ils avaient fait pas mal de boucan en entrant dans l'appartement, et mieux valait filer le plus vite possible avant que quelqu'un n'appelle la police pour de vrai.

Bon, d'accord, j'avais deviné, grosse maligne que j'étais ! J'aurais presque préféré ne rien savoir. John était entre les mains de Pietro et de ses amis, qui devaient sans doute appeler la police maintenant, si ce n'était déjà fait, pour leur signaler la présence d'un cadavre dans un appartement de Trastevere loué par un Britannique. Au moment où on découvrirait le corps d'Helena, Pietro aurait concocté un scénario plausible. Hélas, l'assassin anglais était son secrétaire qui avait séduit sa maîtresse pour s'enfuir avec elle. La police rechercherait John et le retrouverait… mort.

Je ne pouvais plus rester inactive. Je m'engageai sur le pont et me faufilai dans la circulation à toute vitesse. Pas le commissariat de quartier… Non, j'irai directement au commissariat central, Piazza San Vitale. Cela faisait une sacrée trotte, mais je n'avais pas d'argent pour prendre un taxi.

Au beau milieu du pont, j'eus soudain une autre idée. Une idée si lumineuse que je me demandais pourquoi je n'y avais pas pensé plus tôt. Je continuai à marcher tout en fouillant dans mon sac. J'ai toujours des tas de bidules au fond de mon sac, même si je ne le possède que depuis quelques heures. Je faillis hurler de joie en tombant sur un vieux bout de papier, c'est-à-dire un billet de cent lires tout chiffonné, qui avait échappé à mon attention lorsque le propriétaire du bar tabac m'avait dépouillé de mes maigres richesses. J'avais juste assez d'argent pour passer un coup de téléphone local.

J'achetai un *gettone* au premier café que je trouvai et me ruai sur le téléphone. Il n'y avait pas de bottin, mais les renseignements me communiquèrent le numéro. Je me présentai et on me passa le secrétaire.

La *principessa* n'était pas à son bureau. En insistant un

peu, j'obtins son adresse personnelle. Je ne sais pas ce que j'aurais fait si elle avait habité en banlieue, je n'avais même pas de quoi prendre le bus. Par chance, elle vivait sur le Gianicolo, non loin de là.

Je pourrais appeler Schmidt de chez elle. Et même si elle ne me croyait pas, elle pourrait se porter garante pour moi auprès de la police. Je me demandai pourquoi il m'avait fallu si longtemps pour me souvenir que j'avais des références de renom, ici, à Rome. Les Européens tiennent au respect de leur vie privée. Ils ne construisent pas des petites palissades à claire-voie, ils élèvent des murs. La demeure de la *principessa* était un petit bâtiment moderne assez modeste, mais les murs étaient très hauts. Néanmoins, le portail était généreusement ouvert, et j'avançai sur le chemin de gravier bordé de platebandes, qui menait à la grande la porte.

Avant que je trouve la sonnette, la *principessa* en personne m'ouvrit.

Les rayons du soleil couchant illuminaient le jardin si bien que, se détachant dans l'obscurité du vestibule, elle semblait éclairée par un projecteur. Elle portait une longue robe de soie écarlate à taille haute, qui mettait ses hanches et ses seins en valeur, comme s'ils étaient emballés dans un fourreau de plastique. La lumière n'était guère flatteuse sur son visage : on voyait des muscles et des rides qui m'avaient échappé jusque-là.

— Oh, dis-je surprise. Est-ce que… Je suppose que votre secrétaire vous a dit que j'allais venir.

— Oui.

— Je suis désolée de vous déranger.

— Ce n'est rien. Entrez, je vous en prie.

Elle recula et fit un geste accueillant. Dans le vestibule obscur, les ombres s'étiraient dans la chaleur de fin de journée. Soudain, je me sentis si fatiguée que mes genoux flageolèrent. Je me rattrapai à l'encadrement de la porte.

— Ma pauvre enfant, dit-elle d'un ton chaleureux. Que vous est-il arrivé ? Entrez, et racontez-moi tout cela.

Elle tendit la main pour m'aider. Elle la referma sur mon bras avec une force que je n'aurais pas soupçonnée et m'entraîna à l'intérieur. La porte se referma. Nous nous retrouvâmes dans la semi-obscurité.

— Par ici, dit-elle en me précédant dans le couloir.

Nous passâmes devant plusieurs portes fermées ou vaguement entrouvertes. Elle ouvrit une porte au fond du couloir. Le soleil illumina l'obscurité.

Le salon était une grande pièce, avec une cheminée et une série de portes-fenêtres qui donnaient sur une verrière. Je m'effondrai sur la première chaise venue et Bianca s'installa à une table. Des glaçons tintaient.

— Vous avez bien besoin d'un remontant, dit-elle en me tendant un verre.

— Merci, dis-je en le prenant, mais encore trop épuisée pour le porter à mes lèvres.

— Alors, dites-moi.

— Je ne sais par où commencer. Il s'est passé tellement de choses… Et il ne faut pas que je m'embrouille. Vous devez absolument me croire. Ce sont eux qui l'ont emmené. Ils vont le tuer, si on ne les en empêche pas.

— Qui ? Ah, votre amant ?

— Non, ce n'est pas mon amant, dis-je bêtement. Je n'ai jamais… euh, on n'a pas eu le temps.

— Ah bon ? Quel dommage ! Je vous assure. Vous avez manqué une expérience fantastique !

Les coins de ses lèvres se relevèrent. La femme dragon, la déesse primitive m'adressait son sourire énigmatique.

Immédiatement, ma fatigue et ma confusion disparurent. J'étais parfaitement consciente, je bénéficiais d'un second souffle. Dommage que cela ne me soit pas arrivé quelques minutes plus tôt !

C'était une femme intelligente. Elle vit mon visage changer et son sourire se raidit.

— Ah, vous êtes au courant ? Comment, je me le demande.

— J'aurais dû comprendre beaucoup plus tôt, dis-je, écœurée. Je ne cessais de me dire qu'il fallait réfléchir, ne pas se disperser dans tous les sens… J'avais compris l'essentiel. Mais j'ai omis un détail. Je n'aurais pas dû m'obstiner à vouloir tout comprendre de A à Z.

Je levai le verre à mes lèvres et le reposai soudain ; cette prudence l'amusa.

— Vous ne risquez rien, dit-elle en souriant. Allez, dites-moi ce que vous savez.

— L'appartement… John m'a dit qu'il n'y avait jamais amené Helena, et il n'avait aucune raison de mentir. Il ne m'avait pas caché que… Mais quelqu'un était au courant. Si ce n'était pas Helena, il avait donc invité… disons, juste pour rire, une autre jeune femme.

— Oui, mais pourquoi moi ? demanda-t-elle souriante. J'imagine que je ne suis pas, disons, la seule jeune femme que sir John ait honorée de ses attentions ?

— Oh, nom d'un chien, dis-je, exaspérée, c'est peut-être le meilleur amant depuis Casanova, mais il n'y a que vingt-quatre heures dans une journée. Il est à Rome depuis moins d'une semaine, et il avait d'autres choses à faire. Vous, Helena… cela ne lui laissait pas beaucoup de temps pour les autres. Et puis, vous comblez un grand vide dans mon raisonnement, Bianca. Je me demandais qui pouvait être le cerveau. Et vous êtes la seule. Vous êtes la seule qui soit assez intelligente et égoïste pour organiser une telle escroquerie. Il fallait que ce soit un Romain, un proche des Caravaggio qui connaisse les talents de Luigi. Et puis, ce n'est pas juste d'avoir un méchant que le lecteur ne connaît pas avant la fin ! Qu'avez-vous fait de John ?

— Il est ici.

L'expression d'amusement avait quitté son visage. Elle m'observait curieusement.

— Nous l'avons utilisé comme otage pour nous assurer de votre silence. Qui aurait imaginé que vous seriez assez stupide pour venir de votre plein gré ? Mais quel bon vent vous a amenée ici…

Je connaissais la réponse, mais je pensais que ce serait trop long à expliquer. En se remettant en marche, mon bon vieux subconscient m'avait fourni le chaînon manquant, mais comme il était contrecarré par une superstructure de pure bêtise, il n'avait réussi qu'à me transmettre des bribes de messages. J'avais aussitôt pensé à Bianca, mais je n'avais pas compris pourquoi son nom m'était revenu à l'esprit. À l'avenir, je ferais mieux de cesser de réfléchir et d'agir à l'instinct… S'il me restait un avenir.

— Vous ne croyez tout de même pas que je suis venue me jeter dans la gueule du loup sans prendre quelques précautions ? dis-je en espérant paraître plus confiante que je ne l'étais vraiment. Si je ne sors pas d'ici dans cinq minutes avec John, vous allez vous attirer de sérieux ennuis.

Elle semblait ne pas m'écouter. Elle était assise, raide comme un « i » sur sa chaise, la tête légèrement penchée, comme si elle écoutait des sons que je n'entendais pas.

— Vous avez intérêt à nous laisser partir, dis-je. Je vous laisserai le temps de vous échapper. Je parie que vous avez un bon petit pactole au soleil. Vous pouvez vous retrouver à l'autre bout du monde dans quelques heures. Vous êtes une femme raisonnable, Bianca, vous devez bien vous rendre compte que vous ne pouvez pas continuer à semer des cadavres partout…

— C'est exact, murmura-t-elle.

— Donc…

— Je suis désolée. J'ai peur que vous n'ayez pas bien compris. Vous avez commis une grave erreur, ma chère.

— Que voulez-vous dire ?

— Que je ne suis pas maître de votre destin !

Elle se pencha en avant, tendant une main fine, dans un geste vaguement convainquant, malgré sa théâtralité.

— Oh, effectivement, c'est moi qui suis à l'origine du projet. Depuis le début. Comment pouvez-vous croire qu'une intelligence aussi subtile – pardonnez-moi mon manque de modestie – puisse commettre l'erreur de se débarrasser d'une petite idiote de catin ? C'était stupide, bestial et inutile. Vous vous doutez bien…

— Ça suffit Bianca ! hurla une voix.

Les draperies vert d'eau près de la cheminée gonflèrent et s'écartèrent. Elles dissimulaient une porte. Telle une splendide sculpture de Michel-Ange, il apparut, une arme à la main… Luigi !

DOUZE

Il avait l'air si jeune ! Son front plissé lui donnait l'apparence d'un enfant boudeur et le rajeunissait de quelques années encore. J'en croyais à peine mes oreilles. Sans le revolver, j'aurais refusé d'en croire mes yeux.

— Tu ferais mieux d'arrêter de me traiter d'idiot, dit-il, en lui lançant un regard assassin. Voilà comment elle me parle. Gamin, imbécile, naïf… Moi, alors que c'est moi, le plus important, dans l'histoire ! Sans moi, vous n'auriez rien pu faire ! Tous les autres, on peut les remplacer, mais pas moi ! Vous n'avez aucune solution de rechange ! Il m'a fallu trop longtemps pour en arriver là. Mais maintenant, je maîtrise la situation. Je prends la place qui me revient. Et personne ne se moquera plus jamais de moi. C'est compris ?

Elle ne manquait pas de courage, je dois le lui reconnaître. Elle courait un plus grand danger que moi en ce moment. Luigi était aussi instable qu'une table à deux pattes, avec son ego d'adolescent blessé.

Pourtant, elle ne chercha pas à s'abriter ni à s'excuser. Elle m'adressa un sourire en coin.

— Comme d'autres tyrans, je viens d'être supplantée, vous voyez. Une révolution de palais. Je vous présente le nouveau patron.

— Il a raison, dis-je, conciliante. Sans lui, rien n'aurait été possible. C'est un génie. Luigi, vous pourriez être le plus grand joaillier que le monde ait connu.

Il avait apprécié la première partie de ce discours minable. Son froncement de sourcil s'évapora lorsqu'il me regarda, mais en entendant la dernière phrase, il hocha la tête.

— Les orfèvres sont des artisans. Moi, je suis un artiste. Si mon père n'avait pas tout fait pour étouffer mon talent, rien de tout cela n'aurait été nécessaire. Je ne suis pas un imbécile d'artisan !

— Cellini était joaillier, dis-je. Holbein a dessiné des bijoux pour Henri VIII.

— Oui, c'est vrai, dit-il songeur.

C'était un peu comme essayer de marcher sur de la glace fragile : un faux mouvement, un mot de travers et on brisait la fine couche sur laquelle on se trouvait. Il réfléchissait lui aussi. Il n'était pas stupide, ce garçon, même s'il était fou.

— Qu'est-ce que vous disiez tout à l'heure ? En demandant qu'on vous laisse partir ? Vous nous avez piégés ? Comment ?

J'hésitai. Ses yeux se rétrécirent et son doigt se resserra sur la détente.

— Je n'avais pas compris, dis-je rapidement. Je ne savais

pas que vous étiez impliqué. Pas comme ça. Je ne veux pas vous attirer le moindre ennui.

— Attendez, dit-il, comme s'il se parlait à lui-même. Laissez-moi réfléchir… Ah, le coup de téléphone que vous avez passé… Mon père m'a dit que c'était à un homme qui habitait Munich, c'est ça, votre plan, non ? Si vous ne l'appelez pas, il nous envoie la police ! Vous voyez, je suis plus malin que vous ne le croyez !

Son jeune visage rayonnait de joie. Mon cerveau savait que ce charmant jeune homme était un assassin, mais mon affect refusait de le prendre en compte.

— Oui, vous êtes malin, c'était mon idée… mais je ne…

— Allez-y… Téléphonez. Mais faites attention… Dites que tout va bien. Et pour m'assurer que vous ne ferez pas de bêtises… (Il se tourna). Bruno… Bruno, amène-le ici…

Je regardai la *principessa*. Elle haussa les épaules en cette attitude ineffable, très italienne.

— Ah bravo, merci pour votre aide, dis-je, amère.

La porte par laquelle Luigi était arrivé était restée ouverte mais les tentures avaient repris leur place. J'entendis des pas, une démarche lente, traînante. John apparut, soutenu par Bruno. Il avait le visage couvert d'ecchymoses et un magnifique œil au beurre noir.

— J'étais en train de l'interroger, expliqua simplement Luigi. Je voulais savoir où vous étiez cachée et quelles informations il vous avait transmises.

John et moi nous nous regardâmes de chaque côté de la pièce. Il s'appuyait lourdement sur son geôlier. Je n'arrivai pas à lire son expression. Son visage était trop meurtri, mais ses premières paroles ne me laissaient aucun doute sur son état d'esprit.

— Ah bravo ! Cette fois, vous n'avez pas raté votre coup ! dit-il.

— Vous auriez pu me prévenir, dis-je, piquée au vif. Vous saviez… c'est pour ça que vous aviez l'air bizarre dans l'appartement quand je vous ai dit…

— Vous prévenir ! Je n'ai même pas eu le temps de dire ouf avec ces gorilles qui tambourinaient à la porte ! J'ai entendu parler d'héroïnes stupides dans ma vie, mais vous gagnez le pompon ! J'ai risqué ma peau pour vous sauver la vie, et vous venez vous jeter dans la gueule…

Luigi avait écouté avec un froncement de sourcils désapprobateur. En lui collant son arme sur la tempe, il mit fin à la diatribe de John, qui, je devais le reconnaître, contenait du vrai.

— Ça suffit ! aboya-t-il. Ce ne sont pas des manières de parler à une dame. Surtout lorsqu'elle a pris des risques pour vous sauver la vie. Vous devriez avoir honte !

Pendant un instant, je crus que John allait éclater de rire, et je lui fis une horrible grimace. Luigi semblait ne pas du tout apprécier qu'on le ridiculise.

— Vous avez raison, dit John, après avoir résisté un moment. Je suis désolé. Nous devrions peut-être tenter de prolonger la farce hideuse dans laquelle nous semblions engagés. Et si on essayait le style : « Oh, mon amour, comme c'est courageux ! Vous savez que je préférerais mourir mille morts plutôt que de voir qu'on touche à un seul des cheveux de votre stupide petite tête… »

— Mais, mon cœur, dis-je. Je n'aurais pas pu continuer à vivre si votre manie de toujours n'en faire qu'à votre tête vous avait coûté la vie ! Je devais venir, ne serait-ce que pour mourir à vos côtés !

De toute façon, c'est ce qui allait arriver, mais au moins

avais-je ajouté un peu de méthode dans notre folie, de mon côté, du moins. Si nous pouvions faire traîner les choses assez longtemps, Luigi oublierait peut-être cette histoire de téléphone. L'espoir était ténu, néanmoins. Même si Schmidt appelait la police dès cinq heures, il faudrait un moment avant qu'elle se mette en route, et encore plus longtemps pour faire avouer à Pietro que la *principessa* faisait partie de la magouille. En fait, nos chances étaient si faibles qu'elles en étaient pratiquement négligeables. Si j'avais eu une meilleure idée, je l'aurais mise en œuvre.

John s'était lancé dans un autre discours. J'abandonnai ma réflexion et me tournai vers lui pour entendre la fin de sa tirade.

— … Le souvenir de votre courage et de votre dévotion sans faille. N'ayez crainte, ma chère, nous ne mourrons pas en vain. Les fourches caudines de la loi nous vengeront. Et, pour mon dernier vœu, j'aimerais vous composer une épitaphe, que j'en suis sûr, nos respectables adversaires feront graver sur nos tombes : « Beaux et charmants dans la vie, ils sont restés dans la mort… »

J'aurais dû me douter qu'il se laisserait griser et qu'il forcerait sur la grandiloquence. Luigi finit par comprendre qu'on se moquait de lui. Son visage s'assombrit de manière inquiétante.

— Vous vous fichez de moi !

— Impossible… Non, je n'y songerais même pas…, protesta John.

— Le téléphone, dit Luigi. Appelez ! Bruno !

Bruno lâcha John, qui s'effondra sur le sol. Luigi brailla un ordre. Bruno releva John et le jeta sur un fauteuil. Luigi lui mit son revolver contre la tempe.

— Faites bien attention à ce que vous dites, ma très chère, dit John.

Je ne pouvais plus reculer. Dans la perversité de l'ambiance générale, cette étape se passa sans problème. Je n'eus même pas à franchir le mur impénétrable du bavardage de Gerda. Schmidt répondit en personne.

— Ah… Enfin, de vos nouvelles Vicky ! Gerda m'a dit que vous aviez appelé. Désolé d'avoir été absent. Alors, et cette urgence ?

— Oh, ça n'a pas changé, dis-je de bon cœur, en souhaitant que la voix de Schmidt ne soit pas aussi tonitruante.

Je me demandai si Luigi parlait allemand. La *principessa* le maîtrisait sans doute parfaitement.

— Vous ne m'entendez pas bien ? demanda Schmidt. Vous ne m'entendez pas ?

— Oh, si, si, dis-je en riant de manière hystérique. Je vous entends parfaitement, mais j'ai peur que vous ne me compreniez pas bien.

— Pourtant, la liaison est excellente.

— Non, non pas du tout…

— Comment va votre enquête ?

— Pas trop bien. On peut même parler de désastre. Enfin, en ce moment, je veux dire.

— Je suis désolé ! s'exclama Schmidt. Mais je garde foi en vous, Vicky. Vous résoudrez le problème, j'en suis certain.

J'avais envie de manger le téléphone. J'avais été aussi directe que mon audace l'avait permis. J'avais pensé à parler de manière détournée de Herr Feder de la police de Munich, mais je n'avais pas osé prendre le risque. La *principessa* savait peut-être de qui il s'agissait et Luigi était déjà sur les dents, comme le suggéraient ses insinuations. Le canon de son arme pressait si fort sur le crâne de John qu'il lui écorchait la peau. John n'osait pas bouger les lèvres, mais son regard était éloquent.

— C'est parfait, dis-je faiblement. Euh... au revoir, poopsie. *Auf Wiedersehen*. J'espère.

Je reposai le téléphone sur son socle avec un bruit sec. J'avais les mains qui tremblaient.

— Poopsie ? répéta Luigi, suspicieux.

La *principessa* intervint.

— C'est le surnom que lui donnent ses intimes.

Il me fallut une minute pour comprendre ce qu'elle avait dit et ce que cela signifiait. Elle réagit à mon regard surpris par un léger mouvement de la tête. Comme elle tournait le dos à Luigi, elle forma silencieusement un mot avec ses lèvres. Je posai la main sur mon front.

— Oh, dis-je, faiblement, je me sens bizarre. Je crois que je vais m'évanouir.

Ce n'était pas seulement de la simulation. J'avais les jambes en coton. Je ne voyais pas quel avantage nous allions tirer de cette comédie, mais pour l'instant, Bianca semblait de notre côté. Elle avait peut-être une idée en tête. Chez moi, c'était le vide absolu.

Je m'affalai mollement sur le divan et Bianca se pencha vers moi.

— Elle s'évanouit ! s'exclama-t-elle. Luigi, va chercher mes sels dans mon cabinet de toilette. Et prends une couverture dans l'armoire. Je crois qu'elle est en état de choc !

— Bruno ! dit Luigi, faiblement.

— Non, je ne veux pas que ce monstre touche à mes affaires ! Donne-lui ton arme, si tu ne me fais pas confiance.

Je n'osais pas ouvrir les yeux, mais j'avais les oreilles aux aguets.

Après un moment d'attente, Luigi quitta la pièce en trottinant. Son pas léger et athlétique ne pouvait se confondre avec aucun autre. Dès qu'il fut sorti, la *principessa* commença à me parler d'une voix douce, comme si elle essayait de me sortir de ma syncope. Mais elle parlait allemand.

— Il ne nous reste qu'un espoir. Faire venir le comte. Il est au palais, à Rome. Réfléchissez.

Je poussai un grognement artistique et murmurai, dans la même langue.

— Le garçon déteste son père. À quoi ça…

— Ces malfrats – il y a un autre type – obéissent à leur maître. Tout a commencé hier soir, lorsque j'ai drogué Pietro. C'était une erreur, je le reconnais, mais ils avaient accepté d'obéir à mes ordres, jusqu'à ce que le gosse s'en mêle. C'est une attitude féodale, vous comprenez ? C'est lui, l'héritier. Si nous arrivons à joindre Pietro…

Dans sa détresse, elle avait gaffé et laissé échapper un nom. Pietro a la même sonorité, dans toutes les langues. Bruno s'éclaircit la gorge.

— Pourquoi parlez-vous du maître ? Taisez-vous. Je ne vous fais pas confiance.

— Elle délire, dit Bianca. Elle a demandé le comte. Elle ne croit pas qu'il laisserait faire des choses pareilles. D'ailleurs, vous le savez, Bruno…

— J'obéis aux ordres du jeune maître, répondit Bruno, obstinément.

— Mais il ne vous a pas dit de faire du mal à la jeune femme, dit John, tout d'un coup. Il est parti chercher un médicament pour elle. Hark… je crois qu'elle m'appelle…

— John, dis-je, obéissante. Oh, John.

— Vous voyez… Ne tirez pas, mon vieux, je vais juste lui prendre la main.

Il s'agenouilla à côté du divan. De près, son visage avait l'air encore plus tuméfié.

— Le *Fernsprecher,* espèce d'idiote, dit-il tendrement. *Mio tesoro, mein Liebchen...*

Il se tut aussitôt, car Luigi approchait.

— Qu'est-ce qui se passe ? Bruno, tu les as laissés parler, tu les as...

— Vous ne m'aviez pas dit qu'ils n'avaient pas le droit de parler, expliqua Bruno.

— Bon, laisse tomber. Toi, Smythe, retourne à ta place. Voilà les sels...

— Je vais un peu mieux, murmurai-je.

Cet incroyable jeune homme se penchait sur moi, sincèrement inquiet. Je lui souris.

— Merci, Luigi. Vous êtes gentil.

Il m'aida à m'asseoir et m'observa d'un air soucieux tandis que Bianca passait les sels odorants sous mon nez. J'inspirai à fond.

— C'est vraiment très gentil, dis-je en papillonnant devant Luigi. Je sais que vous ne me voulez aucun mal, Luigi. Je ne veux pas vous mentir. Je vous respecte trop. Ce coup de téléphone à Munich... ce n'était pas le plus important. Je dois prévenir une autre personne. Sinon, elle ouvrira l'enveloppe que je lui ai confiée...

— Qui ? Un avocat ? La police ?

— Un avocat.

— Alors, appelez-le. Maintenant ! Vite !

Je me levai péniblement du divan et, le pas chancelant, m'approchai du téléphone. Soudain, une idée me traversa l'esprit, et je vacillai pour de bon. Je ne connaissais pas le numéro du palais !

Le visage horrifié, je me tournai vers John qui était retourné sur son fauteuil et m'observai intensément.

Ce n'était peut-être pas de la communication extrasensorielle, mais du simple bon sens. Néanmoins, depuis, un peu honteuse, je dois avouer que je crois à la télépathie. John croisa les bras et commença à lever des doigts.

Grâce à Dieu, nous utilisons un système décimal. Je me demande ce qu'il aurait fait avec le système duodécimal des Babyloniens ! Tous les yeux étaient fixés sur moi, si bien que personne ne remarqua les contorsions que John effectuait avec un talent remarquable, même s'il eut un peu de mal avec le chiffre neuf.

Le système fonctionnait bien, mais je composai le numéro lentement, car j'avais besoin de réfléchir. Les obstacles à franchir ne manquaient pas. Tout d'abord, Pietro ne répondrait sans doute pas en personne.

Effectivement, je reconnus la voix douce et impersonnelle de son majordome. De toute évidence, je ne pouvais demander Pietro.

— C'est la *signorina* Bliss à l'appareil, expliquai-je lentement. Je téléphone de la part de sir John.

Luigi, qui avait repris l'arme des mains de Bruno, me regarda d'un air suspicieux. Je lui souris et lui fis un petit signe de tête. Après tout, il ne savait pas quels accords j'avais passé avec mon avocat fictif. Il ne devait pas être trop surpris de m'entendre mentionner le nom de John.

Le majordome ne faisait peut-être pas partie de la combine, mais il était au courant pour John.

— Sir John ? répéta-t-il, oubliant toute dignité. Est-ce bien de sir John Smythe dont vous parlez, *signorina* ?

— Parfaitement.

— Alors, vous voulez sans doute parler à son Excellence ?

— Tout à fait.

— Je l'appelle. Attendez un instant.

— Merci, dis-je en essayant de ne pas soupirer de soulagement.

Je me tournai vers Luigi.

— Son secrétaire va aller le chercher.

— Soyez brève, dit Luigi, soupçonneux. Ne jouez pas au plus malin.

Il pointa son arme vers John qui croisa les bras en tentant de prendre une attitude neutre.

Ensuite, la voix pointue retentit.

— Vicky ? Vicky, c'est vous ?

— Oui, c'est moi, *signorina* Bliss. Je suis avec sir John.

Pietro se mit à bredouiller.

J'élevai un peu la voix et continuai à parler. C'était le moment le plus dangereux.

— Non, tout va bien. Nous prenons un verre avec Bianca et certains de ses amis. Nous passons un bon moment. Il faudrait que je vous la présente, elle a très envie de vous rencontrer. Je ne peux pas vous parler maintenant. Mes amis me réclament…

Je raccrochai et adressai un large sourire à Luigi.

Il avait peut-être vaguement reconnu la voix de Pietro, à moins qu'il ne soit victime des tensions qui pesaient sur nous. En tout cas, il fit la grimace.

— Ça n'avait pas l'air net, votre truc. Vous m'avez roulé, *signorina*…

— Je n'aurais jamais osé. Je vous admire trop, Luigi. J'aimerais que vous me racontiez comment vous avez appris le travail d'orfèvre. Vous êtes un tel génie. Comme Cellini ! Encore plus doué, peut-être.

Cette fois, les flatteries ne suffirent pas.

— Ce n'est pas le moment de discuter. C'est plutôt le moment d'agir !

Le problème, en fait, c'est qu'il ne savait pas quoi faire. Il n'avait ni l'intelligence ni l'expérience de Bianca. La marmite avait simplement explosé, et il s'était jeté dans l'action en perdant aussitôt le contrôle de la situation. Il se ferait prendre tôt ou tard, mais avant que la police ou son père ne l'arrête, certaines personnes risquaient de mourir, moi par exemple.

Je suis sûre que les psychanalystes pourraient deviser longuement sur les raisons de cette crise. Le désamour et le mépris de son père, la mort de sa mère (je supposais qu'elle était morte car personne n'en parlait jamais), la succession de femmes de petite vertu qui l'avaient remplacée dans la vie de son père… Peu importait, personne ne sait jamais pourquoi certains craquent et d'autres non.

— Qu'allez-vous faire ? demanda John, nerveux, en regardant l'arme qui s'agitait à une dizaine de centimètres de sa tête.

— Je suppose que je vais devoir vous tuer, dis Luigi, hésitant. Je suis désolé, *signorina* Bliss. Vous êtes très sympathique, mais vous comprenez…

— Il y a une autre solution, dis-je. Vous êtes si occupé que vous n'avez sans doute pas eu le temps d'y songer.

— Et laquelle ?

Combien faudrait-il de temps à Pietro pour venir au Gianicolo ? Il était plus de cinq heures, l'heure de pointe à Rome. Les embouteillages seraient terrifiants.

— On pourrait conclure un marché, dis-je avec mon sourire le plus engageant. Bianca est déjà mouillée. Elle n'a aucune envie de contacter la police. Je suis sûre qu'elle serait ravie de conserver son rôle… sous votre direction, bien sûr. Et c'est la même chose pour… euh... sir John.

— Et vous, *signorina* ? demanda Luigi. Vous êtes une intellectuelle, une femme honorable. Vous êtes venue ici pour nous démasquer. C'est mon père qui me l'a dit.

Aïe, nous revoilà sur la fine couche de glace… Un mot de travers, un faux pas… Je ne pouvais pas trop ostensiblement changer de camp. Paradoxalement, le jeune homme me respectait pour la façade honorable que je représentais.

— Pour moi, c'est difficile, dis-je, sincèrement. Mais dans certaines circonstances, les règles habituelles ne s'appliquent pas. Il y a des hommes qui sont en dehors des conventions de la société. Vous en faites partie, Luigi. Comment pourrais-je me permettre de vous juger ?

— Vous avez raison, répondit-il, en toute modestie.

Il réfléchissait. Je risquai un regard vers John, et ce que je vis me coupa le souffle. Il n'avait pas oublié le revolver, qui se balançait dangereusement près de son corps, mais on lisait un éclair d'humour dans ses yeux. En fait, il me fit un clin d'œil et les coins de sa bouche… qui avait perdu sa jolie forme… tremblèrent légèrement.

— Mais la femme, dit soudain Luigi. C'est moi qui l'ai tuée, vous le savez. Cette garce… Elle a volé les bijoux de ma mère. Elle couchait dans sa chambre… Elle n'avait pas le droit. Et après, elle est venue me voir, elle riait, elle me touchait, elle me caressait comme si elle voulait… (Une moue écœurée s'imprima sur son visage.) Je l'ai tuée… Elle le méritait. Mais je ne voulais pas… oh, vous savez. Je voulais seulement l'arrêter. Je voulais la faire taire. Elle disait de telles horreurs…

Apitoyée, j'en oubliai toute prudence.

— Luigi, je comprends. Vous n'irez pas en prison. Il y a de bons médecins. Vous êtes malade, vous ne pouvez pas vous empêcher…

— Sottise ! dit John soudain.

C'était trop tard. J'avais compris mon erreur, mais je ne pouvais plus retirer mes paroles.

— Alors, c'est ce que vous pensez, murmura Luigi. Vous me prenez pour un fou. Vous voulez me mettre dans un… Ils ont déjà enfermé ma mère. Je m'en souviens. Elle pleurait quand elle revenait nous rendre visite à la maison et que mon père l'obligeait à repartir...

Ah, nous y voilà ! Une explication à livre ouvert. Je pensais que l'attention de la comtesse douairière n'était due qu'à l'affection débordante d'une grand-mère. Mais elle avait des raisons de s'inquiéter. Que le problème fût héréditaire ou pas, avoir une mère à l'asile n'avait pas amélioré la santé mentale du fils.

Pauvre vieux Bruno, qui regardait le garçon, l'air ébahi. Le visage de Luigi était méconnaissable. Il pleurait, mais les larmes n'affectaient pas sa vision. L'arme était braquée vers moi.

Le revolver vacilla lorsque nous entendîmes un klaxon retentir et le crissement des pneus d'une lourde voiture qui s'arrêtait dans l'allée de gravier. J'eus tout juste le temps de maudire Pietro – Pourquoi ne pas avoir amené quelques voitures de police, toutes sirènes retentissantes ? – lorsque John sauta de son fauteuil comme un diable en boîte. D'un coup d'épaule, il leva le bras du garçon, et la balle siffla au-dessus de ma tête. Ce n'était pas la première fois que je regrettais d'être aussi grande !

Soudain, le chaos régna. Je me jetai à terre, Bruno se jeta sur John, la *principessa* se rua vers la porte, et Luigi chercha à rattraper l'arme qu'il venait de laisser tomber. C'est moi qui la pris, mais je n'avais plus besoin de m'inquiéter. Le garçon éclata en sanglots avant que je ne lui arrache l'arme des mains.

Je la braquai vers Bruno qui retenait John dans ses bras d'ours.

— Lâchez-le !

— Ne tirez pas ! s'exclamèrent Bruno et John en chœur.

La porte de devant claqua et une sorte de furie en miniature entra dans la pièce. Pietro devait se changer lorsque j'avais appelé. Il était toujours en robe de chambre, une splendide tenue de lourde soie verte, et je compris alors pourquoi les plus gros, les plus ridicules empereurs avaient été capables de commander tout un peuple.

— Bruno ! Lâchez-le ! tonna-t-il.

Bruno obtempéra. John tomba par terre comme un sac de ciment frais. Ce n'était pas son meilleur jour. Il était de nouveau inconscient lorsque je me penchai sur lui et posai sa tête sur mes genoux.

— Où sont ces fichus sels ? demandai-je.

II

Grâce à ses dispositions bienveillantes et à un pot-de-vin de cinq mille lires, le petit homme qui surveillait la porte du terminal me laissa accéder à la piste pour que je m'assure que la caisse soit maniée avec précaution. Impossible de se tromper, c'était la plus grosse de tout le camion, et, lorsqu'elle passa devant moi, j'entendis un grognement sourd qui en émanait. Le vétérinaire avait pourtant administré une forte dose de tranquillisants à César pour le préparer au vol, mais même à demi-conscient, César n'était pas enthousiasmé par ce voyage.

À côté de moi, une main dans la poche de sa veste et un bras dans une écharpe de soie noir, John observait d'un air dubitatif.

— Qu'allez-vous faire avec ce monstre ?

— De longues promenades, dis-je, rêveuse. Tard le soir. Dans les quartiers malfamés de Munich. J'en brûle d'impatience.

— Merci de m'avoir prévenu. Je limiterai mes activités nocturnes à d'autres villes.

— Je suppose que vous n'avez aucune envie de chercher un emploi ?

— Quoi ? Me ranger ? Moi, le digne successeur des gentlemen aventuriers anglais, de Raffles et du Saint ?

John esquissa un sourire, mais se ravisa aussitôt ; sa lèvre inférieure avait toujours une drôle de forme.

— De toute façon, je ne peux guère renoncer maintenant, avec la police de trois pays aux trousses.

— Je suis désolée.

— Oh, ce n'est rien. Je ne voudrais pas que vous soyez torturée par votre conscience parce que vous n'avez pas accompli votre devoir. Êtes-vous en paix avec vous-même, mon enfant ?

— Luigi est sous traitement, de ce côté-là ça va, dis-je, refusant de tomber dans le piège. Mais ma conscience ne sera en repos qu'une fois qu'on aura rendu leurs biens à ces stupides millionnaires. Pietro réussira quand même à s'en sortir, vous verrez. Il dira…

— Qu'il a vendu ses bijoux à un intermédiaire, en toute bonne foi, et qu'il avait fait faire des copies pour ne pas avouer au monde entier qu'il avait été obligé de vendre des trésors de famille. Il ne se doutait pas un instant que son émissaire roulerait ses clients ! Il s'est montré trop naïf, dit

John. C'était moi l'intermédiaire, je suis le bouc émissaire tout trouvé. J'étais mouillé dans le coup de toute façon, alors, pourquoi ne pas prendre tout sur moi ?

— Je suppose qu'il va assortir sa naïveté d'une petite somme rondelette, dis-je.

— Oh, oui, on doit reconnaître qu'il ne manque pas de savoir-vivre.

— Je crois qu'on ne peut rien lui reprocher, à part sa malhonnêteté. C'est Bianca qui voulait se débarrasser de nous.

— Oh, elle ne vous a pas expliqué ? Elle n'avait jamais eu cette intention. Pietro avait mal compris !

— Tiens donc, c'est ce qu'elle raconte ? Je n'ai guère de bons sentiments envers cette chère Bianca. Elle nous a aidés, mais ce n'était que parce que Luigi la menaçait, elle aussi. Je suis désolé pour Pietro. Il est sérieusement bouleversé pour Luigi. Et à juste titre.

— Je crois que Luigi s'en tirera, dit John doucement.

— J'aimerais le croire. Pietro fera tout ce qui est possible de faire. Il aime vraiment son fils. Dommage qu'il ne s'en soit pas rendu compte avant qu'il ne soit trop tard.

— Il ne vous a pas offert un petit présent ?

— Si. Son plus beau collier d'émeraudes et d'opales. Bien sûr, je n'ai pas pu accepter.

— Pourquoi donc ?

— C'est contraire à ma déontologie. D'ailleurs, ajoutai-je avec un rire contrit, je n'aurais jamais su si c'était un original ou une copie !

— Ah, c'était une jolie petite escroquerie ! dit John, nostalgique.

— Et le seul qui va en souffrir, c'est vous. Vraiment,

John, je suis désolée. Je sais que vous ne me croyez pas, et que vous ne comprenez pas, mais je…

— Je comprends parfaitement. Je ne suis pas d'accord, mais je comprends. J'éprouvais les mêmes difficultés, il y a quelques années. Il n'y a que par la pratique constante que l'on peut surmonter un tel handicap. Le jour où j'ai falsifié mon premier chèque, je me suis senti très mal à l'aise pendant quelques heures. La deuxième fois…

— Est-ce que vous pouvez arrêter de plaisanter cinq minutes ?

— Non, pourquoi faire ? Le rire est l'une des deux choses qui fait que la vie mérite d'être vécue. Vous ne me demandez pas quelle est la seconde ?

— Cela n'avait aucun sens… dis-je, hautaine, en baissant les yeux devant son regard plein de sous-entendus. Ce n'était qu'un interlude. Cela ne serait jamais arrivé si vous n'aviez pas profité de moi injustement hier soir… à exhiber vos blessures et vos bleus et à faire semblant de n'avoir aucune solution… Et puis j'étais curieuse aussi…

— À quel propos ? Ne soyez pas si mystérieuse.

— Peu importe, dis-je, avec mon sourire le plus énigmatique.

Il n'y avait aucune raison de lui répéter ce que Bianca avait dit, ni de lui dire que j'étais encline à être d'accord avec son évaluation. Son ego monumental était déjà hors de proportion.

— Oh, c'était juste… une petite folie.

— Pas pour moi. Pas du tout. Jamais dans toute ma vie… Si peut-être une fois, mais elle était espagnole, et vous savez, ces Latins…

— Les bateaux se croisent, dis-je à voix haute… pour ne plus jamais se revoir.

— Oh, si. Nous resterons en contact.

— Et comment ? Une rose rouge à mon anniversaire ?

John oublia sa douleur et se mit à rire.

— Je vous ai eue, dit-il en mordillant doucement sa lèvre inférieure. Je le savais ! Je le savais que sous cette surface vous n'étiez qu'une romantique ! La jeune fille du donjon du *Prisonnier de Zenda !*

— La suite plutôt, *Rupert of Hentzau.* Et, je ne suis pas une romantique. Je me délecte simplement de romans historiques. *Le Mouron rouge*… Je lis tout ce qui me tombe sous la main, y compris les catalogues…

— Vous protestez trop.

Le haut-parleur crachota une annonce dans laquelle je reconnus le mot « Monaco », Munich, en italien.

— C'est l'heure. Au revoir.

— Vous avez le temps d'un dernier baiser, dit John en passant le bras autour de ma taille.

Je tins bon, car même avec un bras, il était capable de soulever une dame, et j'avais de bonnes raisons de le savoir. Mais au lieu de m'attirer vers lui, il se contenta de me regarder droit dans les yeux. Son visage semblait vulnérable, sans masque et… dangereusement séduisant. Sa performance était d'une efficacité incroyable. Je commençais à m'attendrir comme de la neige fondue. Je devais m'efforcer de penser qu'avec John, il était difficile de reconnaître le vrai du faux.

Ses lèvres effleurèrent les miennes et il recula.

— Nous resterons en contact, dit-il.

— Une rose rouge ? lançai-je.

Il se retourna.

— Quelque chose de moins nunuche. Je ne vous dirai pas quoi. Vous le saurez.

C'était il y a six mois, mais il avait raison. Lorsque le message arriva, je sus d'où il provenait.

Il est arrivé hier. Il n'y avait aucun mot d'accompagnement. Rien qu'une petite boîte contenant la bague de fiançailles de Marie-Antoinette. Six diamants taillés en rose, encerclant un saphir de dix carats. Je crois qu'elle se trouve au Louvre.

Je dois prendre des vacances bientôt. Schmidt a bien voulu accepter de ne pas compter le voyage à Rome. Être enlevée, frappée au menton, menacée par un jeune homme confus… ce n'est guère l'idée que l'on se fait des vacances idéales, même pour Schmidt. J'ai toujours eu envie d'aller visiter Paris. On dit que si on se promène assez longtemps sur les Champs-Élysées, on finit toujours par rencontrer tous ceux que l'on connaît...

Note du Traducteur

Pour les besoins de la fiction, l'auteur a pris quelques libertés avec la réalité. En effet, le célèbre talisman de Charlemagne n'est pas conservé à Munich, mais bien au Palais du Tau, à Reims, lieu qu'il n'a pas quitté depuis 1920.

Nous remercions messieurs Thierry Dumanoir et Hervé Poche du palais du Tau pour nous avoir confirmé ces informations.

Dans la même collection :

« L'ANNÉE DES HYÈNES»
par Brad Geagley

L'Egypte au temps de Ramsès III, dernier des grands pharaons. Une prêtresse thébaine est mystérieusement assassinée dans son temple de la vallée des Rois.
Semerkhet, le clerc chargé des enquêtes criminelles, appelé sur les lieux du crime se rend rapidement compte que des personnages très hauts placés ne veulent pas voir ses investigations aboutir... Mais Semerkhet, enquêteur atypique, est d'un naturel obstiné. Il découvre une conspiration qui touche les plus hauts niveaux de l'Etat, menaçant la stabilité du Royaume...

La première enquête de Semerkhet, scribe du pharaon.

« L'HÉRITAGE SACRÉ »
par Lewis Perdue

La célèbre historienne de l'art, Zoe Ridgeway, est enlevée en pleine rue. Au même moment, un mystérieux collectionneur succombe dans une explosion de sa maison. Face à l'inertie de la police, le mari de Zoe part lui-même à la recherche de sa femme. Il découvre que le collectionneur dissimulait de ténébreux secrets et, surtout, une relique qui, si elle s'avérait authentique, prouverait l'existence d'un autre messie dont le Vatican a toujours nié l'existence.

Seth Ridgeway affronte alors les forces obscures d'une conspiration séculaire. Et ces ennemis tapis dans l'ombre, ne reculent devant rien pour conserver leurs secrets...